U0668060

锐势力
Rui Shii

中国当代
作家小说集

马 拉

著

生与十二月

SHENG YU SHI ER YUE

中国文史出版社

目 录

一月：无围之堡

　　人不多，空气带着凝滞的黑色，可能要下雨了，越来越冷。邵亦轩坐在店子里面，看着店门口，路上没几个人，似乎都被冷空气抽回了家中。邵亦轩的手上正摆弄着一支钢笔，眼睛望着外面，手里的钢笔像只松鼠，灵巧地从中指跳到无名指，然后到食指。他的动作熟练，即使走路，手里的钢笔也不会掉下来。店子里空空荡荡，门口堆着一堆纸巾，进门往右的方向放着被单、枕巾等床上用品；中间的那一条线是牙刷、口杯等杂七杂八；靠左，也就是邵亦轩坐着的方向摆满各种零食，当然也有方便面、饼干以及香烟和饮料。店子并不大，平时的生意还算好，但今天没人，很奇怪。

　　转了一会钢笔，邵亦轩没了兴趣，他站起身来，走到店子外面，伸了伸懒腰，然后点着一根烟，肆无忌惮地抽了起来。抽烟时，邵亦轩跺了跺脚，把手伸进裤袋里掏出手机，看了看时间，十二点，还早。店子要到深夜两点才关门。平时十二点人多，尤其是周末，从酒吧、夜总会、夜市上回来的人都要经过邵亦轩家的店子。可能因为冷，今天的人很少。按邵亦轩的想法，他想早早把店子关了，回家钻进被窝。可是不行，如果邵亦轩真这么干了，他老爷子会生气。邵亦轩十六岁初中毕业，高中没考上，只好回家帮老爷子看店子。看店的时间是老爷子安排的，他对邵亦轩说，你不是说你晚上睡不着吗？那好，晚上八点到两点，你去看店，其余的时间我和你妈去看。邵亦轩想都没想，说"好"。现在，邵亦轩看店子两年了。这两年对邵亦轩来说，几乎算是波澜不惊，他没有任何意外地长大，喉结突出，变声，长出胡子，想着女明星手淫，梦遗。现在，想起读书时的事情，邵亦轩觉得已经遥远，至于未来，同样遥远。他像是被夹在了中间，两头无着落。这两年，邵亦轩学会了抽烟。晚上看店无事可干，就抽一根两根，抽着抽着上瘾了。

　　抽完烟，回到店子，坐在收银台前。离开椅子一会，椅子有些冷了，坐下去有寒气升上来。又转了一会钢笔，邵亦轩准备再去抽根烟，店子里进来一个人，女的。女人走进来，径直走到中间那一条，拿了根牙刷，递给邵亦轩，问，多少？邵亦轩看了女人一眼，女人很年轻，二十岁左右，头发直直地披在肩上，末梢还有没完全褪去的金黄色。上身穿的是件毛茸茸的外套，里面是毛衣，下身一条皮质的裤子，脚上的靴子包裹着大半条小腿。女人脸上干净，修了眉，嘴唇上有淡淡的口红。邵亦轩想，这是个小姐。他一边给牙刷装袋，一边说，两块七。把牙刷递给女人时，邵亦轩咧嘴笑了笑说，你刚来吧，不买点别的东西？女人拿过牙刷，说"不用了"。她是新来的，邵亦轩想，这个他敢肯定。每天晚上，坐在店子里无所事事，邵亦轩观察走过的人，经常从这里走过的，他看着不会眼生。她在这里买牙刷，说明住得不远。这些女人，邵亦轩一点也不陌生，她们经常成群结队在邵亦轩的店子里买烟，打电话，交流一天的成败得失，谈论哪个房间里的客人出手大方。

　　第二天，女人又到邵亦轩店子，又买了一根牙刷。这次，她没问价，直接掏出三块钱递给邵亦轩。找钱时，邵亦轩对女人笑了笑说，怎么这么不小心，昨天买的牙刷今天就丢了。女人笑了笑说，是啊。

临走，女人对邵亦轩说，拿盒绿箭口香糖。女人走后，邵亦轩想了她一会。女人很好看，身上有淡淡的香水味。邵亦轩身上有点热，他想了想电视里的镜头，脸上红了一下。

接下来几天，女人每天到邵亦轩店里买根牙刷，有时也买包口香糖。刚开始，邵亦轩还以为女人不小心，把牙刷弄丢了，现在看来不是这样。再粗心的人也不可能天天丢牙刷的。他有些好奇，女人干吗要买那么多牙刷？难道她有洁癖，想想也不可能，有洁癖的人也不可能天天换牙刷。时间一长，邵亦轩到了晚上一点左右，拿根牙刷，一包口香糖装好。女人偶尔有几天不来，再来，邵亦轩问，这几天怎么啦，身体不舒服？女人说，是啊。邵亦轩说，那可要小心，现在看病可贵了。女人说，嗯，我知道的。

邵亦轩和女人越来越熟了。女人买了东西，偶尔会在邵亦轩那里坐一会，抽根烟，聊聊天。女人喜欢看邵亦轩转钢笔，她对邵亦轩说，她弟弟也很喜欢转钢笔，上课时也转，总是掉在地上。和女人聊天，邵亦轩觉得自己小，他其实比女人仅仅只小一岁多点。女人去过北京、上海、杭州，甚至兰州，有一次还差点去了香港。女人说起各地的特产和民情风俗，仿佛那些地方是她们家似的。邵亦轩从小在这个城市出生，在这里读书，看店。女人问邵亦轩去过哪儿？邵亦轩扭过头说，哪儿都没去，读完初中就开始看店。女人笑，笑完了说，你不会还没拍拖过吧？邵亦轩脸红了红说，喜欢过一个女生，给人家写情书，人家不理我。女人不笑了，说，这样也好，其实也蛮好的。邵亦轩问女人的感受，女人说也没什么，去了也就去了。女人说起来轻描淡写，邵亦轩却有些失落，他长这么大，还没有出过省，最远去了一次省城，女人只比他大这么一点，却去过那么多地方。一想到如果继续看店，他可能再过十年也去不了那么多地方。想了想，女人说，男人还是多走点地方，多见点世面好。一辈子待在一个地方，即使衣食无忧，一生也算是废了。

　　时间过得很快，转眼第二年秋天了。邵亦轩十九岁了，再过几个月，就二十岁了，他觉得他是个大人了。他对爸爸说，爸，我想出去看看。他爸说，老在家里也闷，出去转转也好。他爸对他妈说，给小军几千块钱，让他出去散散心。等他爸明白他是想离家，可能一年半载不回来，老爷子把水杯砸到了地上。晚上吃饭，他妈劝他说，只有家里过不下去了的，才会想着出外谋生。你看，你爸爸做生意，我有工资拿，家里还有间店，我们过得很好，你出去干吗呢？邵亦轩不说话。见到女人，邵亦轩把他妈的话跟女人说，女人沉默了一会说，你妈说得也有道理。邵亦轩愣了愣，女人拿起牙刷走了。

　　秋天了，空气中荡漾着成熟的味道，天空越来越干净。风一吹过，梧桐树上的叶子掉了，只剩下些干瘦的枝丫指向天空。叶子少了，人却多了，到处的生意似乎都好。邵亦轩的店人总是多，晚上两点还有陆续过来的顾客。人多时，女人过来，拿起牙刷，冲邵亦轩晃一下，邵亦轩点一下头，女人走了。第二天，女人有空再过来付钱。快一年的时间，邵亦轩的好奇心越来越强烈，他想知道女人买这么多牙刷干什么。他问过一次，女人没回答，反问道，是不是我这样买，你就不卖了？邵亦轩说，那不是。女人说，每个人都有不愿意说的事情。邵亦轩点了点头说，嗯，每个人都有好奇心，所以我也没错。女人笑了，摸了摸邵亦轩的手说，你要是我弟就好了。邵亦轩也笑了，他可不想有个姐姐。

　　邵亦轩还不知道女人的名字。开始不好问，熟悉后，又不好意思问。想想，都这么熟了，却连名字都不知道，那多不好。女人经常给邵亦轩讲她上班的故事，比如某男如何如何坏，家里有个老婆，还在外面乱来；比如某个六十岁的老男人在她们面前泪流满面等等。邵亦轩听着，并不意外，从一开始他就知道女人是干什么的。奇怪的是以前他对这些女人是有歧视的，他赚她们的钱，可看不起她们。她们到店里买东西，他爱理不理。对女人，他没有，他觉得女人纯洁美好。女人给他讲故事，他内心涌起一股被人信任的荣誉感。

这是一场奇怪的友谊，邵亦轩觉得。他不是没想过别的，看到女人，他身体的某个部分发热，膨胀。每次，他有这种念头，总是伴随着强烈的羞愧感。他想起女人说的话"你要是我弟弟就好了"。女人说起外面的世界，他觉得他永远去不了那么多地方。

大约一个月后，天渐渐冷了。和去年相比，还算是暖和的。邵亦轩手里的钢笔换了一支，去年的那支掉了，邵亦轩只好再买了一支。邵亦轩手里不能没有钢笔，和女人聊天，邵亦轩不停地转钢笔。紧张、无聊或者不好意思时，手里的钢笔转得更快了。和女人聊天，钢笔经常掉到桌子上。平时，即使走路，这种情况也很少出现。钢笔掉下来，女人就笑，她说，我还以为掉不下来呢。

那天晚上，邵亦轩像平时一样坐在店里。女人过来时，快两点了。女人明显醉了，她对邵亦轩说，给我拿三根牙刷，三根！邵亦轩扶了女人一把，把她放在椅子上说，你是不是醉了，以前都买一根的？女人尖叫道，我要三根，三根，你卖不卖？你不卖我到别的地方去买。说完，女人摇摇晃晃地站起来，试图走到外面去。邵亦轩一把拉住女人说，行，行，三根，十根也行。女人一拳砸在邵亦轩胸前，抓住邵亦轩叫道，不是十根，是三根。女人一边说，一边摇着邵亦轩。女人的力气那么大，邵亦轩的胳膊都有些疼了。给女人装好牙刷，邵亦轩拍了拍女人肩膀说，你醉了。要不，我送你回家吧？女人咧着嘴说，我不要你送我回家，我才不要呢，我自己能回家。女人还没站起来，又软软地坐下了。邵亦轩摇了摇头，把牙刷装好，锁好店门，小心地背起女人。女人又软又滑，像条泥鳅。

女人真的醉了，那么近一段路，她指错了四次方向。把女人送到家，邵亦轩满身大汗。他看了看女人的房间，大约只有十个平方米，里面一张床，一张桌子，一台电视机。床头边放着两个布娃娃。房间小，布置得却精致。邵亦轩把女人放到床上，盖上被子，正准备回去。女人从被子里伸出手来说，邵亦轩，我要喝水。

烧好水，邵亦轩扶着女人给她擦了把脸。女人安静了些，她抱着邵亦轩的腰。邵亦轩第一次这么近地看清楚女人，女人的唇线漂亮，微微翘起。邵亦轩用手指来回抚摩着女人的嘴唇，他身上的某一部分又开始躁动不安了。女人把头在邵亦轩怀里蹭了蹭说，你会不会瞧不起我，觉得我是个坏女人？邵亦轩摇了摇头。女人把邵亦轩往被子里拉了拉，说，你不要走，我要你和我一起睡。

关灯时，女人在被子里蛇蜕皮一样蠕动，邵亦轩看到女人身上的衣服一件件减少，他的衣服一件件掉到地上。他的手被一双软滑的手抓住，接着他的手把握到了一个从来没有接触过的事物。进入时，邵亦轩整个人升腾起来。女人抱着他说，弟弟，我害了你了，我是个坏女人。邵亦轩低下头去，亲女人的脸，亲到满脸的泪水。

天亮了，邵亦轩看了看身边的女人，如此不真实。他想着昨天晚上发生的事情，恍若一梦。女人转身缓缓说，邵亦轩，我要走了，你会不会想我？邵亦轩有点意外，问为什么？女人说，我们在哪里都待不长。邵亦轩点了根烟，把女人搂在怀里说，你把我也一起带走吧。我长这么大，还没见过外面的世界。女人点了点头说，你会不会恨我，你第一次呢。邵亦轩摇了摇头。

起床后，邵亦轩看见女人洗手间里放满了牙刷。邵亦轩说，原来都在这儿，我还以为有什么用呢。女人走过去，看了看邵亦轩，问道，你怎么不问我为什么买那么多牙刷？邵亦轩看了看女人，他本想装作无所谓的样子，他的好奇心让他说，为什么？女人给邵亦轩点了根烟说，你知道我干什么的吧？邵亦轩点了点头。女人吸了口烟，长长地嘘了口气说，我每经历一个男人，就买根新牙刷，我拼命刷牙，他们让我觉得脏。邵亦轩脑袋一下子炸了。女人拿起牙刷，对邵亦轩说，这一年，我在你那里买了二百八十三根牙刷。说完，女人冷冷地看着邵亦轩说，现在，你还愿意跟我走吗？

　　女人走，邵亦轩是知道的。他坐在店子里，内心平静而压抑。不久前的一个晚上，他一人独自在旷野中号啕大哭。回来后，他不再转钢笔。后来的日子，他偶尔想想过去的事，也想想未来。他现在最想做的事情是多赚点钱，找个好女孩结婚。他想着远处有高山，还有大海，他想着那些人如此地来去。

二月：家住亲嘴楼

一

离开蘑菇巷 49 号时，我的心情是轻松愉快的。那时，风正在楼房上空"呼呼"地刮着，我穿着一件不算厚的毛衣和外套，拖着两个箱子，偶尔有几缕从楼顶上跌下来的风，从我脸上掠过去，却一点寒冷的感觉也没有。这要感谢广东温暖的冬天，在这个冬天，我感受到了前所未有的温暖，我那在北方经常因为寒冷而冻伤的脚，意外地保持了良好的状态，摸上去如同两只完好的柿子。本来在冬天，都是懒得搬家的，但我不搬不行了，房东男人回来了，再不出去了。他也出不去了，除非坐上轮椅。据说他是个胡子很粗、个子高大的男人。现在，这些都没有用了。

从巷子里走出来，我回头望了一眼，这个我住了一年多的地方，还是那个鸟样子，几乎没有一点变化。如果硬要说变化也不是没有，比如说楼下"姐妹发廊"的老板换了，牌子也变了，现在叫"花语发廊"。相比较而言，我更喜欢"花语发廊"一些，它更含蓄，"姐妹"总让人产生一些不道德的联想，尽管这种联想是有依据的。再就是，这个村子里住的人，也有些变化了。

在我住在这个村子里的一年多里，这里发生了三起凶杀案件，一共死了八个人。其中一次是枪战，一家伙死了四个。当时，我在楼上听见"砰砰砰"几声枪响，脑子"嗡"的一声大了，子弹仿佛呼啸着从房间旁边飞过去，传来玻璃尖锐的破碎声。我吓得扔下手里还没喝完的可乐，像耗子一样快速躲到靠墙角落里去了。过了几分钟，楼下人声嘈杂起来，我战战兢兢地站起来，打开窗子向楼下看了一眼，一群人向旁边的某个地方涌过去。

等我冲下楼赶过去，人群已经把现场包围了，警察还没有到。我拨开人群，紧张地问，死了几个？死了几个？然后掏出手机给小万打电话，我说，你赶快赶到我住的地方来，死人了，快点。我放下电话，还没回过神，小万已经赶到了，他的速度简直比警察还快。我们挤了过去，发现在一家麻将馆门口躺着三个人，两个男的，一个女的，都很年轻，女的还很漂亮，血从她洁白的脖子里流了出来，中枪的地方堆积着黏糊糊的血浆，像一块糜烂的肺，流出来的血染红了一大片地。

麻将馆里乱成一团，货架上的东西都砸烂了。在不远的旁边，还躺着一个年轻人，头发染成了绚烂的黄色，他的脸贴在地上，我没办法看清他的样子。麻将馆老板站在旁边，显然也吓坏了，他的双腿不停地哆嗦着，几乎站不稳。我给了他根烟，小声地问，怎么了？他抖抖索索地接过烟，声音颤抖地说，我也不知道怎么回事。开始，他们几个在打麻将，突然冲过来几个人，拿着枪就朝他们身上打，打完就跑了。麻将馆老板掏出火机点了几次，手颤抖得厉害，点了几次没点着，我给他点上火说，没什么其他的事？麻将馆老板抽了口烟，看了看四周，紧张地说，前几天，我看见他们几个在吵架，不晓得有什么事，今天就动手了。小万在旁边"咔嚓"地拍了一堆照片，给我打了个"V"字形的手势，兴奋地叫道，猛料，猛料，搞个现场不成问题。

等发完稿，我们坐在兆祥公园附近的夜市摊子上，喝了两瓶啤酒，才开始有点伤感，我也从那种不道德的兴奋中清醒过来。这时候，街上人来人往，路灯是明亮的。周围很多喝酒的人，火锅热气腾腾。那天，我们很少说话。小万喝了三瓶就喝不下去了，他背起摄影包说，我先回去了。走了几步，他回头说，你自己也小心点。

我回去已经过了十二点，人群早已散去，警察都走了。只有还没有散尽的血腥味荡漾在空气里，久久不肯散去。"姐妹发廊"旁边卖水果的老太太还在，我第一次停下来，买了几个橘子，两个苹果。付钱时，老太太看了半天，又算了半天说，橘子一块五，苹果两块二，一共三块七。我给了她四块钱，她手在怀里摸了半天，准备找钱给我。我看了看她说，算了。老太太笑了笑，先生，你真是好人，我早看出来了，你是个好人，你跟他们不一样。走过去时，我突然觉得她很像我奶奶。忍不住回头望了一眼，老太太依然躲在"姐妹发廊"的黑暗里，她看起来跟不存在一样。

现在，大家都明白了，我住的地方是一个村子，著名的城中村。我所在的那条巷子叫蘑菇巷，门牌号码 49 号。我在四楼，一室一厅。对我一个人来说，已经足够宽敞了。这个村子怎么说呢？简单点说，乱，不很脏，经常死人。村子里有很多纵横交错的巷子，第一次来很容易搞糊涂，熟悉之后就会发现，它其实和电脑硬盘一样井井有条。只要熟悉了一个点，沿着这个点散开去，怎么都可以找到回家的路。

二

8 月，武汉的空气中荡漾着一股柏油路的味道。梧桐树的叶子茂盛，树荫下的光是碎的，而更多的路面裸露在空气中。在这个城市待了四年，每年的夏天都让我尝尽了苦头。大学毕业后，我像个叛徒一样毫不犹豫地逃离了武汉。临走前，我站在长江大桥上向江里扔了两个啤酒瓶子，大叫道，去你妈的武汉，去你妈的白云黄鹤，我受够啦，我走啦。现在想起来，这一声喊叫很矫情。对一个城市来说，一个人的消失和一个人的死亡都是无所谓的事情，如同一颗尘埃，消失在空气中。

离开武汉后，我如愿以偿地到一家著名报社做了一名记者，遗憾的是我没有留在我喜欢的广州，我被派到下面来了。上面给的理由是年轻人要多锻炼锻炼，吃点苦才能快速地成长起来。这种东西不是我能掌握的，也就认了，虽然我并不相信人成长起来的条件是吃尽没必要的苦头。

刚到这个城市时，举目无亲，同事间也不熟，房子不好找，去了几个房产中介，都很不爽，那些鸟人似乎一眼就可以看出我是刚来的，并且急于找房子，然后狠着命要价，中介费出奇地高。那时，我一来没钱；二来谁愿意做傻瓜啊？在办公室窝了两天，白天上班，下班去找房子，看见贴出来的租房电话就打，打了几十块钱的电话，房子还是没找到，确实没什么满意的。除于这个，我发现钱也越来越不值钱了。在我的经济能力之内，能找到的房子不是布局太差，就是光线太阴暗，整天见不到阳光。对我来说，房子也就是个睡觉的地方。光线对我来说并不是太重要，但我也不愿意我每天早上醒来时，房间依然是阴暗的，那会让我整天的心情都不好。我希望我每天早上都能面对阳光，即使我不能看见日出——但我希望，有阳光能照在我的身上。

房子是在网上找的，当时我百无聊赖地上了本地社区论坛，想看看有没有奇迹出现。然后，看到了房子出租的广告，我打通了电话，是个女人接的。我们约好时间看房子，房子的位置还不错，最重要的是它居然很大，还很干净，阳光也可以在早晨照进来。我一看就决定要了，摸了摸钱包，我装作漫不经心地说，四百五是不是太贵了？其实，如果她一分钱也不让的话，我也决定租下来了。没想到她爽快地说，那四百好了，我看你也斯文。这个逻辑很奇怪，却让我愉快。于是，我交了定金，房租，这个女人就成了我的房东。中介费省了，房子又不错，我简直有点得意了。还有一点让我放心，我想一个会在网上发租房广告的人，总比那些洗脚上田的农民值得信赖一些。

晚上，我把行李搬进来了。还好是夏天，我在地上铺了一张席子就睡了。房子里有个老式的吊扇，看起来如同一百年前的古董，工作却依然一丝不苟，风很大，转动时几乎一点声音也没有。房间里蚊子居然也很少，这让我非常满意，我简直讨厌死蚊子了。和别人在一起，我总是很受蚊子的欢迎。睡觉之前，我认真地巡视了我的睡房、客厅、洗手间、厨房，它们都让我满意。我想我要买的是一些钩子啊、脸盆啊、毛巾啊之类的，这些都容易解决。晚上，我睡得很好，连梦也没有做。

第二天早上起床，我拉开窗帘，闻到一股好闻的烧鱼的味道。是从我对面的房子里传过来的，从我的窗子看过去，我能清楚地看清对面房间里的摆设，甚至我怀疑，只要我一伸手就可以把对面的衣服给取过来。我正望着对面出神，一个女人从厨房里走出来，我仔细看了看，是房东。她也看见了我，跟我问了一声"好"。

我笑了笑说，你住这里？

她说，是啊，很奇怪吗？

我摇了摇头说，不奇怪，一点也不奇怪。只是这两栋房子距离也太近了。

房东笑了笑说，呵呵，你知道这种楼房有个什么名字吗？

我摇了摇头。她得意地说，你肯定想不到，我告诉你吧，这种楼叫亲嘴楼，也就是说，两个人在不同的楼房里把脑袋探出来，都可以亲嘴了。

这个名字不错，很形象。

我冲房东笑了一声说，可惜啊，没人亲嘴，你试过吗？

房东也笑了笑说，你这个混蛋，不过我还真没试过。

过了一会儿，她说，你吃饭了没？我说"没呢"。她说要不你把碗递过来，我弄一点给你。

我在房间里找了一会，给了她一个大饭盒。吃饭时，我把窗帘拉上了，饭盒里有我闻到的红烧鱼，还有一些很绿的青菜。说实话，房东的手艺不错，做的东西很合我的胃口。

等我们慢慢熟悉起来，我才知道房东的老公很少回家。我住的这一栋楼全部是她家的，对面的那栋也是。除开自己住的那一层，其余的全部出租给像我这样的青年或者中年老年。我算了算，一层楼三个房间，七层，也就是二十一个房间：一个房间收四百，意味着一个月就是八千四百，再算上对面的那栋：她一个月光收房租就是一万多。操，一万多啊，我得干多少个月啊？这种计算让我非常沮丧。房东是一个并不啰唆的女人，她说他们家也就这点产业，现在她每天的工作就是收房租，收完房租就打打麻将混混日子。我说，你们也太爽了。她笑了笑说，羡慕？我老实地回答，有点。房东又笑了，她不太平坦的脸上有点得意。

除开收房租，房东几乎不到我的房间来。碰到有事，我们就隔着窗子说话。第三个月收房租，她收了我四百，水电费没要。第四个月，她收了三百七，水电费要了，房租减到了三百五。又过了几个月，她说，你干脆每个月给我三百得了。对房东一再减少我的房租，我非常欢迎。由于熟了，我说你干脆不收我的房租得了。房东在对面洗了一下手说，那不行，那样我老公会觉得我在包小白脸。她说完，我"呵呵"大笑，她也笑了，然后问道，你要不要吃鱼？要的话早点回来，我晚上做红烧鱼。

房东叫欧阳少珍,这个名字我是在两个月后才知道的。此前,我只知道她姓欧阳,她开给我的收据上写着"欧阳"两个字,她的字不好,歪歪扭扭的,有点丑。欧阳少珍已经三十多岁了,皮肤不算好,身材却很不错。她嘴唇厚,颧骨突出,典型的广东人。我后来就"亲嘴楼"和欧阳少珍开过一个玩笑,我说,我们来试试看是不是真的能亲嘴?她在那边嘻嘻哈哈地说好啊。我们从各自的窗子里探出头来,尽量向对方凑过去,眼看要碰到嘴唇,欧阳少珍突然缩了回去,她说,不行,不能再靠前了,再靠前我要掉下去了。我也缩回来说,我要是再往前一厘米,肯定掉下去了。休息了一会儿,我说其实亲不到嘴呢。欧阳少珍脸红了一下说"就是"。她笑了笑,接着说,早知道,应该建得再近点。

这样的房东我可能再也碰不到了,不过也没关系。工作了一年多,我的积蓄让我有足够的能力付五百一个月的房租。站在村子门口,我看了一眼,对自己说,走啦,该走啦。我招手叫了一辆的士,这才发现,我的行李原来那么少,比一年前多不了多少。

三

小万是我的同事,胖子、摄影记者,他是从县级报应聘过来的。小万不说话时,有些像臧天朔,光头,油亮油亮的肚子,慈祥的样子,这让他看起来更像官员司机,而不是记者。

去年,全国报刊整顿,县级市原则上不准办日报。他们那个报纸混不下去了。那是个小报,基础不好,不能跟别的财大气粗的县级报一样,换个名堂,找个挂靠单位接着办。他们只好散伙,百十号人纷纷作鸟兽散。还好小万混了快十年,人脉广,消息灵通。在那个鸟报还没有散伙之前,赶紧找了下一个东家。

每次和我一起喝酒，他总是不无得意地说，老子这叫聪明。他宣称，他可能是唯一一个从县级报进入我们这个大报的。据他说，当初他去应聘，已经过三十，过了三十在南方想混一个好点的地方就比较麻烦了，好像人一过三十就废了一样。可老板看到他的作品后，决定把他留下，当场让他领了一套摄影器材就下来了。小万对他的作品很有信心，他说，这叫凭实力说话。

　　到报社第二个月，小万干了件大事。

　　周末回家，小万在街上用大棒子把一个抢劫的小子从摩托车上打下来了，被人拿刀追着砍。好在警察反应还算快，及时制服了歹徒。如果仅仅如此，也算不上牛，关键是在那种情况下，他居然还没有忘记相机，居然把整个过程全部拍下来了。虽然画面有些晃，但这才是真正的现场啊。更巧的是，那时正好是"打飞抢"（注：打击飞车抢夺）的高潮时期。

　　这组照片发了一个版，为小万赚了一千多的稿费，他因此成了"打飞抢"运动中的典型。鉴于他的英勇行为，他家乡的区委书记对此高度赞扬，我们报社当然也不会忘记宣传我们自己的英雄，提高我们的美誉度。于是，记者站把他作为英雄报给了集团，很快集团决定发给他八千的奖金，全社通报表扬，同时决定将他的见习期立即终止，即刻享受正式员工待遇。也就是说，他那一棒子不但打出了上万块钱，还打出了领导的信任。事实也确实如此。小万成了我们记者站的英雄，小姑娘争着问他的感受，叫他"hero"。那段时间，小万每天上班都笑呵呵的。请记者站所有人喝酒时，他舌头都大了。他有理由大舌头，如果不大，才真的奇怪。

　　我们都住在村子里，他租的房子离我的房子大约有三百米，有冷气，这个比我好。小万结婚了，老婆在家里。每个周末，如果没别的活动，他都回家看老婆。他回家看老婆，我就无事可干。平时都忙，好不容易到了周末，能轻松一下，却又找不到人了。小万到我的房子看过之后，说，你这样肯定不行，没电视，电脑又不能上网，连个活物都没有，住长了你会疯掉，这个我有经验。我说，那怎么办？他说，你要找个什么东西养着，一来好打发时间，二来房间里也有个活物，有点动静。我这才想起来，小万养了一只松鼠，一只丑得跟老鼠一样的松鼠，他给它取名"老虎"。去他那里，经常看见他逗"老虎"，"老虎"在笼子里跑步，他在旁边傻乎乎地笑。想到这儿，我挠了挠脑袋说，你看我养点什么好？他说养鱼吧。我一听就说，不行，成本太大了，再且说不好我哪天就捞起来烧着吃了。他想了想说，要不也养一只松鼠？我说，不行，我怎么能学你的样子呢？过了一会他说，那你养鸟吧。我想了想，养鸟，嗯，还不错，我喜欢鸟叫声。

有了这个心思，我开始注意哪里有卖鸟的。花鸟市场有，但要我专门去一次花鸟市场就为买鸟，我肯定不干。事情总是奇怪，只要你有那个心，很快就可以看到那个东西。比如说，如果你老婆怀孕了，你上街，你才会发现，原来街上有那么多大肚婆。

才过了几天，我在村口碰见了一个挑着鸟卖的小贩子。她肩膀上挑着两只鸟笼子，里面装着各色的鸟。

我停下来问，你这鸟怎么卖？

她说，你买哪种？有八哥、鹦鹉，金丝雀还有——

她还没说完，我说，哪种比较热闹？

她笑了笑说，那你买鹦鹉吧，它会说话呢。

我说，是吗，那你让它说一句听听。

她尴尬地笑了笑，现在还不会，你买回去教它，它就会了。

我说，哪个有空教它。

小贩又看了看我说，那你买画眉吧，毛好看。

我说，好看顶个鸟用。

围着笼子看了一会儿，我指着一种像麻雀一样的鸟说，这种鸟会不会叫？

小贩赶紧说，叫，叫得可欢了。

这鸟叫什么名字？

金丝雀。

我愣了愣，这种小号麻雀居然叫金丝雀？想了想，就它吧，冲着金丝雀这个名字。

买完鸟，又问了一些常识，比如好不好养，喂点什么好之类的。小贩热情地说好养，好养，这鸟可好养了，吃鸟粮也行，没鸟粮大米也可以。一听说喂大米也可以，我想我不用再犹豫了，买鸟粮可能比较麻烦，大米就方便了。花了四十五块钱，我买了一个鸟笼子，两只金丝雀，另外还有二十包小包的鸟粮，够它们吃上一阵子的了。

刚买回这两只金丝雀，它们还很怕生，在笼子里飞来飞去，压抑着叫声。买回来之后，我才发现，家里实在没一个合适的地方放它们，放在地上不利于观赏，感觉也别扭，放在桌子上，那也不行，我就那么一张桌子，我还得放点别的东西呢。找了好半天，我决定把它们放在窗台上，这样它们可以接受阳光、雨水，还有新鲜的空气，对它们的健康比较有好处。

开始几天，我对它们还很有耐心，伺候得无微不至。

早上，听着它们清脆而欢快的叫声，的确也让我心里愉快。仅仅过了不到一个礼拜，就有些厌烦了。天天要给它们换水，隔上两天就要清洗鸟笼子，毕竟不是什么愉快的事情。不是我有多么勤快，如果不清洗，靠近它们时那种臭味给人感觉实在不好。我也厌烦了它们早上越来越大、越来越持久的叫声。我一般晚上两点睡觉，六七点它们就开始叫，这让我的睡眠非常不充分。我几乎后悔买了它们了。

见到小万，我跟他说，我买了两只金丝雀。他高兴地说，是吧？

你房间里总算有点活物了。转过头他又问，金丝雀，是不是很名贵？我说一般吧。抽了根烟，我说，我不太喜欢，你要是喜欢我送给你好了。小万有点意外，还是高兴地说，是吗，你那么好？搞完了我跟你回家看看。我说"好"。

发完稿子，小万跟我一起回家，一路不断问关于金丝雀的问题，我尽力糊弄他，希望他把这些影响我睡眠的东西给拿回去。其实，我也有别的办法，比如说打开鸟笼放了它们，或者干脆炒了。但又有些不甘心，放了它们意味着我的钱白花了，我赚钱也不容易。炒了它们我还下不了手，再且，炒了也不到一两肉，不但成本太高，说起来也不好听。权衡了一下，还是送出去划算，做了个人情，又让自己摆脱了困境。

进了我家，小万问，鸟呢，鸟在哪里？

我指了指窗台说，那儿呢。

小万看了看鸟，又看了看我，满腹狐疑地说，哥哥，你不是耍我吧？这就是他妈金丝雀？这整个不就是一小号麻雀吗？

我赶紧说，金丝雀和麻雀都是鸟，而且都带一个雀字，它们是一个种的。门纲目科属种，这个你知道吧？

小万郁闷地说，操，这么丑。

我说，没关系的，丑它也是金丝雀。

小万又逗了逗鸟，说，你这鸟怎么不叫呢？

我说，谁说不叫啊，叫得可欢了。我赶紧走到鸟笼边，摇鸟笼子，企图让它们叫起来。可它们宁愿在鸟笼子乱飞也不肯叫一声，我几乎绝望了。

小万说，你这鸟我不要了，还是你自己养吧。

我急了，我说，小万，你怎么可以这样呢？你怎么可以因为人家长得不漂亮就不要呢，如果你老婆老了不漂亮你是不是也不要了？

小万翻着眼睛看了我一眼说，可它不是我老婆，是你养的。

我满肚子的话噎在肚子里说不出来。小万不屑地看了看我说，你看你养的什么鸟，不好看也就算了，连他妈叫都不会叫一声，还是"老虎"好玩。

下楼时，小万冲着我说，你慢慢养你那两只麻雀吧。

回到家还没有站稳，两只金丝雀欢快的叫声针一样刺进我的耳膜，它们是爽了，可我就不爽了。

四

搬进蘑菇巷三个月后，我对这个村子的了解变得透彻。由一个城市傻瓜，变得和卖菜的小贩一样精明。比如说，我知道市民对村里人的说法是"男盗女娼"。这个说法并不在我的意料之外，在全国，在任何一个城市，城中村永远是这样的地方。城中村低廉的消费，混乱的管理对潜伏的流窜犯、三流的妓女、从祖国各个省份蜂拥过来的民工、失业者都拥有致命的诱惑，如同苍蝇，永远对腐烂的垃圾比对香水有着更强烈的兴趣。小万和我一起走在村子里，经常说，我们恐怕是这里最后两个正经人了。对他的说法，我表示了否定。我知道，很多和我一样刚刚大学毕业的年轻人住在这里。

我来的前两天，去租房子。打通电话后，一个瘦小的女孩子走了过来，领着我穿过黑乎乎的楼道，开门，开灯。然后，她说，你看看。房间灰暗，就着灯光，我发现这个女孩非常瘦弱，大概只有八十斤，看起来像一只直立的鹌鹑。胸脯刚刚开始发育，只有两个突起的小点在证明，她还是个女人，她胸前长的是乳房。她的房间凌乱，没有床，地上铺了一张薄薄的床垫。内衣和内裤挂在窗子上，一面面飘扬的旗帜。

我盯着她的内衣看，她的脸红了说，你看看合不合适，房租三百，水电另计。

我笑了笑说，你住得好好的，干吗要租呢？

她也笑了说，我们公司安排了宿舍，我刚租一个多月，不找个人接着租，两百块押金就不退了。

我趁着看窗外时，摸了一下她的胸罩，回过头来说，你一个人住不怕被人强奸啊？

女孩子又笑了笑说，我胸那么小，谁强奸我，要强奸也要强奸那些大波妹去。

她的回答让我开心。如果不是因为她的房子光线实在太暗，空间实在太狭小，我想我是愿意帮她的忙的。下楼时，我的理性战胜了我的怜悯之心，我说我再去别的地方看看，赶紧溜了。后来，我还在村子里遇见过她，她的胸部看起来比我那天看到的要大很多，一定是垫了海绵。

我刚住到这里来时，楼下的发廊还叫"姐妹发廊"，两个漂亮的姐妹开的。刚开始，我晚上喝酒回来还傻乎乎地跑过去洗头，洗着洗着，小姐的手在我耳朵边上蹭来蹭去，接着凑到我耳朵边上问，先生，要不要洗小头啊？我说不必了。头匆匆洗完了。洗了几次，我才知道，洗头是假。小万喜欢妹妹，动不动过去洗头。洗完还舍不得走，跟人家海阔天空地聊天。对他的这种行为，我表示鄙视。我说，你要想干吗就干吗不就行了，费这个力气干吗？他淫邪地朝我笑了笑说，这个你不懂，你还是一个小屁股呢。大概过了半个月，小万把妹妹搞到了床上。他去洗了八次头，终成正果。我问小万给了多少钱，他说没给。他很得意，我为那个女人感到难过。

吃晚饭时，小万喝了点酒，带着醉意说，我告诉你，这里最需要安全感的就是那些小姐，你稍微给她们一点点爱情，她们就愿意给你做牛做马。事实似乎确实如此，在这个村子里，不少小姐都由男朋友送去上班，也有不少男人送自己老婆去卖淫。而那些吃软饭的家伙多半都很帅，身材高大。除开送女朋友上班，他们唯一可干的事情就是打麻将，喝酒。其中有个小姐，被小白脸骗走了三年的积蓄，大家本以为她会吃一堑长一智。然而，她很快上了另一个男人的床，同样是一个骑自行车送她去夜总会的帅哥。

小万的故事同样烂俗而简单，他天天去陪妹妹聊天，聊着聊着就聊到了人生，命运啊什么的，然后感觉同病相怜。接着小万要到了她的手机号码，两个人开始约会、吃饭、看电影什么的。再接着，女人病了，她给小万打了个电话。小万赶紧买了碗粥，两斤水果去看她。小万一进去，女人眼泪下来了，她说小万真是个好男人，还记得她。

吃完那碗粥，两个人上床了。

我问小万是不是爱那个女人。他说你傻了吧，傻了吧，我怎么会爱一个小姐呢？抽了根烟，小万又说如果她不是个小姐，我可能会爱她，但我肯定不会娶她做老婆。小万说完，我们两个半天没有吭声。

我养的两只金丝雀非常健康，精力充沛。尽管，我现在四五天才清洗一次鸟笼子，污浊的空气似乎并没有影响它们的健康。

每天早上五点左右，它们仍然叫得兴奋，就像高潮中的女人，这让我苦恼。欧阳少珍来看过我的两只小鸟，她逗鸟时笑得很开心，她说看不出来你还很有情调呢。我说情调个鸟，烦死它们了。欧阳少珍也笑说，确实挺麻烦的，大清早就开始叫，我那边都听得到。欧阳少珍问两只小鸟有没有名字，我说没有。欧阳少珍说，你的东西你应该给它们取个名字，有个名字就表示它们真的是你的了。我说，你觉得叫什么好呢？欧阳少珍想了想说，就叫花花、草草吧。她一说完，我说，你俗不俗气，这么丑的鸟还叫花花、草草，扯淡不是？我将两只鸟命名为 A 和 B。欧阳少珍对此嗤之以鼻，她说你这样的智商也只能取出这样的名字来。

给两只小鸟取了名字后，我还是认不出它们来，它们实在太像了。小万说得有道理，它们确实像两只小号麻雀，本来麻雀已经很难辨认了，何况还是小号的。好在也没有人一定要我把它们认出来，我只要知道，一只是 A，一只是 B 就行了，至于谁是谁，一点也不重要。A 和 B 在我的照顾下，生活得很好，至少比我强多了。

冬天来了，我和我的生活发生了一些变化。最明显的是人长胖了。大学毕业时，我的体重只有一百二十多斤，现在已经突破了一百四，还保持着强劲的增长势头。欧阳少珍说她是看着我长大的，说我由一个本来不太油的年轻人变成了老油条，她经常感慨广东确实让不少大好青年变坏了。她说这话时正躺在我的床上，头枕着我的手臂，两只手一只摸着我的胸膛，另一只手在我大腿根处游弋。

这是我没想到的，欧阳少珍过来收房租，我正在洗澡。她进来时，我说我刚洗完澡，还没穿衣服呢。她说，就你那点东西，谁没见过似的。欧阳少珍进来时，我只穿了一条宽大的短裤，正拿着毛巾擦头上的水。欧阳少珍盯着我看了一会，眼睛里有些欲望升了上来。她说，我摸你一下，行不？我说行。欧阳少珍伸手摸了摸我的胸膛，然后摸了摸腰，她的手慢慢向下，用嘴亲着我的身体，接着顺手拉掉了我的短裤。她蹲下去，我的下体从内裤里挣扎了出来，欧阳少珍一下子含住了它。她在床上的表现很疯狂，下面潮湿，她撕咬着我，想叫却不敢叫，紧紧咬着被子。做完，欧阳少珍躺在我身边说了一会儿话，就开始穿衣服。穿好衣服，她从我口袋里拿了三百块钱走了。临走，还不忘记帮我整理一下被子，在我脸上亲了一口。

出门，锁门。

欧阳少珍走了之后，我狠狠抽了自己一个耳光。欧阳少珍并不漂亮，脸上有麻子，小腹上还有剖腹产留下的痕迹，腰上有着呼啦圈一样的赘肉，阴毛茂密得像施了肥料。她至少大我十岁，女儿都快小学毕业了。这让我看不起自己，觉得自己是个没出息的家伙。

我跟小万说起这件事，他幸灾乐祸地说，操，这么老的女人你也下得了手？你牛。我满肚子的苦水说不出来。我想我跟欧阳少珍永远没有第二次，但当欧阳少珍再次将她的手伸向我的下体，我的身体依然起了变化，只好再次把她按在床上，强奸一样进入她的身体。

除开这个，我家里也发生了一些事情。给家里打电话时，妈妈说爸爸开的肉类加工场被查封了，罚款加上人情费花了十多万，这意味着赚的钱全部亏进去了，还欠下了一大笔债。分摊债务时，妈妈说，你爸老了，再也干不动了。剩下五万块的债，你三万，姐姐妹妹各一万，你是个男人，薪水高，家里以后要靠你呢。不管愿意不愿意，这三万的债我是背定了。我爸妈在我身上花了更多的钱，把一个辍学三年的小混混培养成了人民的大学生。就冲这个，我就没理由拒绝他们的安排。三万块，我算了算，这意味着我半年不吃不喝才能把这笔债还清，但我怎么能不吃不喝呢？实际上我还花得挺多。我爸的工厂没查封之前，我一个月消费要三千块，一点都不担心没钱。但现在，我的消费已经压缩到了一千五，还有继续下跌的可能，这让我非常郁闷。

进了冬天，我有了一个女朋友，自来水公司的宣传秘书，和我一样，她也刚刚大学毕业，学的是中文，湖南人。她说她没男朋友，我说我没女朋友。她长得还不错，身材姣好，乳房大而坚挺，这都让我喜欢。一起吃过几次饭，看过两次电影，她成了我女朋友。我曾经提议过我们住在一起。她不肯，她说她还是住集体宿舍，不然别人会说闲话。我说别人说什么关你鸟事？她说关我的声誉呢。为了安抚我，她说订婚之后，我就跟你住一起。订婚这事情似乎太遥远了。可笑的是她虽然不愿意跟我住在一起，上床还是照样，她早就不是处女了。我问过她是不是喜欢白天上床，她说不是。我说那这是干吗呢，这不是掩耳盗铃吗？她说，掩一下总比不掩好。

这样一来，意味着在进入冬天之后，我有了一个情人，如果欧阳少珍也算的话；有了一个女朋友；另外还背上了三万块的债务。两个女人并没有让我疲于应付，但三万块钱的债务让我感觉到了分量。

广东的冬天还是有些冷的。

五

记者站是这样一个地方，在组织管理上属于报社，但人在下面，很多事情山高皇帝远，也没人管得了。

我在记者站的生活还算愉快。我们站长姓柯，我们当面叫他"柯站长"，背后叫他"老柯"。他的脸总是红的，牙齿发黑，烟酒过度的表现。作为一个离婚的男人，我们理解他。作为一个著名报社的记者站站长，他在这个地方数年的苦心经营是有效果的。我们在这里几乎是一个日报的规模，每天出三个版的新闻，还有每周定期的二十四个版的杂志，另外还有不定期的专刊。报社设在本地的广告部一年能为报社拉回上千万的广告，他作为这里的站长，简直想不牛都不行。

刚到记者站，我连自己的桌子也没有，更不用说电脑了。我每天写稿只能蹭别人的电脑，这些都算了，组织上认为这是锻炼年轻人，我也只能接受。更可恶的是，他开始让我跑报料，然后给我安排了农林水。傻瓜都知道，在我们这个报纸，农林水意味着什么都没有。农林水本身就不受重视，我们又不是党报，鬼他妈才管你农林水呢。如果说，发水灾，干旱，这几条线还有点新闻可做，但哪里有那么多的天灾人祸呢？老柯的安排让我非常不爽，我几次提出抗议，他总是笑呵呵地说，年轻人不要着急，这只是暂时的，以后会调整。过两个月我们还要扩版，到时候事情做都做不完。过了几个月，扩版了，但不关我鸟事，我跑的还是农林水，这简直让我愤怒。

作为跑报料的记者，我每天可以遇到很多新鲜的事情，也很快熟悉了这个城市最隐秘的部分。比如说哪里站街女多，哪里夜总会有色情服务。跑报料是很烦人的事情，半夜三更总会被人吵醒。跑过去一看，操，鸟事没有。几十块钱的的士费没了，觉也别想再睡好了。报料电话简直就像一颗随时可能爆炸的手雷，还不能关，关一次被发现了扣五百块钱。

周末，和女朋友一起，最怕的就是电话响。两个人好不容易酝酿好了感情，事情刚刚入巷，电话响了。不接又不行，接了不去，如果真有什么大新闻，漏一条也是五百块。好几次和女朋友刚上床，才进入，电话就响了。这样的事情搞了几次，女朋友非常不满，她的脸色有些不好看。等回来再继续，她下面干得像一条晒干的毛巾。想弄也弄不好了。

在那几个月里，我见到这一辈子也没见过的那么多死人，各种各样的死法，跳楼的、淹死的、被人砍死的、车祸死的等等等等。还有各种稀奇古怪的东西，比如三条腿的鸡、四厘米长的蚊子、一百多斤的大红薯。各种奇怪的人，比如打电话到报社要我们给他找工作的失业青年、要做本市第一人造美女的丑女、两性人、强奸女儿的父亲……总之，我在这几个月里见到的稀奇古怪的事情比很多人一辈子见到的可能还要多。以前，我看见路边乞讨的小孩，还愿意给上一块或者五毛的，现在一分也不给了。

上班之余，就回家逗逗鸟。我现在有三只金丝雀了，不是买的，我抓的。A和B已经被我养习惯了，清洗鸟笼子时，我把它们放出来，它们也不愿意飞走，洗完笼子，放好鸟粮，装好水。它们会主动爬回它们的笼子。尽管如此，我也没想过要把它们放出来，让它们在房间里自由自在地生活。我的想法是，如果放它们出来，它们会到处拉屎，这会给清洁带来困难。更重要的是，如果它们习惯了我的房间，这个比较大的笼子，那么它们会想念更大的笼子，比如天空什么的。我不能给它们这个机会。A 和 B 的性别一直到最后我都没有弄清楚，如果它们是同性，它们一定是同性恋，它们卿卿我我的样子如同一对热恋的情人。我能够得到第三只金丝雀，A 和 B 都有功劳。我一直都把它们放在窗子上，它们欢快的叫声，吸引了 C，C 生活在野外。它总是飞到笼子边上，对着 A 和 B 歌唱，偶尔也吃点东西。我几次想抓住 C 都没有得手。但最后，我还是得手了。在一个风雨夜，C 疲惫地站在笼子上，我回来时已经是晚上十二点多，它正闭着眼睛打盹。我一伸手，它就在我的手心了。C 挣扎的力气很大，还啄我的手。不管 C 如何反抗，我还是把 C 放进了笼子。它挣扎，撞笼子，打翻水，这些都没有博得我的同情。我想知道，三只鸟在一起会有什么效果。

C 长得跟 A 和 B 不太一样，它尾巴要长一些，没有经过修剪，这让我一下子能把 C 从它们中间认出来。C 来的时候，我的鸟粮正好快完了。喂了两天的鸟粮之后，我开始给它们喂大米。喂了几天之后我发现，它们拉的粪跟以前的不一样，以前比较硬，现在很软，就跟人拉稀一样。C 在笼子里显然是老大，A 和 B 都不敢惹它，C 经常在笼子里飞来飞去，动不动撞在笼子上，它还没有习惯如此狭小的天空。

女朋友对我的金丝雀很感兴趣，甚至说要去抓虫子给它们换换胃口。两个人在一起没话说时，我们就谈这几只金丝雀，讨论 C 会不会成为 A 和 B 之间的第三者。我们讨论的结果是，C 肯定会成为第三者，它不可能一直容忍被排斥的地位，何况和 A、B 比起来，它那么强壮，那么善于飞翔。

傍晚，阳光从对面楼的夹缝中钻过来，照在三只金丝雀身上。我从背后抱住女朋友，我们有时候也会发发呆，女朋友喜欢在下午亲吻我。阳光慢慢地褪去，黑暗笼罩了上来。女朋友说，看着房间慢慢暗下来，她总是很伤感，感觉落寞。以前，她只能独自伤感。

还好，现在有我。

六

小万和"姐妹发廊"里的那姑娘感情越来越好，在我面前，他们表现得甜甜蜜蜜，俨然是一对夫妻。我就笑，心里暗骂"一对狗男女"。朝他们笑对我来说是有好处的，我经常下班之后去小万那里蹭饭。女人的手艺实在不错。小万和女人不住在一起，还是各住各的房子。

现在，我知道女人叫"芳芳"，我怀疑这不是她的真名，我不相信有那么多人叫"芳芳""小丽""春花"等等。她们大概和那些歌星一样，为了便于记忆，取了一个艺名。不过，既然她说她叫"芳芳"，那就叫她"芳芳"好了。芳芳和小万经常一起过夜，一个礼拜两三天的样子。我有时候看不过去，对小万说，你们都这个鸟样了，不如干脆住一起得了。小万摇了摇头说，那不行，一旦住一起了，意味着我要承担她的生活，以后会很麻烦。只要我不跟她住一起，那就意味着我们其实还是什么都没有。

芳芳经常给小万做饭，芳芳做饭了，小万多数会叫我去他家吃饭。每次去他家，我总会带上六瓶啤酒，或者一瓶二锅头。俗话说"拿人的手软，吃人的嘴软"，我吃了芳芳做的东西，经常昧着良心对她大肆赞美，什么"贤能淑德""美丽端庄"之类用来形容女人的词几乎被我说遍了。小万背着芳芳对我说，你这个鸟人太恶心了，这么肉麻的话也说得出来。我一想，也是，确实够恶心的。但一吃她的东西，我就忘记了恶心，依然拼命赞美。赞美的次数多了，真就感觉出好来。就算是婊子，也有着贞洁的过去。

关于小万我已经无话可说。这样也好，就像两朵浮萍，如果它们愿意在同一个池塘里继续漂浮，那总比一个的好。来这里半年之后，我有了新的习惯，傍晚去公园散步。

有必要说说这个公园。

这是一个怎样的公园呢？里面有茂盛的草地，漂亮的棕榈树，可以看见亲昵的男女，放风筝的孩子。每天跑步，可以看见很多人。我肚子上的油脂越来越厚了，晚上的睡眠依然病态。手机短信息的声音都可以把我从梦中惊醒。我几乎天天做梦，这不是好现象，它证明我缺乏良好的睡眠。

房东越来越频繁地出入我的房间，我开始叫她"欧阳"。她答应我时声音妩媚，一笑眼角的皱纹越发清楚地凸现出来，我不喜欢她笑。在她身上，我像是一匹奔腾的马，而她便是质地优良的草原。躺在我身下，她总是咬着被子，压抑着叫声。做完，她总是说，什么时候能爽爽地做一次，想怎么叫怎么叫。我一边抽烟一边说，你以为你是驴啊，叫什么叫。我说完，她总是起来，将我的手拉过去按在她略微下垂的乳房上。她还是继续收我的房租，一个月三百，她说不能不收，如果不收意思就不一样了。

每天爬起来上班，对我来说是一件痛苦的事情，天天还要看着老柯那张要死不活的红脸。就我跑线的问题，我跟老柯交涉过几次。每次老柯都糊弄我。他说，你不要急，年轻人不要那么急，以后我们有的是事情干，你想干都干不完。老柯说时还不忘记给我发一根烟。抽着老柯的烟，我说，柯站长，你不是这样的吧？开始你说扩版，扩版了就换，现在都扩版了，我还是农林水。老柯一边弹烟灰，一边说，年轻人不要急，锋芒太露总是不好，你说你才来多久，我刚来时，整个记者站就我一个人，吃喝办公都在一个地方，我不也是熬过来了，熬过来了也就好了。一听老柯这话我急了，我说，那

28

是你耗得起，我可耗不起，我还得想法子赚钱呢。老柯还是笑眯眯地说，等有机会了，赚钱不是问题，到时候就怕你写得手软。跟着老柯的话，我说，我现在就天天手软，闲得打飞机。老柯就笑，笑得浑身都在颤抖，指着我的鼻子说，年轻人，还是年轻人，我现在不行了。笑完，老柯神秘兮兮地说，你说，你跟我是老乡，又是同一个大学毕业的，只要我能帮你的我还能不帮你？老柯从座位上站起来，走过来，拍了拍我的肩膀说，年轻人不要着急，你要是真有才华，有的是机会，我们报社是不会委屈任何一个有才华的人的。和老柯交涉了若干次，我自己觉得都没意思了。妈的，哪里不都是混吗，我他妈就混好了。

回头，我跟小万说起。小万一听完"哈哈"大笑，笑完，他说，操，这个鸟人跟谁都这么说，到后来还不是画了一个大饼。我说我知道，然后一杯接一杯地喝酒。

老柯这个鸟人我算是看透他了。

七

冬天过去了，春天还会远吗？

我相信不远，正如我吃不到葡萄，但我相信葡萄一定很甜很甜。

春天来了，我在河边散步，河水照耀我年轻的容颜。这是我想象中的样子，对我而言，春天和秋天没什么区别。这就跟广东的气候一样，你看不出春天和秋天有什么差别，正如你感觉不到夏天和冬天有什么区别，除开没完没了的上班，我的生活基本是空白的。现在，只要一接电话，我就知道这个新闻值不值得去。和半年前相比，我成熟了。

刚开始接报料电话，一听说出车祸，我就很紧张，然后就傻乎乎地去了。但现在，接到电话，我会漫不经心地问，死人了没有？对方如果说"没有"。那么，我会接着问一句，几辆车撞了？对方说"两辆"。如果确实是这样，我会和对方随意说两句，然后说"请你留下你的电话，方便和你联系"。接着，挂掉电话继续喝茶。

这么说并不意味着我的记者生活毫无乐趣，比如说有一次就很好玩。

那是下午，有电话报料说有人要跳楼自杀，正在楼顶上站着呢。我和小万一听就来劲了，跳楼啊，这肯定有故事。我们赶到现场，看见楼下停着几辆消防车，忙碌的警察和消防队员。和所有的故事一样，等了半天他还是没有跳下来，最终被人救了下来。知道他想跳楼的原因后，我和小万精神大振。

要跳楼的是东北某市公务员，在网上爱上了这里一个女人。两人在网上眉来眼去很久，男的终于忍不住了，从东北千里迢迢跑了过来，和女人缠绵了半个月。回去之后，他和老婆离了婚，公务员也不做了。离婚后，他跟女人说"我离婚了，我要娶你"。女人也答应了。等他真过来，女人后悔了。他绝望啊，他要跳楼。跳楼之前，他给女人打电话，他说，你来，你不来我就跳下去。等了一个多小时，女人还是没来，他却被警察救了下来。

稿子发出来三天，老柯找我谈话，首先肯定这个新闻做得好，然后俯下身跟我说，你知道那个女人是谁吗？我说我知道个屁，我又不是侦探。老柯喝了口水说，副秘书长的老婆。老柯说出来时，我的手抖了一下。确实很意外。老柯显然把这个动作看在眼里了，他放下茶杯，慢条斯理地说，不管她是谁，你都不用害怕，报社会搞定这个事情。你好好做你的新闻，这条新闻做得不错。老柯说完，满意地看着我，仿佛给了我很大的恩赐。从老柯的办公室出来，我骂了句"傻逼"。这个鸟人也太小看我了，以为这样就给了我恩赐。副秘书长的老婆出墙，他还哪里有脸闹啊，四五家媒体都发了消息，就算他是副秘书长又能如何，丢人还来不及呢。

我越来越厌烦老柯了。

春天来了，我亲爱的女朋友风情万种，这是一个美好的春天。

春天来了，我的三只金丝雀也死了。可能还有一只没死，但我不知道。

最先死的是C，这让我意外，我本来以为在我粗放型的管理之下，要死也是A或者B先死。但的确是C先死了。C的死相惨烈，羽毛愤怒地张开。我打开鸟笼子，捡起C的尸体。C很轻，放在掌心简直跟没有一样。我想起它第一次在我手心挣扎的样子，恍若隔世。它的眼睛还睁着，死不瞑目的样子。站在窗口，我从窗子里把C扔了下去，它轻得跟一片羽毛一样，还在空气里打了几个转。过了几天，B也死了，其实我并不知道是B还是A。但既然先死，我就暂且称它为B，B的死态温和一些，蜷缩起来，头紧紧地缩在翅膀下面。B和C死了之后，A在笼子里非常孤单。养了几天，我决定给A自由。我打开鸟笼子，A显然已经习惯了鸟笼子，开始，它一动不动。我只好把A从笼子里抓出来，放在窗台上。它试探了几次，飞了出去。它的飞翔能力实在太差了，才飞了不到十米就落了下去。我想死活就由它吧，总比看着它死好。A回来过几次，我给它准备了大米和水。后来，就再也见不到A了。

金丝雀没了之后，小万到我家来，找了找，看着空空的笼子，看了看我说，你不会真把三只小鸟炒来吃了吧？我看了看小万说，我没那么变态。小万说，难说。停了大约一分钟，我说，我怀疑你那只小鸟，才会真的被你给吃了。小万说，我吃了她她也是心甘情愿。小万抽了根烟，点了点头说，还是"老虎"好玩，我养了这么久，它还是精神抖擞。小万说到他那只"老虎"，我的头一下子大了。

八

五一节来临，麻烦也跟着来了。

女朋友要我带她回家，或者她带我回家，她的理由充分，她说，我们拍拖也有大半年了，也该去见见父母了。她的话让我大骇，我并不是对我们的感情有所怀疑，只是这来得太快了，让我有些不适应。我说，我们可以再加深一点了解，过年去见也不迟。我的话让她非常生气。她拒绝给我洗衣服，拖地，也不跟我做爱，给她打电话她也不接。我想着法子哄她，都没有用。她眼泪汪汪地说，你这个小人，你这个流氓，你就是不想负责任，你想跟小万一样，找个女人随便睡睡。我说我不是，我是真的爱你。她说你怎么不是，你就是，你要是真爱我，你为什么不肯带我去见父母，也不肯跟我见父母，你怕。她这么说，至少有一点她说对了。我怕。我不怕麻烦，也不怕结婚，我们同学一毕业结婚的都有，我这样已经算晚婚了。我怕的原因是，我实在没有把握。

等她脾气好点，她说其实她也害怕，想早点找个人结婚。我们的害怕其实是相同的，都是没有安全感，只是我们采取了不同的方式。

那个五一，我过得不开心。

五一过后没几天，我爸打电话给我。先是问寒问暖地说了半天，比如我的胃好不好，衣服够不够穿，在外别太省着，酒要少喝，烟要少抽等等。然后他话锋一转，你现在工作怎么样？我说，还行。他又问，收入怎么样？我说，还行。又唠叨了几句，他说，儿啊，你过年把你的债还一点，也不多，两万就行了，债主都逼上门了，我和你妈应付不过来。我的心抖了一下。我爸接着说，我跟他们说，我儿在广州做记者，赚的是大钱，让他们放心，他们这才放过了我和你妈。我的心又抖了一下说，我没钱。我爸急了说，你怎么会没钱？我听人家说记者到处都有红包拿，你们报社工资又高，你怎么会没钱呢？我说，那是老记者。我爸说，你去了都快一年了。我说，一年顶个鸟用。我爸在电话那头肯定很失望，但最后，他还是说，不管怎样，你至少要拿回一万五，不然我和你妈就别想过年了。为了坚定我的信心，他又说，你说，我养你不容易吧？我说，那是。我爸赶紧说，那你好好挣钱，把你那点债给还了。说完，好像怕我后悔一样，挂掉了电话。

相比较一万五千块钱，女朋友给我的压力更大一些。一万五千块钱，压力不算大，五月离过年还有九个月，一个月存上两千块就够了。一个月存上两千，这个能力我还有，不然我简直替我们这个报社丢尽了脸面。

只要我不开心，欧阳少珍就很开心，她可以充当救世主的角色。

我和女朋友为了见家长冷战，欧阳少珍经常在对面冷笑，故意把锅碗瓢盆弄出很大的声音。搞得我女朋友说，你对面的女人有病啊，做个饭好像要全世界都知道一样。

女朋友不在时，欧阳少珍隔着窗子说，吵架了，跟你的小情人闹别扭了？

我不耐烦地说，关你鸟事，你收你的房租就行了。

欧阳少珍却不生气，笑眯眯地说，我可以把你赶走，我把你赶走了，你就再也租不到这么便宜实惠的房子了。

她说得没错，为了这房子，我也要忍气吞声。欧阳少珍其实也舍不得我走，她在家里做完饭，等女儿吃完饭上学后，就溜到我这边来，跟我甜言蜜语。对她的这些行为，我有些反感。欧阳少珍到我这里来，第一是做爱，第二是炫耀。炫耀的目的也是为了引诱我跟她做爱。自从有了女朋友，我越来越不喜欢欧阳少珍，她毕竟三十多了，跟二十出头的小姑娘比起来，她的身体条件差得太远。就说她的乳房吧，我女朋友的乳房是圆圆的，挺挺的，里面是结实的肌肉，而她的则是松弛的纺锤形，摸起来像揉着一个面团。就连阴道，也是松弛的，里面空阔得能放进一头大象。欧阳少珍也有长处，她经验丰富，总有办法让我达到高潮。更重要的是我租着她的房子，虽然我可以搬走，可搬走后，我去哪里找这么好的房子呢？去哪里找一个不但提供房子，也提供阴道的房东呢？

欧阳少珍有钱，她一个月收的房租够我干上几个月的，这让我对她略存好感。其实，仔细一想，这个想法很贱，她有钱，可关我什么事？她也不会给我一分，她给我最实惠的好处是一个月少收我一百多块的房租，偶尔在她那里混混饭。一想到这个，我非常不爽，这么点小恩惠就给收买了，真不是个男人。转念一想，能占便宜干吗不占，这样一想，我又心安理得了。

知道我的困境之后，欧阳少珍表示可以借我五千块，如果我过年回家钱不够的话。我问她哪里来的钱，她说，哪个女人都会存点私房钱，跟男人一样。我想了想，还是拒绝了欧阳少珍的建议，我觉得如果我收了她的钱，我就像个鸭子。

突然很怀念我的三只金丝雀，至少它们在我的笼子里还生活得无忧无虑。

九

我还在记者站混日子，至少这还是一个不错的地方。

梦想早已灰飞烟灭，渴望成功的人到处有，而我只是其中不太努力的一个。刚毕业那会，特别幼稚，以为真的就"铁肩担道义，妙笔著文章"了。真一走上社会，这想法就变了。小万是美院毕业的，学校把他分配到民间艺术社，整天坐在那里画灯笼，各种各样的灯笼。这让他非常郁闷，他觉得自己是个有才华的人，毕业他去了民间艺术社，一个说起来好听——怎么着也艺术了——实际狗屁不是的地方。

在那地方待了两个月，小万开始寻找新的机会。

刚好，那个时候，街头广告刚刚兴起，懂艺术设计，又有动手能力的人少。小万很快成为这个城市的橱窗设计大师，设计一个橱窗八百块，他一个月至少也要弄上十几个，也就是说在那个时候，他一个月能弄近万块钱，而他的工资才六百多。

说到他的光荣史，小万总是很得意。他说他上班第四个月，就买了个BP机挂在皮带上。艺术社的老同志们眼睛都花了，他们拉着小万的手说，你发了，你发了，什么时候带我们一起发财吧。小万就笑，得意地笑。他说，那些老家伙，我刚去时，想着法子欺负我，看我赚钱了，又苍蝇似地围过来了，真恶心。小万说，那个时候，我每天晚上出去喝啤酒，扎啤。那时候喝扎啤是最牛的事情，我每天都带人去喝两桶，身边大把的姑娘。说完，小万感慨道，那时候年轻啊，不晓得存钱。现在，想要找钱没那么容易了。

当时和小万一起画橱窗的人都发财了，其中不少是小万的徒弟。现在，小万还是一个不名一文的摄影记者，他的那些徒弟，最次的也有自己的广告公司了。我们一起出去喝酒，小万总喜欢把当年的徒弟叫上一个两个，让他们买单，顺便提提当年的光荣史。徒弟们都还给面子，毕竟小万还在报社，偶尔用得着。由于小万的关系，我也认识了不少广告界的人，喝酒时称兄道弟。

我和女朋友的感情持续健康地发展，老实讲欧阳少珍没搞什么破坏，也就是在我女朋友来时把房间里的声音弄得特别大，搞得我们在这边不得不小心动作。女朋友也有烦心的事情，比如单位里还有一个宣传秘书，人际关系搞得熟，总是抢她的风头。她这么说时，我总是说那还不好，有人帮你把活也干了，钱你也不少收。她很生气，说你不想办法帮我也就算了，还说这种风凉话，我要是干得不好，以后怎么混？我说我养你。她不屑，就你？还养我，你还是想办法把你那三万块钱的债务早点还了吧。

除开这些事情，她还说，他们经理老喜欢来烦她，有事没事把她叫过去一下，趁机摸一下手什么的。说起这事，她咬牙切齿地说，也不看看他自己多大了，都快七老八十了还想上我。女朋友说这话让我欣慰，觉得这样的女人真的应该娶回家算了。可嘴上还是说，你现在怎么这么粗鲁？女朋友指着我的鼻子说，还不是跟你学的。

唯一遗憾的是，女朋友对我和欧阳少珍的关系似乎有所察觉，她说，你这个房东怎么回事，每次我一来她就弄这么大声。我说她变态。心里却暗暗紧张，我可不希望有什么事情发生。

记者站的生活还是老样子，每次我找老柯，他还是拿那几句鸟话来搪塞我。傻瓜都看得出来，不会有什么改变了。我们这里一个记者，跑的公检法，公检法都是出新闻的大户，他一个人控制了这几条线，还不包括公安局的突击检查，扫黄打非什么的。公检法的通讯员多数训练有素，写的稿子基本不用修改就可以发。这意味着他每天可以睡在家里等通讯员发稿子过来，顺顺句子，然后在通讯员前面加上自己的名字就万事大吉。记者站的记者私底下都说，他哪里是记者，整个就是一编辑。尽管大家意见很大，但这个记者的地位还是雷打不动——发稿才是硬道理。何况，他和老柯的关系非同一般的好。我跟老柯提过，让他分一条公检法的线给我。老柯很为难地说，你看人家现在跑得很好，我调线没什么理由。我心里就骂，你派一头猪去跑公检法也会跑得很好啊，那还要跑吗？怨气归怨气，我的农林水还是要跑，不发稿我就没钱吃饭，就算农林水没什么事，我找也得找点事情出来。

老柯的态度让我越来越想揍他一顿，然后走人。

十

我的房子被人洗劫了。

晚上回家，我开门，门非常紧，费力地打开门，房间里一片凌乱。衣柜里的衣服全被翻到了地上，客厅里唯一的桌子也被翻了个底朝天。我的学历证书、照片，像被遗弃的孤儿一样，可怜巴巴地散落在各个角落。房间里的床头柜也被翻烂了，柜子的门张开着，像一张饥饿的嘴。

进了房间，我坐在桌子上抽了跟烟，然后给欧阳少珍打了个电话，欧阳少珍，你这里怎么搞的？我家里被人洗劫了。

我说完，欧阳少珍居然"咯咯"地笑了，她一边笑一边说，是不是被你小情人洗劫了？

我不耐烦地说，别他妈扯淡了，你这里怎么回事？还住不住人？

欧阳少珍这才换了副正常的语气说，什么时候的事情？

一听欧阳少珍这话，我简直要晕过去了，我怎么知道什么时候，要知道那他还洗劫得了吗？

欧阳少珍在电话那头说，那是，那是，你换个锁吧。也只能这样了。

我说，换锁不要钱啊？

欧阳少珍说，你开个收据，我给你算房租里面。

挂了电话，我清理了一下房间，还好，银行卡、存折还在，电脑还在，我的大学毕业证、学位证都还在。我得感谢入室抢劫的人，他们没有因为找不到钱而把这些东西都撕碎了。想到这里，我轻松了些。

在村子里买锁时，我跟卖锁的人说，你这里什么锁好一点？

老板指了指挂在墙最上面的锁说，那种最好，电子的，除开钥匙谁都打不开。

我问，多少钱？

他说，一百三十。

这就有些扯淡了，一把锁能要这么贵？我摸了摸钱包，里面只有一百多块钱。想了想，我说算了，换个便宜点的吧。他又给了挑了一个，说这个也好，不过便宜多了，只要九十。我问保险吗？他说那当然，除开钥匙，谁都打不开。

他说完，我就笑了，我说一百三和九十的都是谁都打不开，那人家买你一百三的干吗？他尴尬地笑了笑说，那是那是。买好锁，他又说，要不要上门给你安装？我说那当然，不然我怎么装，我那里连铁丝都没有一根。

他又笑了笑，你那门是焊上去的还是钉子钉上去的？

我愣了愣，虽然我开了几百次门，还真没注意。我问，有区别吗？他说，那当然有，焊上去的安装要三十块，钉上去的十五块就够了。我只好打了个电话给欧阳少珍，欧阳少珍想了想说，我也不知道。骂了句"你这个昏君"之后，我把电话挂了，我对卖锁的说，你把工具都带上吧，我也不知道怎么弄的。

卖锁的现在变成了装锁的。他背着的包很好看，有点像黄布包，长长的带子，尽管有点脏，看起来像个艺术家，这让我喜欢。我看了看九十块钱的锁，问道，这样的锁不用钥匙是不是真的打不开？他说那当然。我说那我房间里的锁跟这个差不多，怎么就被人打开了。他说，那肯定是人家有钥匙。他这么说，我开始怀疑是不是欧阳少珍故意在耍我。

爬上四楼，我用钥匙艰难地开了门。卖锁的三下两下把旧锁拆了下来，我正准备问为什么我的锁会被人打开。他指着旧锁说，你这个锁，当然容易开了。你看你是"一字口"的，人家拿把起子伸进去，一扭，就开了。说完，他指着锁心说，你看，都扭成这样了。我看了看，锁心被扭成麻花形了。说完，卖锁的又拿起新锁说，你看这是"十字口"的，人家拿起子就撬不开了。我说那人家不用"一字口"的，用"梅花"起子不是一样开。他放下锁严肃地说，不一样，这样不好受力，还是打不开。我笑了笑，给了他根烟说，你以前是不是干这个的，这么熟悉。他没生气，抽了口烟说，年轻时干过。他一边装锁一边说，你这个是钉上去的，好办点。

装完锁，他给我开收据。他问，开多少？我说，按原价吧。他正准备写，我说，开两千吧。卖锁的愣住了，他说，大哥，不是吧？你装这个锁房东一般都不会给你报销，你开两千，不是开玩笑吗？我拍了拍他的肩膀说，你就开两千，写上锁一千八，装锁两百。卖锁的摇了摇头，还是给我开了一张两千的收据。

临出门，他说，这是我开过的最大的收据，你太会吹牛逼了。

卖锁的刚走，欧阳少珍来了。走进房间，她看了看我还凌乱着的房间说，真被洗劫了？我点了点头。她又问，没什么损失吧？我又点了点头。她说，那就好。然后开始帮我收拾房间。

收拾完，欧阳少珍说，把你新锁的钥匙给我。我不满意地说，我凭什么给你？欧阳少珍伸手抓住我的耳朵说，凭我是你房东，凭我给你报销。我抓住欧阳少珍的手说，你给我放开，听到没有，放开。欧阳少珍松开手。我说你真要钥匙？她点了点头。我说很贵呢，你要按原价，我就给你钥匙。她说好。我把两千块的收据递给欧阳少珍，坐在旁边看欧阳少珍的表情。她接过收据，看了看，说你签个字。签完字，欧阳少珍将收据慢慢放回包里。然后，开始数钱，都是一百的。一张、两张、三张……欧阳少珍数钱时，我心里一阵阵发毛。欧阳少珍递给我一沓钞票，你数数，两千。这玩笑开大了。

晚上，欧阳少珍没有回家，她说她把女儿送到奶奶家去了。

做完，欧阳少珍要我给她讲故事。我说讲什么呢？她说随便。我说那就讲白雪公主吧。她说好。等我讲完，发现欧阳少珍已经闭上了眼睛，她的手搭在我肩膀上，头枕在我胳膊上，像睡着了一样。给一个三十多岁的女人讲故事实在不是什么浪漫的事情。何况，刚才折腾了半天，也让我充满睡意。我把欧阳少珍的手从我身上放下来，把我自己的手从欧阳少珍的脑袋下抽出来。卷上毯子，正准备睡觉，听到欧阳少珍说，你再给我讲个故事。我说不讲了不讲了，睡觉。欧阳少珍突然翻个身，趴在我身上说，你讲，我每天都讲故事给我女儿听。我不耐烦地说，你又不是我女儿。欧阳少珍亲了亲我的胸膛，然后抬起来，用手捧住我的脸说，你是不是嫌我老了，不漂亮？欧阳少珍这么说时，我认真地看了看欧阳少珍，她确实老了，而且不漂亮，甚至说有点丑。尽管如此，我还是摇了摇头说，没有，你挺好的。欧阳少珍从我身上翻下来说，真虚伪。

　　过了一会，欧阳少珍又说，我挺喜欢你的。我没吭声，欧阳少珍说，其实，我也读过大学。见我没反应，欧阳少珍说，我读大学时也挺骄傲的。欧阳少珍说这些时，我来了点兴趣。我问，你哪个学校的？她说，中大哲学系。我问，自考的还是成人高考？她说，普通高考，我们那会儿考大学可不容易了。欧阳少珍说完，我满脑子的睡意全没了。正准备问个究竟，欧阳少珍又开口了，她说，你是不是挺爱你那小情人的？我说，那当然。欧阳少珍说，她不就是年轻一些吗？小婊子。我从床上坐起来，说，你别这样说，我不高兴。欧阳少珍说，怎么啦，我还没说别的呢。说完，欧阳少珍也坐起来，说，她本来就是个小婊子，还没结婚就跟你搞。停了一会，她又说，我一听见你们两个人在这里搞，就想冲过来把你给阄了。然后，欧阳少珍把嘴凑近我耳朵，妩媚地说，你别以为你那小情人是个什么好东西，她本来就是个小婊子。

欧阳少珍的话，让我想起我那自来水公司的女朋友，一个从来没在我的房间里过夜的女朋友。

房子换锁不到半年，我搬走了。这个过程中，发生了很多事情。几乎和我同时搬出村子的还有小万，他是出于悲伤，芳芳失踪了。楼下的"姐妹发廊"变成了"花语发廊"。我亲爱的房东欧阳少珍的老公也回来了，他的双腿被汽车碾废了，欧阳少珍继续去当她的良家妇女。丈夫回来后，欧阳少珍说，你不能住在这里了，我受不了。

小万和芳芳在一起，两人心照不宣，都知道不过是玩玩而已。小万经常到发廊等芳芳下班，其实如果他不去，会少很多麻烦。发廊人多口杂，到处弥漫着难闻的头发和染色剂混杂的味道，地上铺着剪下来的头发。小万似乎很喜欢那种味道，他能在发廊里一坐就是一个晚上，我给他打电话，他接，约他出来，他就不动了。后来，他后悔地说，如果我不去她店里，也许什么事情都没有。但现在说这些有什么用呢？她走了，店子都关了。小万说她走没关系啊，可太突然了，搞得我一点心理准备也没有。

突然少了这么一个大活人，换了谁都不习惯。

事情不是没有原因的。

国庆节过后不久，小万像往常一样在发廊等芳芳下班，他们可能还约好去干点什么。

那天是周末，小万的心情很好，他坐在发廊里和芳芳聊天。想到很快就有一个愉快的周末了，他情绪高昂。晚上十二点，芳芳跟姐姐说，我先走了。刚准备出门，进来一个人，瘦瘦的，身后还跟着几个人。一看见芳芳就亲热地拉住芳芳的手说，来，你给我洗一下头。芳芳有些不乐意，看了看小万，小万把眼光挪到了别处。

洗头时，瘦子的手很不老实，小万当作没看见。芳芳是做什么的，他清楚。洗完，瘦子要带芳芳出台。芳芳不乐意，她指着小万说，我男朋友在等我呢。瘦子看了小万一眼，走到小万面前，掏出五百块钱说，够了吧，今天我做她男朋友。小万站了起来，正准备做点什么，旁边跟着的几个人"哗"的一下也站起来。小万看了看周围，他被包围了，一把刀顶住了他的腰，小万接过钱说，都是男人，图个开心嘛，不用那么认真。

芳芳第二天回来，不跟小万说话。小万把钱给芳芳，芳芳把钱扔在小万脸上，她说，你还算是个男人吗？虽然我不是你老婆，可你也应该知道我不愿意去。说完，芳芳把衣服脱了。小万看见芳芳身上有好几个烟头烫的黑点，还有撕咬的痕迹和牙印。芳芳一边哭一边说，那是个变态，我不想去，你干吗不帮我一下。你怕死啊，他们真敢杀了你啊？芳芳又咬又抓。闹完了，芳芳说，反正我也不是你什么人，我是死是活你也不关心。芳芳脸上表情冰冷，小万心里一阵阵发寒。过了几天，芳芳失踪了，楼下的"姐妹发廊"在一个晚上空了。又过了几天，"花语发廊"开张了。我从楼下走过，朝里面看了看，装修得还不错，洗头的姑娘长得也漂亮，看起来只有十六七岁的样子，她们的脸暂时还很干净。

芳芳失踪后，小万有些伤心，他说，操，要知道是这样，我说什么也不让芳芳出台，我就算被人打一顿又如何？他们还真敢把我打死？我说难说。小万说，真难过。我劝他说，算了，反正你也没准备真对人家好，想想，你有老婆呢，你跟她不过是玩一把，没必要那么当真。小万抽了抽鼻子说，话是这么说，我还是觉得自己像个傻逼。

小万的这种伤痛没保持多久。过了半个月，还是一个月，具体我记不清了。他说他认识了一个新的女孩，让我有空时陪他去看看，把把关。

我心里暗暗骂了一句"鸟人"。

十一

接近元旦，空气里有些冷的味道，夹杂着难闻的废气。街上的人都穿上了外套，有些还穿起了毛衣。冬天了，广东的冬天仍然温暖，虽然和昆明明媚的阳光相比，它还不够明亮和温暖，比北方却强多了。

我爱这阳光。

在记者站，我跑的还是农林水，偶尔也跑报料。看着跑楼市、汽车、工商税务、公检法的记者大版大版地写稿子，大把大把地收钱，还有红包，我心里难受。农林水不但不出新闻，还穷，长期跑这几条线，我穷得像个没地的农民。我跑这几条线都一年了，总共没收到一千块的红包，还不好意思说，怕人笑话啊。在此前，有老记者跟我说，在我们这个报社，哪个记者一年要是收不到一两万的红包，那是他没本事，也是个不称职的记者。他的话让我羞愧，我连零头都没收到。由于跑这几条线，我一个月的薪水只有四千多，而他们一般都在八千左右。这些鸟人也就比我早来一点而已，也没见他们干得比我辛苦。四千多的薪水对一个大学毕业一年的新人来说，不算低，但一比较起来，就让人丧气。与其在这里郁闷，不如换个地方，薪水虽然不会有多高，起码自己会愉快一些。经过考虑，我决定不干了。

我辞职时，阳光静静地射进来，照在老柯的办公桌上。他的桌子上有一个很小的地球仪，我进去时，老柯正在摆弄那个地球仪。和以前不一样，这次我没敲门就直接进了老柯的办公室。坐下后，大大咧咧地从老柯放在桌子上的烟盒里抽出一根，放在鼻子下闻了闻，然后放在了嘴里。老柯抽的是"玉溪"，闻起来味道不错。老柯给我点上火说，有什么事？你最近报料做得不错啊。我笑了笑说，是吗？多谢领导夸奖。老柯说，什么领导，都是兄弟，我们走到一起都是兄弟。抽完根烟，老柯指着我笑了笑，颇有领导风范地说，你肯定有什么事情，是不是又是换线的事？这个别急，我刚来时也很郁闷，等有机会一切都好了，再且——"老柯还没有说完，我用手敲了敲桌子说，好了，老柯，我不烦你了，老子不干了。老柯有些吃惊，他又给我发了根烟说，干得不开心？我说，是的，没鸟意思。老柯脸色沉重起来，年轻人不要冲动，你知道我们这个报社多少人想进都进不来？再说新人当然要吃点苦。上个礼拜，集团的领导到记者站来还表扬你了，说你能吃苦，耐得住。这个报社很多人想进来我当然知道，记者站里好几个北大的。见我没吭声，老柯说，再等等，等有机会，我调整一下。你说，我们是老乡，有什么事情我会不帮你？老柯不说老乡也就罢了，他一说，我的火气更大了，我说，别他妈扯淡了，要调早调了。老柯脸色有些难看，沉默了一会，老柯说，你想好了？我点了点头。老柯说，那好吧，你写个辞职信上来。

写好辞职信，交给老柯签了字，然后交给办公室文员，他负责传回报社总部。干完这一切，我浑身轻松，坐在办公桌前，看着周围忙碌的人，感觉有些奇怪。从这个瞬间开始，我就不再是这个集体的一员了。至于未来在哪里，我搞不清楚。

下午下班，老柯走出来说，大家晚上聚一下，为小马饯行，他要离开了。同事们一个个地走过来和我握手，拍我的肩膀，说以后还是兄弟之类的废话。跑公检法的记者也拍着我的肩膀说，唉，你怎么就走了呢？我一个人跑公检法累死了，正想跟老柯说让我们两个一起跑呢。我脸上说，谢啦，谢啦，心里却有些想吐。

走出办公室，我给女朋友打了个电话，让她出来陪我吃饭。我说我辞职了。挂了电话，不到十分钟，女朋友赶到了我身边，她说，你怎么了，你傻啦，好好的辞什么职啊，你知道你们报社有多少人想进都进不去吗？我说"不知道"。女朋友脸上一副恨铁不成钢的样子。我拉着她的手说，好啦，晚上一起吃饭。她把我的手甩开说，还吃什么饭啊，我气都被你气饱了。生了一会气，她说，辞职信你交上去了？我点了点头。她问，什么时候？我说大约有四个小时了。这个时候电话响了，小万打来的，他说老柯定好地方了，让我晚上早点过去。我本来想说不去了。女朋友一把抢过电话说，小万，到底出什么事了？小万说，没什么，老柯说晚上给他饯行呢。女朋友又问，老柯去不去？小万说当然去了。女朋友说，那好，我们晚上一定去。

我不想去，想着他们爱怎么着怎么着吧，但女朋友还是拉着我去了。吃饭，喝酒，一杯接一杯的，平时很少说话的同事都上来敬酒，说着"祝你前程似锦"之类的话。有酒那就喝吧，我正喝得痛快，女朋友忽然把我拉到老柯面前说，柯老师，小马太任性，你别跟他计较。老柯说，开玩笑，我跟他计较什么呢？我们本来就没什么，都是好兄弟。老柯说完，女朋友说，柯老师，小马说要辞职，那是跟你开玩笑，你把他的辞职信退给他，我已经骂过他了，以后他会安心工作的。

听着她的话，我的酒一下子醒了。看着女朋友，像是不认识她。老柯拿着酒杯，为难地说，不太好办啊，我签字了，而且传回集团了。女朋友还在哀求老柯，我的火气一下子上来了，把女朋友拉过来说，你怎么回事啊，求这个鸟人干吗？女朋友哭了，她说你怎么就这么不懂事呢？我怎么就碰到个这么不懂事的人呢？女朋友哭时，我看见老柯的脸上带着暧昧的笑。这让我更加生气了，仗着酒劲儿我伸手给了女朋友一个耳光说，你他妈别给我丢人了。

辞职后，我的生活有了很大改变。不用早起晚睡了，也不用担心半夜被电话叫醒了。这让人舒服，经济压力却随之而来。我的存款只有一万一，离过年回家要还的一万五还有距离。而且，辞职后，我还要交房租、吃饭，这都要钱。玩了半个月，我知道要找个工作了。我给小万打电话，让他给我介绍个广告设计之类的工作。我大学读的新闻，学过广告，广告设计的科目成绩九十五分，满分一百。我想小万有这么多徒弟在广告界混，找一个工作应该不难。小万满口答应了。

过了一个多礼拜，小万打电话给我说，小马，我找了一些地方，他们表示欢迎你过去，不过薪水你可能不能接受。我问多少？小万说两千多吧。我跟他们极力推荐你，不过薪水还是要从两千开始。我问，那多久可以加薪？小万说这要看个人表现。我说，那上手之后一般多少？小万说四千左右。小万说完，我兴趣不大。

辞职之后，女朋友就没了消息，打电话给她，她不接，更不用说到房间跟我做爱了。我开始幼稚地以为她在生那一耳光的气。我买了一大把玫瑰，站在他们公司门口等她下班。我从来没给她送过花，我想这一招应该有效。结果，非常失败，她看都没看一眼就走了。我追上去向她道歉，她说，你不要再找我了，也请你别跟着我，我还有约会。我把花塞到她手里，她说，现在是不是迟了点？我说不迟不迟，元旦我就带你见家长。她说不用了，没什么意思。话说到这个份上，就算我是一头猪，也知道是什么意思了。我说，那好吧，这花送你作个纪念，从来没给你送过花，最后一次，是个意思。她拿着花走开了，走了不到一百米，把花塞进了垃圾桶。

我感觉脸上有点什么东西在爬，痒痒的。一摸，是眼泪。

我辞职后，唯一对我好的人可能就是欧阳少珍了。她说不就一工作吗，辞了就辞了，有什么大不了的，再找一个不就完了。我说，你能不能少说点风凉话？欧阳就不吭声。她经常做红烧鱼，然后让我把饭盒递过去。

女朋友跟我分手后，欧阳少珍经常过来安慰我，从语言到身体。后来欧阳少珍跟我说，我说她是个小婊子你还不相信，现在信了吧。我摇了摇头说，是个人都不能接受这样的男朋友，工作不认真，还跟房东瞎搞。欧阳少珍却没生气，她说，我们搞，她不知道，但她搞什么我知道。看到我脸上还是一点表情都没有，欧阳少珍又问，她跟你时是处女吗？我说不是，这有关系吗？欧阳少珍说，当然有关系，她第一次卖给了我老公一个朋友，仗着是个大学生，还要了一万块钱呢。

欧阳少珍说完，我不争气的眼泪又下来了。

知道这些之后，不到半个月，欧阳少珍的老公回来了。欧阳少珍老公回来时，欧阳少珍跟我说，他现在回来了，再也出不去了，没有我，他生活不下去。对老公的车祸，欧阳少珍似乎还很高兴。她说，你不知道我多爱他，我从小就爱他，可结婚后他却经常去跟别的女人搞。现在，他属于我了，他不能再去找别人，也没人要他了。最后一次和我亲热完，欧阳少珍说，你搬家吧，不然我受不了。这个月的房租就不收你的了。说完，欧阳少珍递给我一个信封说，里面有五千块。我说不要。欧阳少珍说，算我借你的，我知道你现在需要钱。

搬出蘑菇巷 49 号时，元旦刚刚过去。楼下"花语发廊"里的小姑娘的脸已经没那么干净了，买橘子苹果的老太太还在。由于冬天，她穿上了棉袄，她把手缩在袖子了，她大概有些冷。

三月：如梦令

　　方静高中毕业，在镇上待了两年。

　　那两年她当过收银员、小学代课老师、小公司文员，还开过一间小小的服装店，卖的都是从集贸市场进回来的水货，大俗大艳的。那两年，方静以加速度成熟起来。高中毕业，她才十七岁。本来按照她的成绩复读一年，考个二流的大学应该不成问题，但她不想读了。原因有两个，一是高三太苦了，她不想读；二是到处都说大学生找工作难，就算读了大学出来也不知道怎么办。

　　在家里过完最后一个暑假，方静到镇上小超市里做起了收银员，整天坐在超市门口收钱、打票。耐着性子干了半年，方静不干了，她觉得那份工作简直就是在浪费青春，和自己理想中的未来差距太大。可能是由于方静的原因，超市的生意比她来之前要好，原因也很简单——她漂亮。读高中时，她虽然算不上校花，但也是比较引人注目的。镇上很多年轻人宁可多走几步路，也要到方静的超市买东西。给钱时，装作不经意的，伸长脖子往方静的领口里看。男人的心思方静都懂，表面上她客气，脸上总是带着微笑，动作麻利。在心里，方静却厌恶得厉害，这些年轻人不是她喜欢的。方静辞职时，老板尽力挽留，甚至主动给方静提高了工资，一个月加多两百块。也就是说，方静一个月可以挣到八百了。这个收入，在镇上不算低，何况这还是一份看起来轻松不过的工作，但方静拒绝了。

接下来的工作，她都没干多久，最长的干了八个月。时间很快过去了，方静也越发成熟起来。她的胸部挺拔，圆润结实，腿长，像个模特。跟高中时还略显瘦弱的身体相比，她现在肥瘦适中，皮肤光滑，女人味呼之欲出。洗澡时，方静喜欢羹自己的乳房，有点自怜的意思，她喜欢自己的身体，富有质感，充满隐藏的活力，她觉得它们应该有美好的未来，而不是待在小镇上。她不喜欢这个小镇，让她觉得闷。

尽管如此，方静还是谈过一次短暂的恋爱，和一个开卡车的小伙子。他个子高，又帅，笑起来干净。方静还在超市时，他经常过来买东西，斯斯文文的，不会刻意往方静领口里看，这让方静对他有些好感。一来二去，就熟了。方静知道这种熟有刻意的成分，但她没有拒绝，他笑得真的很干净。

恋爱时，他亲了方静，带着烟草的味道，方静皱了皱眉头。后来，他们去开过一次房。刚开始，方静没有太大的反抗，她甚至觉得，既然来开房了，肯定是要做爱的。然而接下来的状况让方静感觉不太好，他的动作似乎太熟练了。很快，就让方静身上热了起来。当他的舌头挑逗着方静的下体时，方静的身体突然紧张起来，想尿尿。也就是那一瞬间，她意识到，他应该经历过很多女人，她的原本平摊着的双腿一下子紧缩起来。方静从床上跳起来，他试图把她再次压到床上去，方静坚决地拒绝了，一点回旋的余地都没有。她慌乱地穿上衣服，逃一样跑了出去。

事后，方静回想过整个过程，她觉得她做得是对的。她不应该如此轻易地消耗掉自己的肉体，至少，不能如此轻易地付出第一次。她不是一个保守的姑娘，但她知道女人的第一次具有巨大的价值。卡车司机后来找过方静，方静没有理睬他。他可能不能明白这是为什么，方静自己也说不清楚。

在镇上的两年，方静略显无聊落寞。每年寒暑假，上了大学的同学有些会回来，经常搞聚会。他们总会电话方静，方静的漂亮让他们难以忘怀。那种聚会，方静去过两次，男生多，女生少。上了大学的同学个个意气风发，有些原本害羞的男同学，也会当着女生的面讲荤段子了。方静跟着一起笑，笑得傻乎乎的。其中一个男同学经常给方静写信，打电话，两次在聚会后送方静回家，想拉方静的手，他在街上大声地对方静畅想着他明亮的未来。在方静看来，那意思很明显。方静表面上一声不吭，心里却骂了一万次傻逼。她想，你读完大学找不找得到工作还是个问题呢，现在就开始装逼了。再说了，你觉得你追我是看得起我，你凭什么？由于这个原因，同学的聚会，她参加得少了。

跟方静一样高中毕业就回到镇上的女孩，还有两个。在家里没待多久，结伴去了深圳。过年回来，穿得珠光宝气的，花钱也大方。她们来看过方静。在方静的小房间里，她们抽着细长的520，发牢骚，说男人没一个好的。方静隐隐知道她们在深圳干什么。一个女孩子，要文凭没文凭，要技术没技术，在深圳那个地方混，又要吃好喝好，还能赚到钱，凭什么呀？只有那一身肉。方静一点瞧不起她们的意思都没有，她们一直是她的姐妹。

她们对方静说，静，你跟我们一起去深圳吧，这个破镇子有什么好待的。

她们说，静儿，我知道你在想什么。我不说你也知道，像我们这样的女孩子，要赚到钱，真不容易，要是有办法，谁愿意干这个呢？

她们还说，静，你这么漂亮，只要你愿意，要不了五年，你就发财了。有了钱，你想干什么都行。

方静笑了笑说，我知道，可我不想去。

过了两年，方静在镇上待不下去了。没人逼她，她自己受不了，镇上连年轻的女孩子都越来越少，少数年轻的女孩子还是外地的。街上一片萧条，充斥着让人讨厌的废气，整个镇子看起来灰头土脸。服装店的生意也不好，偶尔有过来买衣服的，也是一些三十多岁，企图抓住青春尾巴的大嫂。说实话，她们穿上方静店子里的衣服，看起来就像街上的野鸡，而且是老胖的野鸡。还价时，为了一块钱，她们能在方静的店子里耗上一个小时。临走，还不忘记拿根发卡。方静没办法做到热情地对待她们，她坐在那里，像是看笑话。这样的态度理所当然地让双方都觉得受到了侮辱和轻视，她们的合作没办法愉快。她觉得她要离开这个地方，她都快二十岁了，不能再消耗下去了。不然，她会变得像这些大嫂一样，这不是她愿意的。

　　方静是在夜里离开镇子的，她打开门，外面漆黑一团，下过雨，路有些滑。方静就像一滴水滴进了墨汁般的夜色，迅速地洇散，消失。她背了一个大包，除开换洗的衣服，还有两双鞋子。由于匆忙，她连最喜欢的表都没有带。她不想去深圳，她想先去市里看看。

　　她在早晨到了市区，这个地方她熟悉，她在这里读了三年高中，熟悉大部分的街道。高中毕业后，她也经常到市里进货，或者没什么事情，只是想过来玩。这次来到市里，方静的感觉有些特别。

　　在街上逛了一会，方静给小娴打了个电话，小娴是她最要好的同学，高中毕业也没考上大学，但她有个好爸爸。高中一毕业就进了公安局，一去就有两年工龄。还在高考前，小娴跟方静说起过这事。果然，高考时，小娴比平时还轻松，考完了，分数离专科线还有八九十分。过了一个多月，也就是发录取通知书的时候，小娴已经到公安局上班了。方静则老老实实地回到了镇上。

　　电话接通后，一听到方静的声音，小娴在那头就叫了起来，她语调夸张地说，方静，你这个没良心的，可想死我了。

方静拿着电话笑了笑说，你很快就会烦死我了。

小娴在电话里"咯咯"笑了起来说，方静，你在哪？我过来接你。

把方静接到家后，小娴给方静拿了两个苹果、一本《读者》说，静儿，你先在家里玩一会，看看杂志，上上网，要不睡睡觉也行。我还要上班，中午我们一起吃饭。方静拿起一只苹果啃了一口说，行啦，你干你的去，我自己会招呼自己。小娴说，那就好。说完，在方静脸上"啪"的亲了一大口说，那我先走啦。小娴出门后，方静摸了摸脸。读高中时，她和小娴也是这样的。不同的是，那个时候她们都没有男朋友。看了一会书，方静打开电脑，她注意到书桌上有小娴和一个男人的照片，亲亲密密的，小娴笑得灿烂，她也笑了。

大概一点钟，小娴回来了。她换掉了让方静不习惯的警服。她对方静说，你还没吃饭吧，我去给你煮点东西。找了一会，小娴叫起来，完蛋啦。她双手举着两袋方便面说，看来我们只能吃这个了。吃完面，她和小娴并排躺在床上，由于天热，她们只穿着内衣。小娴趁方静不备，突然用手罩住方静的乳房捏了一把说，你这个女人，也成熟了，胸都这么大了。方静笑嘻嘻地说，你怕是早就成熟了吧？两人闹了一会，累了，安静下来。小娴才像想起来什么一样问道，静，这次来不急着回去吧？

方静点了点头说，我想在这里找个工作，在镇上闷都闷死了。

小娴理了一下头发说，早就该这样了，我都说过你多少回了，天天赖在镇上，也不晓得你想干什么。说完，翻过身来指着方静的鼻子说，老实说，是不是因为有男人了？

方静摇了摇头说，没有。

小娴看了方静一眼问，真没有？

方静撇了撇嘴说，真没有，看不上。

说完这句话，卡车司机的影子在方静的脑子里跳了一下。

小娴笑了笑说，好啦，相信你没有啦，你眼光那么高。停顿了一下，小娴说，你就住我这吧，反正我也是一个人住。你来了，我还热闹一些。

这一住就是一个月，连方静自己都没想到。她原以为找个工作应该不难，她的要求不高，公司文员就行了。结果，她找了很多家公司，刚开始，人家很热情，给她倒水，聊得也不错。一问到学历，就表示惋惜，方小姐，实在对不起，其实我对你很满意，只是我们公司规定文员至少要大专学历，你看——。对方话还没有说完，方静知道没机会了，这让她沮丧，还有些不明白，一个简单的文员工作一定要那张文凭吗？

回到小娴家里，方静觉得累，这种累从骨子里渗出来。她觉得自己是个废人，哪里都不要。在镇上，这种感觉还不是很强烈，那会她还是骄傲的。才到市里，她就感觉到了压力。她不能想象，如果她去了深圳，她能干些什么？进工厂，她是不愿意的，累是其次的，更重要的是她从报纸上知道人一进了工厂就不自由了。

她们做小姐也是有理由的。方静暗自想，想着想着想到了自己，如果去了深圳，是不是也会去做小姐？这个想法把她吓了一跳。

就在方静一筹莫展时，小娴又给了她一个惊喜。

那是一个傍晚，方静刚从外面回来，满身疲惫。回到家里，小娴正在做面膜，脸上白惨惨的。开门时，把方静吓了一跳。等方静进了屋子，放下包，小娴拉着方静，非要给方静也做一下面膜。要是在平时，方静会高兴，至少表现出高兴的样子来。可那会，她的情绪实在低落，有些不情愿。小娴好像没看到方静的脸色，拉着方静说，静儿，来嘛，一会我有个好消息要告诉你。小娴把方静拖进房间，洗过脸，让方静在梳妆台前坐好。她先给方静涂上黑乎乎的海底泥，一边涂一边说，静，你别看你年轻，可女人呢，要早点开始保养，才不会老，不然，很快就老了。小娴的话让方静反感，她才二十岁，还不习惯被称为女人。看了小娴一眼，方静有些嫉妒，这嫉妒来得强烈。凭什么，她凭什么？读书成绩比我差，长得也没我好看。你看她那个腿，那么粗，胸虽然大，但是扁平，一点也不挺拔。她凭什么有那么好的工作，年纪轻轻就有了自己的房子？不就是有个好老爸吗？

　　洗掉海底泥，小娴又小心翼翼地给方静贴了张面膜。两人都在床上躺下了，小娴告诉方静，要按摩一下穴位。过了一会，小娴才像突然想起了一点什么一样说，对了，静儿，我差点忘记了，我有个朋友开了家公司，他们需要一个办公室文员，我想你肯定做得来。小娴的话一点也没让方静激动起来，她懒散地说，算了吧，他们肯定不要我。

　　小娴想笑，又忍住了说，谁说的？你不去试试怎么知道。

　　我都不知道试过多少次了，人家要大学生。

　　操他妈的大学生，小娴骂了句粗话，他们懂个屁。

　　静，一会我给你电话，你去试试看，应该没问题的。小娴说，要不我明天陪你去？

　　算了，还是我自己去吧。方静想了想说。她不想小娴跟她一起去，如果又被拒绝了，她会难堪。方静用手摸了摸脸，清凉的，很舒服，让她懒洋洋的，想睡觉。

　　第二天早上，小娴出门时又叮嘱了一遍，你一定要记得去啊。方静说，好啦，我知道了。睡了一个好觉，方静的心情好了很多，想起昨天对小娴暗自的嫉妒，觉得有点对不住。吃人家的，住人家的，还有怨气，也实在太没有良心了。

　　在家里磨蹭了一会，方静还是拿着小娴给的地址去了。小娴介绍的公司在本市最豪华的写字楼，第18层。一进门，方静觉得自己来错了地方，公司宽敞干净，职员都穿着漂亮的制服。这种场面，方静只在电视里见过。她想，她是不是应该转身走人，免得丢人现眼。方静走出公司，站在电梯间里，脑子在剧烈地斗争。她喜欢这个公司，第一眼就喜欢上了，如果能让她在这里上班，她会高兴得跳起来。但这不可能，不可能。方静用力掐着自己的虎口。在电梯间磨蹭了一会，方静还是决定进去看看，哪怕被人羞辱，她也要进去看看。

后面的事情，比方静想象得简单多了。她拿着小娴给她的纸条，走到前台，尽量平静地说，你好，我找一下王总。前台小姐礼貌地说，对不起，请问你有预约吗？方静愣了一下，摇了摇头。前台小姐说，不好意思，如果这样的话，请留下你的姓名，我跟办公室联系一下。方静说，小娴叫我过来的，我叫方静。前台小姐笑了笑，拨电话。过了两分钟，她客气地说，方小姐，您好，王总请你进去。

见到王总，方静的不安消失了。她一走进办公室，王总就从座椅上站起来说，你好，你是方静吧？欢迎你到我们公司来。然后，领着方静到了外面的办公室，指着一个大约三十出头的女人说，具体的事情刘主任会告诉你。

从公司回来，方静像是在做梦，她没想到问题这么容易就解决了。一定是小娴在中间帮忙了，方静想，我现在欠她一个人情。晚上，方静约小娴出来吃饭。吃完饭，她刚想说感谢，就被小娴打断了。小娴搂着她的脖子说，静儿，我们是朋友，对不对？那就好了。小娴的话，让方静百感交集。

找到工作后，方静很快搬出了小娴的房间。她已经在那里住了一个月，再住下去，都不好意思了。方静搬出来那天，小娴说了几句客气话，也没做过多的挽留，只对方静说一个女孩子在外面住要小心点。她说的时候严肃，让方静想到她妈。方静搬出来的那天，天气大好，跟她的心情一样。

搬家那天，小娴男朋友也过来帮忙，其实也没多少东西，但还是把方静吓了一跳，才在小娴那里住了一个月，她的东西多了很多，出门时带的那个包装不下了。小娴男朋友就是方静在照片上看到的那个文静阳光的男人，二十四五岁，叫张仪。看到他，方静有些不好意思，觉得对不起他。

住在小娴那里，有几次方静回家，开门进来，看见他和小娴头发凌乱，表情也不自然，小娴脸上红红的。不用问，方静也知道他们在干什么，她不傻。张仪走后，方静问过小娴，小娴坦白地说，她和张仪早就发生关系了，虽然还没有同居，但每个礼拜总有一两天，张仪会到她这里过夜。方静就笑，笑完了就取笑小娴，说她是个荡妇。小娴也不生气，笑嘻嘻的，反过来说方静，你别笑我，你敢说你还是处女？方静说，我当然是处女了。小娴不信，闹着要把方静的裤子脱了，说是要检查检查。方静满屋子躲，一边躲一边骂，小娴，你这个女流氓。

闹完了，方静问小娴，做爱什么感觉？小娴舔舔嘴唇说，舒服，就是舒服。方静又问，怎么个舒服法？小娴想了想说，这个没办法说清楚，反正就是特别舒服。小娴的话让方静想起她唯一一次未遂的性生活，她想如果她跟卡车司机做了，事情是不是就会不一样了，她是不是就不会离开镇子了？这个念头在脑子里一闪，也就过去了。她半开玩笑半认真地对小娴说，那我住在这儿是不是妨碍你的幸福生活了？小娴撇了撇嘴说，也不是。你在这里，我们做得虽然少了，质量却更高了。过了一会，小娴红着脸说，静，不怕你笑话，你在这里，我们做的时候老担心你回来，偷偷摸摸的，高潮却来得强烈些。小娴说完后，方静指着小娴的鼻子说，你可真是个小荡妇。小娴反唇相讥，你这个老处女。方静想她才二十岁，怎么就成老处女了？

搬完家，安顿好，张仪对方静说，改天我们找个机会一起坐坐，算是为你祝贺。方静说，好啊，我请你们。小娴笑了笑，没有说好，也没有说不好。

又过了半个月，方静快把这个事情忘了，接到了小娴的电话。那会，她正在上班，处理一些文件。虽然她经常上网，电脑运用得却还不太熟练，正忙得焦头烂额。小娴问她晚上有没有时间，晚上一起坐坐。方静一边整理资料一边说，好啊，你定个地方，我过去。约好地点，方静说，我可能得晚一点，刚开始工作，业务还不熟。小娴说，没关系，我们等你。

等方静忙完，一看表，七点半了，约的时间过了半个小时。到了一看，小娴和张仪已经到了，还有一个方静不认识的年轻人。方静坐下来，放好包说，不好意思，我来晚了。小娴看了看表说，没关系，比我想象的早，我以为我们的美女要到八点才来呢。方静刚想伸手敲一下小娴的脑袋，想到还有外人，把手缩了回来说，美你个头。小娴说，好啦，好啦，快点东西吧，我都快饿死了。

吃饭时，小娴给方静介绍了吴寿，二十四岁，未婚，无女友。小娴一边介绍一边笑。张仪说吴寿是他从小一起长大的好朋友，绝对好人。介绍完吴寿，小娴又开始介绍方静，说方静如何通情达理，读书时如何受人欢迎。小娴把方静吹得都不好意思了。她白了小娴一眼说，好啦，你说得都没人信了。吴寿在一旁憨厚地笑。方静这才注意到，吴寿笑起来还有两个酒窝。

这顿饭，方静吃得有些尴尬，从小娴和张仪的热情中，她看出了他们的阴谋。吃完饭，小娴说，我们去看电影吧。方静想拒绝，她不想过早地落入他们的陷阱。小娴拿出四张票说，静儿，你可别说你没时间，我票都买好了。到电影院一看，他们的座位不是连在一起的。方静想换一张，小娴不肯，她说，你当了一个月电灯泡了，还要当，你想我还不肯呢。说完，把票塞给方静，她的票和吴寿的排在一起。方静心里暗笑了一下。小娴和张仪已经进去了。吴寿走到方静面前说，我们进去吧。她的个子刚好到吴寿脖子，这是方静喜欢的高度。

播的是一个爱情片，方静心里却一直没静下来，她不是第一次和男生看电影，但像这种具有明显目的性的却是第一次。她有些紧张，手心里全是汗，老是想会不会像电影里演的一样，一只手慢慢伸过来，勾住她的手指头。她偷偷看了看吴寿，吴寿正盯着银幕，好像完全没注意到她的存在。方静想，也许只是看一次电影，我想多了。

看完电影出来，十一点多了。小娴提议去吃夜宵，她说她有点饿了。张仪当然是赞成的，吴寿还是笑笑的。吃夜宵时，小娴说，方静，待会让吴寿送你回去吧，我和张仪跟你不顺路。小娴的借口拙劣，和小娴这么多年朋友，小娴的心思逃不过方静的眼睛。但她没有点穿，只是笑着说，你们两个奸夫淫妇，迫不及待了。方静一说完，四个人都笑了。

回家十二点了，天气凉了起来，白天的热气荡然无存。她和吴寿是步行回家的，她想总不能要他叫的士吧，吴寿也没有叫的士的意思。她和吴寿有一搭没一搭地说话。能看得出来，吴寿是个单纯的人，送方静回家的路上，他连一句有暗示性的话都没有说，只是给方静讲了讲小娴和张仪的故事。

回到家里，方静想，这个男人可真够害羞的。不过想想，也自然，他们现在还陌生，小娴和张仪是他们共同的朋友，他只能跟她谈谈他们两个的事情。方静隐隐有点失落，她觉得他应该会再说点别的什么，比如问她要个电话号码，至少说一句，见到你很高兴之类的客气话。这些都没有。

洗澡时，方静看着水中的自己，她相信她的身体有足够的诱惑力，她年轻、漂亮，除开少一张文凭，她不比任何一个女孩子差。她摸了摸她的乳房，鼓胀，充满热情。她想，难道在她心里也把自己当成老处女了。睡觉时，方静的身体不安分起来，燥热，似乎有一种暖流在体内流动。这暖流鼓动着方静，她伸手摸了摸自己的下体，用手指用力地按住它，揉了揉，双腿夹紧，她的喉咙里有一个声音挣扎着蹿了出来，她听到的是一声压抑已久战栗着的"啊——"

第二天早上，刚上班，不出方静意料，小娴电话打过来了。

静儿，昨天晚上感觉怎样？小娴问。

什么怎么样？方静装傻说。

好啦，你就别装啦，我问你，你觉得吴寿怎样？

挺好的，方静想了想说，他是个好人。

听方静这么说，小娴来劲了，那可不是，张仪那帮朋友中，最好的就是吴寿了，人好，还不花心。我可跟你说，吴寿从来没谈过恋爱，他眼光高，你可得加把劲。

方静用手按住话筒，朝周围看了一眼说，好啦，小娴，别说这个，上班呢。

好啦，好啦，我就说一句，昨天晚上吴寿给我打电话了，问你的电话号码。你考虑考虑，我就不说了。

方静说，你告诉他了？

还没呢，小娴说，你是不是不想告诉他？

方静说，那也不是，无所谓的，都是朋友嘛。

放下电话，方静有点得意，又有点紧张。

接下来几天，方静一听到电话响，就神经质般跳起来，手忙脚乱的。然而，都不是吴寿的。这让方静有种被捉弄的感觉，好像被人欺骗了一样。放下电话，她骂自己傻，人家什么都没说，你紧张什么呀？

一直到周末，方静放弃了希望，电话又响了，方静拿起电话，懒洋洋地"喂——"了一声。吴寿的声音传了过来，喂，你好，方静吗？我是吴寿。

方静语气生硬地说，你找我干什么？

吴寿在那头笑了笑，我想约你吃饭。

吃饭？

是啊，吃饭。吴寿说，我还约了小娴和张仪。

必须承认，那是一个愉快的周末。他们一起吃过午饭，然后去了度假村滑草，打保龄球。晚上，晚餐后，他们又去 KTV 唱了一晚上的歌，还喝了点酒。方静有点醉，她和小娴绞成一团，当着两个男人的面，亲亲抱抱的。也就在那天，方静发现吴寿很会玩，滑草、保龄球都是高手，唱歌也非常不错。

还是吴寿送她回家的。到家后，方静说，你先坐会儿，我给你倒杯水。吴寿咧开嘴笑了笑说，不了，你到家了我就放心了，你喝得可够多的。方静笑了笑说，是吗，是不是出糗了？吴寿说，那倒没有，率真可爱得很。吴寿说完，方静的脸有点烫。吴寿带上门说，我走了。

后来的事情就简单了，方静顺利地爱上了吴寿，或者说吴寿爱上了方静。吴寿在移动上班，谁都知道，那是市里最有钱的单位之一。那段日子，方静像做梦一样，好像天下的好事都让她一个人占尽了。顺利找到了一份还算不错的工作，一个收入高、又懂疼女人的男人。方静相信小娴说的是真的，吴寿以前没有谈过恋爱。他们第一次接吻时，吴寿老老实实地把嘴唇贴在方静的嘴唇上摩擦，直到方静用舌尖顶着他的牙齿，他才知道吮吸方静的舌头。他是羞怯的，又像饥饿多年的野兽一样贪婪。

方静永远会记得他们第一次接吻，他们至少接吻了一个小时，嘴里都干了，舌头和嘴唇发麻。接吻的过程中，吴寿探索着她的身体，隔着衣服，他的手多次在方静的内裤和胸罩边沿徘徊。方静以为，他最终会突破这条最深的鸿沟，实现他们关系的飞跃。但是，吴寿没有，他的手罩在方静的胸罩上，颤抖着。方静能感觉到吴寿的需要，是的，强烈的，一整个下午，吴寿的下体都坚硬地顶着她的大腿或者下体。接吻完，方静进了洗手间，两腿之间有些异样，用手摸了一下，湿了，内裤上都是黏液。她赶紧换了一条内裤。回到房间，方静不敢抬头看吴寿。

日子变得愉快，方静适应了她的工作，办公室文员的工作并没有想得那么复杂，实际上相当简单，她需要做的是学会分类，把不同的资料分门别类地记下来，在需要的时候迅速地找到它们。坐在办公室里，可以看见蓝色的天空，辽阔深远。方静很少去想未来，未来那么遥远的事情谁都难以预测。她现在的生活让她满意，工作虽然说不上特别喜欢，但至少环境是她喜欢的。和吴寿的感情，也稳步发展，他们已经完成了第一次，在方静的房间里。没有想象中的疼痛，算得上从容，她似乎已经等了很久了。

她现在的日子和小娴的有些相似。吴寿每个礼拜和她做一到两次爱，和小娴不同的是，他们多半在白天做爱，即使在晚上，做完后吴寿还是要回家。吴寿没有在她这里过过夜，不是不想。吴寿说，他得回去，家人不让他在外面过夜，怕出事。方静反问，能出什么事？吴寿憨厚地笑，不回答。方静想结婚，不为别的，结婚了，他们可以晚上也在一起了，不用做完爱，还得起床，还得忍受吴寿离开之后的落寞。她想，结婚后，吴寿家人总不至于让吴寿和她做完爱后去另一个房间睡吧。方静偶尔会问问吴寿家里有些什么人，吴寿说，和你家一样，爸爸妈妈。这个方静当然知道，不用想都知道，她说，你爸爸妈妈是读书人吧？读书人规矩多。吴寿说，你别糟蹋读书人。

大半年后一个晚上，方静接到了小娴的电话。那会，她正躺在床上看书，百无聊赖的。小娴兴奋地说，方静，你出来，出来，我们在"海盗吧"等你。方静看了看表，才九点多，就说，好吧，我马上到。她有一个多礼拜没见到小娴了，有些想她。出门，方静打了个的士，过了十分钟左右，方静出现在了小娴面前。

他们在包间里，桌子上放了两支洋酒，其中一支喝了三分之一。

方静放下包，小娴的脸有点红，可能是因为兴奋和喝了点酒的缘故，方静看了看桌面说，什么事情把你高兴成这样？小娴给方静拿了个杯子说，我有什么高兴的，替你高兴呢。小娴说完，方静想不起来，她有什么事情值得高兴的。她看了看张仪，想从他脸上找到答案。张仪笑眯眯的。方静皱了皱眉头，一只手抓住包说，小娴，好啦，你再拿我开心我就走了。小娴连忙拉住方静说，好啦，人家是真心祝贺你，你还生气。小娴说，方静，我有一个天大的好消息要告诉你。

方静突然注意到，吴寿不在，一般和张仪、小娴在一起时，吴寿会在的。她的心狂野地跳了起来，难道吴寿要向她求婚？这个可能性是有的，他们的感情已经到了谈婚论嫁的地步。是的，应该是这样，方静想了想，除开这个，她实在想不到还有什么好消息。方静装作淡定地说，我可不知道有什么好消息。她往沙发上靠了靠，想，吴寿会不会突然抱着一大把玫瑰花，拿着戒指进来。方静的心跳得厉害，面上却还平静。

小娴按捺不住了说，静儿，你给点反应好不好？

方静笑了笑说，无所谓的，很多事情顺其自然的好。

小娴掐了方静一下说，我给你点提示，和吴寿有关的。

小娴这么一说，方静更确信了自己的判断，吴寿是想向她求婚了。

小娴给方静倒了杯酒，又给自己倒了一点，跟方静碰了下杯说，方静，我正式通知你，你老公——的老爸，当市政府秘书长啦。

小娴的话音刚落下，方静笑了出来，杯里的酒都洒了。她摸了摸小娴额头说，没发烧啊，怎么尽说瞎话？

见方静不相信，小娴急了，她说，方静，真的，这么大的事情我骗你干吗？不信你问张仪。

方静看了看张仪，张仪点了点头，我们也是刚刚收到消息，假不了。

这下，轮到方静不知所措了。她一直有种直觉，吴寿家庭环境应该不错。在那么好的单位工作，会玩，和小娴、张仪关系不错，这些都是暗示。但突然知道，吴寿的父亲要做秘书长了，方静还是有些意外，这个消息太不真实了。

方静说，你别开玩笑好不好？

小娴说，静儿，我骗你干吗？

方静的脑子有点空。

静儿，你想这是多好的事情啊，你嫁给吴寿了，你就是秘书长的儿媳妇，那你在市里还不是想干什么就干什么？这么好的事情，人家想都想不来呢，多少人都指着攀这门亲还攀不上呢。小娴絮絮叨叨地说。

很闷，方静觉得很闷，透不过气来。她意识到，这对她来说，绝不是一个好消息。

她焦躁地说，小娴，你怎么不早点告诉我？

小娴说，告诉你什么？

吴寿家的背景。

你也没问我呀？小娴说。

方静有种不好的预感，麻烦了，她心乱如麻。小娴过来抱着她的肩膀说，好啦，静儿，你就别瞎想了，吴寿是个什么样的人我很清楚，他要是那种公子哥我也不会介绍给你。小娴的话没有让方静放松些，她不担心吴寿，她相信吴寿是爱她的，到底在担心什么，她说不清楚，只是觉得紧张。

坐下来喝了一会酒，吴寿来了。小娴和张仪向他表示祝贺，吴寿说，有什么好祝贺的，又不是我。吴寿瞟了方静一眼，他能明显感觉到方静不开心。喝了两杯，吴寿看了看表说，我先送方静回去吧。小娴看了看方静说，好吧，你们先走，我们再坐会儿。

回到家，吴寿想亲方静，被方静一把推开，她说，吴寿，你为什么不告诉我？

吴寿摊开手说，这跟我有什么关系？说完，搂过方静说，好啦，别生气了，算我不对，没关系的。方静的身子发抖，她趴在吴寿怀里，浑身没有力气。吴寿刮了一下方静的鼻子说，傻瓜，我喜欢你就行了。方静说，我怕。吴寿说，你怕什么呢？方静说，我不知道，就是怕。

那天晚上，方静和吴寿做爱有点心不在焉，老是在想问题。做完后，休息了一会，吴寿准备回去。方静一把拉住吴寿说，你可不可以不回去？吴寿俯下身亲了亲方静说，傻瓜，你知道我要回去的。方静叫了起来，为什么张仪可以不回去，你就一定要回去？吴寿笑了笑说，我和张仪不一样。方静又叫了起来，就因为你爸是秘书长？

方静和吴寿的关系变得微妙，她动不动莫明其妙地朝吴寿发火，如果放在以前，这样的事情根本不会发生。吴寿不知道说什么好。发过火，方静又后悔，这有什么必要呢？方静想，可能是因为缺乏安全感，吴寿的爸爸当了秘书长，让她觉得不安全。

又过了两个月，吴寿对方静说，你去见见我父母吧。吴寿用的是一副轻描淡写的语气，在方静听起来，却像一声炸雷，她知道这一天肯定会到来，只要她想和吴寿在一起。她有点不知所措。吴寿说，没什么的，就跟到朋友家一样，我爸妈很开明的。

去的那天，方静用心地打扮了自己，尽量让自己看起来，清纯干净，又不失活力。临出门，她一次次地问吴寿，你看这样可不可以？她甚至连一根鞋带都没有放过。吴寿看着方静说，好啦，当然好了，我爸妈肯定会喜欢你的。她来来回回折腾了差不多两个小时，才跟吴寿一起出门。方静不知道吴寿的父母会不会喜欢她，她讨厌自己这样，如此缺乏自信。

吴寿家里布置得简单得体，处处彰显了女主人的品位。那天是周末，晚上。吴寿妈妈看起来和善，她似乎喜欢上了方静。做饭时，方静要去帮忙，吴寿妈妈连忙说，不用，不用，你跟吴寿看看电视，等他爸回来就可以吃饭了。等吴寿妈妈进了厨房，方静小声对吴寿说，你妈蛮和善的。吴寿说，我都跟你说过了，我家人都很好的。方静的心情舒展了一些。

　　吃晚饭时，方静和吴寿坐一边，吴寿爸妈坐一边。方静可以清楚地看到他们的表情。吴寿的父亲，也就是吴秘书长看起来文质彬彬，和蔼可亲，和电视上没什么差别。他们一边吃饭，一边聊天。吴寿父母问了方静的一些情况，多大，在哪里上班等等，自然亲切。吃完饭，在沙发上看了一会电视，吴寿妈妈突然问，小方，你是哪个学校毕业的？方静正准备回答，吴寿打断他妈的话说，妈，你怎么那么多问题。刚才吃饭问，现在又问，查户口一样。吴寿他妈笑了笑说，可不是。说完，拉着方静的手说，小方啊，以后有空多过来玩，有时间就跟吴寿一起回来吃饭。又看了看吴寿说，这孩子，什么事情都瞒着我们，这么大了，带女朋友回来吃饭还不好意思的样子。

　　坐了一会，方静起身告辞。吴寿妈妈说，吴寿，你去送送小方。方静跟吴寿爸妈打个招呼说，叔叔，阿姨，那我先走了。吴寿爸爸从沙发上站起来，礼貌而客气地说，欢迎你常来。

　　回家的路上，方静心情不错。她拉着吴寿的手说，吴寿，没想到你爸那么大的官，也挺好相处的。吴寿笑了笑说，什么官不官的，都是平常人。

　　那天快下班时，方静收拾好桌面的文件，正准备回家，王总突然打了个电话，让她去他办公室一下，方静有些紧张，王总从来没在下班时找过她。进了办公室，方静问，王总，有什么事吗？王总抬头笑了笑说，也没什么紧要的事，下班跟我出去一下，有点事情要办。方静点了点头。回到座位上，方静开始揣测，难道王总这么快就知道她和秘书长的关系了？如果是这样，事情有些麻烦了。她不想和吴寿家人这么早就扯上这些不必要的关系。

　　大概过了一个小时，六点半的样子，王总从办公室出来，朝方静招了招手说，小方，走吧。出了公司，上了车，方静才发现，车上就她一个人。方静笑着问道，王总，到底什么事情，你透露一点嘛，不然我怪紧张的。王总从后视镜里看了方静一眼说，也没什么，陪我出去应酬一下。王总的话让方静感觉不太好。平时，王总出去都是带秘书，方静认识那个秘书，姓张，二十四五岁的样子，漂亮，性感，嘴巴很甜，公司里的人都说王总和秘书的关系暧昧。方静笑了笑说，张秘去哪里了？这些事情，张秘比较有经验。王总皱了皱眉头说，小张今天不太舒服，一早请了假休息。方静这才想起来，确实是一天没有看到张秘书了。

　　他们去的是本市最豪华的酒店，进了包房，方静发现除开她还有两个女孩，女孩身边是两个老板模样的人，方静想她们的身份大概和她一样。桌子上一共有六个人，餐具都摆好了，菜还没有上，显然是还在等人。大约等了半个小时，包房门开了，进来了两个男人，一个大概是司机，另一个赫然是吴寿爸爸——吴秘书长。吴秘书长的出现让方静本来平静一些的心又紧张起来，这顿饭大概是吃不愉快了。

　　吴秘书长进来时，显然也看到了方静，他朝方静点了点头，算是打过了招呼。吴秘书长进来后，原本坐在桌子上的六位都起来了，热情地和吴秘书长打招呼。吴秘书长微笑着招了招手，示意大家坐下来。闲聊了一会，开始吃饭。王总和吴秘书长说话，话题很放得开。方静想，他们应该已经很熟了。王总带她过来，是有目的的，或许他想利用她进一步和吴秘书长搞好关系。饭桌上，气氛还算轻松，王总没有刻意安排方静和吴秘书长接触，也没有提方静和吴秘书长之间的关系，这让方静稍微松了口气。她不知道如果王总点破了这层关系，她应如何应对。

吃完饭，休息了一会，王总提议去唱歌，说是很久没有听吴秘书长唱歌了，吴秘书长的《在那桃花盛开的地方》真是唱绝了，比蒋大为唱得还好。王总这么一说，吴秘书长似乎有点不好意思，王总，你这就是瞎说，我要是比蒋大为唱得还好，我还当这个秘书长干嘛，当歌唱家去了。吴秘书长的话把大家逗笑了，旁边几个人都说，吴秘书长歌唱得好，我们全市人民都是知道的，就不要谦虚了。王总朝大伙看了看说，是吧，我就说了，一点都不夸张。说罢，看了看吴秘书长说，吴秘书长，我可是把房都订好了，你多少给个面子过去坐一会。方静不太想去，她希望吴秘书长能开口拒绝，这样，她就能名正言顺地回去。结果让她失望了。吴秘书长用手指点了点王总说，就你名堂多，我可说了，唱歌可以，不许瞎来。你们这几个小子，花样多得很。

刚出了包房，又进了另一个包房。方静的头有点晕，她吃得不多，酒喝得也不多。但是不自在，一不自在，酒量似乎就小了，进了房间，喝的是洋酒，名字方静叫不上来，她没喝过。房间很大，服务也非常好，服务生漂亮得让方静有些不习惯。总共七个人，吴秘书长司机不在，可能是先走了。另外两个女孩子很活泼，想方设法地劝吴秘书长喝酒，嗲里嗲气的。王总看了方静几眼，平平常常的，没有任何暗示的意思，方静想，她是不是也该去和吴秘书长喝两杯？想了想，还是放弃了，如果那样的话，就太别扭了。

喝了点酒，吴秘书长开始唱歌，必须承认，他唱得确实不错，虽然比不上蒋大为，但也绝对靠近专业水平。一唱完，一群人鼓掌。方静想，他们热闹他们的，她躲在角落等着散场就行了。没想到的是，吴秘书长主动拿着杯子走到方静面前说，小方，你怎么不喝酒？喝一点没关系的。方静为难地举起杯子，她还不习惯洋酒，像是有一股煤油从嗓子里流下去。刚放下杯子，喉咙里有股火焰升了上来，这火焰让她咳嗽起来，眼泪都要流出来了。方静捂着嘴巴，跑进了厕所。

等方静出来，她看见她的位子面前放了一杯茶。见方静回来，王总说，小方，一个晚上你都没有敬过吴秘书长的酒，还要吴秘书长先敬你，你这就太不对了。方静刚想说两句，旁边的几个人开始起哄，说，可不是，可不是，我们都没看见你敬吴秘书长的酒。王总给方静倒了一小杯说，赶紧敬吴秘书长一杯，不要让别人说我们公司的人没礼貌。方静几乎是带着企求的眼神看着吴秘书长，她想吴秘书长说一声，你们别为难小方了。如果他这么说，这酒她肯定不用喝了。遗憾的是，没有。她看见吴秘书长用温和的，带着鼓励的眼神看着她。方静慢慢端起了杯子。喝完酒，方静连忙喝了一大口茶，企图冲淡洋酒剧烈的味道。

那个晚上，她肯定喝醉了，方静事后想。她不记得她是怎么倒下的，也不记得是怎么进房间的。她唯一可以确定的是她起来是在酒店里。凌晨四五点的样子，方静醒了，脑袋依然发胀，她睁开眼睛，看见自己躺在一个陌生的房间里。大约过了一分钟，方静确认自己是在酒店里。她从床上弹起来，紧张地看了看自己，衣服穿得还算整齐，头发也不乱，最重要的是她的胸罩和内裤都还在身上。这让方静放心了，疲惫让她再次躺了下来。等她醒来，已经十点了。她暗自叫了声"糟糕"。

回到公司，进门就看到了王总，她低着头。王总却笑了笑说，小方，早啊，我正准备叫人去接你呢。方静笑了笑，有些勉强。

这件事情，方静没告诉吴寿，她不知道该怎么说。

过了一个多月，方静发现她的例假没来，她的例假一直很准时。她去医院做了检查，结果是她不愿意接受的，阳性，她怀孕了。方静打电话给吴寿，告诉吴寿，她怀孕了。吴寿在那头笑了笑说，啊，我要当爸爸了？方静说你还笑，你还笑得出来，你赶紧给我过来。说罢，挂了电话，回家了。

打开门，吴寿已经坐在房间里了。见方静回来了，吴寿迎过来，把手放在方静的腹部说，静，你真的怀孕了？他的脸上带着惊喜。方静打了一下吴寿的手，没好气地说，你把手拿开，都怪你。现在怎么办？是的，只能怪吴寿，他不是一个有好习惯的男人，他不喜欢戴安全套，说是像和一层橡胶做爱。他一边在方静身上磨蹭，一边说，静，我想真正地拥有你，我不喜欢我们最终还要隔着一点什么。说着说着，方静的身体就松弛了，欲望开始膨胀，要求吴寿戴安全套的语气越来越不坚定，直到变成珠子一样散碎地呻吟。接着，吴寿就挺进了她的身体。他们一直是体外射精或者选择安全期，这不是个好办法。现在，方静怀孕了。

吴寿没办法确认方静怎么怀孕的，但他知道怀孕只需要一颗精子。对他来说，这不是问题。他摸了摸方静的脸说，这也没什么，我们可以结婚。吴寿说出"结婚"这两个字，这是她想要的，她怀孕了，几乎迫不及待了。她拉住吴寿说，吴寿，你说话要算数。那个下午，他们的性生活堪称完美，方静的高潮伴随着床头磕着墙壁的节奏滚滚而来。

方静想告诉小娴她怀孕了，要结婚了。理智压抑住了她的念头，现在还不是时候，她要等到结婚前些天再告诉小娴。和小娴一起上街，方静发现街上很多大肚子女人，她们看上去安详，慈爱，非常美。她很快也会有这种美，这让方静觉得愉快。她开始留心婴儿用品，不管是男孩还是女孩，在他们出生前，作为父母有义务为他们准备好这些东西。

方静的心态稳定，她想，这是水到渠成的事情。又过了一个月，方静问，我们的事情你跟你爸妈说了没有？吴寿说，说了。方静问，他们怎么说？吴寿挠了挠头说，他们还没商量好。方静急了说，总不能等肚子大了，显形了才结婚吧？那丢的可是你们吴秘书长的脸。吴寿说，好了，你别催我了，我知道该怎么办。又过了一个月，吴寿还是没有准确的消息传过来。这下子，方静紧张了，她一次次地催吴寿。终于有一天，吴寿在电话里怯生生地说，静，我看还是去医院做了吧。方静几乎不相信自己的耳朵，她说，吴寿，你说什么，你再说一遍。吴寿声音低了下去，去医院做了吧，我爸妈不同意我们结婚。方静觉得有一个雷在她头上炸开了，把她炸得四分五裂。开什么玩笑，做掉？她问，为什么，他们为什么不同意我们结婚？吴寿说，我妈说我们还小。方静的火气一下子上来了，什么还小，你多大了，我多大了？我们不够婚龄？方静还准备继续说下去，吴寿打断了她的话说，我先挂了，晚上我过去你那里。说完，把电话挂了，方静愣住了。

躺在床上，方静的眼泪"哗啦啦"地流了下来，她猜想的最坏结果终于来了。自从知道吴寿的家庭背景后，她一直有种感觉，他们的爱情就像高危股票，随时有崩盘的可能。她一直想努力地避免这个结果，但这个结果还是不可抗拒地来了。

她打了个电话给小娴，带着哭腔，小娴，吴寿家里人不让我们结婚。

小娴居然笑了起来，静，你急什么呀？现在不让你们结婚，等等再说嘛，你们还能年轻。

我不能等了，方静哭着说，我怀孕了。

吴寿是在八点多过来的，他声音低沉，软弱，他告诉方静，他们只能去医院把孩子做了，他们不能结婚，至少现在不能。任凭方静怎么哭闹都没有用，临走，他对方静说了一句方静永远也不能原谅的话，方静，我做不了自己的主，除非你能说服我家人。那一瞬间，方静痛恨这个软弱的男人。

正当方静决定去找吴寿家人谈谈时，方静接到了吴秘书长的电话。

他在电话里说，小方，我想我们应该谈谈。方静说，我也这么想。

他们是在一间茶馆见面的，房间里就他们两个人。吴寿父亲看起来还是和电视上一样和蔼。方静坐下来，满脸悲壮，她靠不了吴寿这个软弱的男人，现在，她必须自己来说服眼前这个男人。

方叔叔，方静望着吴秘书长，羊刀直入，我想和吴寿结婚。

吴秘书长倒了杯茶，和蔼地笑了笑，小方，我想这可能不太现实。他的语调平缓，像是在说一件跟他毫不相关的事。

我怀孕了。方静望着吴秘书长的眼睛说，如果你不让我们结婚，我就把孩子生下来，让全市人民都知道，你儿子干了什么事情。

你能肯定孩子是吴寿的？吴秘书长头也没有抬一下说，你根本就不能证明。

方静的眼睛里有两团火焰升了起来

吴秘书长点了点头说，小方，我明白地跟你说，你跟吴寿不合适。

方静望着吴秘书长。

小方，吴秘书长语重心长地说，你想想，以你的条件，你凭什么和吴寿结婚？我查过你的档案，你觉得我会允许我儿子娶一个乡下高中生吗？

可他把我的肚子搞大了。方静说，仿佛这是她最有力的法宝。

小方，这是你们年轻人的事情，我不管。吴秘书长说，当然，作为补偿，我可以答应你一些条件。比如说，如果你愿意，我可以先安排你去师范学院读两年书，我向你保证，等你出来，我把你安排到报社，或者电视台。

方静盯着吴秘书长说，叔叔，对不起，这个我不能接受。不管你同不同意，我都会把孩子生下来。

空气异常沉闷，安静了一会，吴秘书长说，小方，我以为你是个聪明人，有些事情我没有点破，看来不说明白是不行了。吴秘书长顿了顿说，小方，你应该记得有天晚上你是在酒店睡的，让你怀孕的不是吴寿，这个我比你清楚。

吴秘书长的话把方静打蔫了，她想说点什么，但喉咙发肿，把她的话都卡在了肚子里面。她记得那个夜晚，她喝多了，有一段记忆是空白的。吴秘书长拍了拍方静的手说，小方，你是个聪明人，应该知道怎么做。从吴秘书长的眼睛里，方静看到了一些她以前没有看到的东西。方静端起一杯茶泼到吴秘书长脸上，试图冲过去，掐住吴秘书长的脖子，但是，她没有掐到。相反，她倒在了地上，一只皮鞋重重地挤压着她的脸，让她的脸扭曲变形，一只手在她的下巴上来回摩擦了几下，带着挑衅和轻视。她听到吴秘书长说，方静，你这个小婊子，你勾引我儿子，还敢来威胁我？你要是还有点脑子，离我儿子远点。吴秘书长的语气柔和而野蛮，要么你接受我的安排，要么给我滚远点，这里没你撒野的地方。方静的牙顶着她的肌肉，她想说话，但剧烈的疼痛和挤压让她一句话也说不出来，嘴里像一条死鱼一样"咻咻"往外冒着令人讨厌的气体。

四月：小白情史

　　两年多前，我和几个朋友开了个店。原谅我用"个店"这么抽象的词，我实在说不清楚该怎么概括这个店。具体来说是这样，我们原先的想法是做一个小店：有咖啡，有果汁，有房间，我们还请了一个厨师做饭，酒是必不可少的。店是一栋独立的别墅，有漂亮的院子。我们在院子里种满了花，还种了满墙的爬山虎。现在，整面墙都是绿的了，两年前可不是这样。爬山虎刚种下去那会儿，只有几条稀疏的藤蔓，搭在细竹子上，像是瓜蔓，我们看着有些着急，我们想它快速地爬满整面墙壁、柱子和铁丝网。卖花草的阿姨看着我们，像是看着几个傻子，她手里拿着花锄说，你得让它长，你得让它长，过不了两年，我保证你这儿全绿了。她没骗我们，过了不到两年，已经满墙都是了。门口的竹子也是，刚开始稀稀疏疏的，现在，已经砍了两回，太多了。

　　店开了，喝酒的人像苍蝇一样扑了过来。我没有想到，我们这个城市有如此众多的酒徒，如此众多爱文艺、爱吹牛的青年。他们整天在店里吃啊，喝啊，吐啊，各种吹牛。我喜欢他们，多少个夜晚，我们坐在院子里，喝光一瓶瓶的啤酒、红酒。他们给我带来了各种各样的消息，诗歌小说美术音乐微电影。我坐在店里，像个信息收集机，广泛的信息渠道，让我成了文艺圈最受欢迎的人，他们喜欢从我这儿听各种八卦，然后把更多的八卦告诉了我。那段日子，我喝下的酒估计得用吨为单位计算。

有天晚上，我从外面喝完回来。一走进院子，就听见杜若白的声音了，他朝我喊了声，马拉，过来，你跑哪儿去了？打了你好几个电话。我掏出手机看了看，有杜若白的电话，半个小时前的。那会儿，我正喝得天昏地暗。杜若白招呼我到他身边坐下，看了看我说，喝得不少啊？我点了点头，摸了摸脸，有点烫，隐隐有点反胃。杜若白给我倒了杯酒说，你这是跟谁喝啊，还喝成这样。我推了推杯子说，不喝了，晕。杜若白拿起杯子碰了下说，你这不还没吐嘛，再喝点儿。他一举杯喝了，看着我。我犹豫了一下，喝了。喝完，对杜若白说，我上个厕所。

进洗手间，撒了泡尿，洗了把脸，我感觉好一些了，镜子中的脸有点红，只要脸还是红的，只要心跳还没有加速，我相信我还能再喝几杯。如果脸变白了，那就真的废了。洗完脸，我对着空调吹了一会儿，去了院子。杜若白又给我倒了杯酒说，马拉，给你介绍几个新朋友。说完，挨个儿给我介绍，这是谁，这是谁谁，这是谁谁谁。最后，杜若白指着我身边的一个人说，这是小白，我哥们儿。我们喝了一杯。那个晚上，我又喝醉了，我记得我们后来在院子里唱歌，朗诵诗歌。小白读的是播音专业，故意朗诵得各种不正经，油腔滑调，这真是个讨人嫌的人，诗歌这么严肃的事情。我讨厌他们这样，每次我朗诵诗歌，总是说我朗诵得比念经还难听。我想我是不会再见到他们了。

过了多长时间我忘了。总之，有一天下午，我一个人坐在院子里喝茶，一直喝到太阳不见了。我想起来，应该吃晚饭了。那是一个美好的下午，我有几天没有喝酒，头脑清醒，身体散发出让人喜欢的健康的气息，我甚至能感觉到我的心脏，我的胃都是干净的。满院子的植物精神抖擞，陆续有人进来。我想遇到几个认识的人，我们可以坐下来，喝一杯酒，聊聊过往和未来，聊聊女孩子和白色的袜子。没有一个人。

我拿出手机，打了几个电话，他们已经约好了饭局。翻电话本时，小白的名字跳了出来，我一下子想起了他的脸，白，非常白。小白的电话很快通了，一个愉快的声音传了过来，哈喽，马拉你好。我什么时候存了他的电话，我已经忘了。过来喝酒吧！小白说，好啊，还有谁？就我一个人。电话那头愣了一下，就我们俩？太无聊了吧，我喊两个姑娘过来。挂了电话，我又喝了杯茶，一个人在院子，慵懒，舒服，画上的姑娘看着我，充满了爱意。

小白是一个人进来的，他笑眯眯地看着我，发了根烟说，真是一个人啊？在我对面坐下，小白冲店里的姑娘说，美女，来两瓶啤酒，冰的。小白到店里来过一次，也许不止，反正我没有看到，他和所有人都很熟的样子。一坐下，小白开始淡他的工作，他遇到的各种烂事，一个接一个的蠢货从他的口里滚出来，让我觉得我身边挤满了无数的蠢货。看着他的嘴，仿佛那是一个蠢货生产基地。他几乎不停地说，没完没了地说，我想插嘴都插不上，我有点后悔喊他来了，是我喊他来喝酒的，至少他应该听我说说话。这会儿，我成了他的听众，郁闷之情难以言表。在他喝酒的空隙，我赶紧问了句，姑娘呢？小白放下酒杯，擦了下嘴说，在路上，应该快到了。说完，拿起手机看微信，对着手机说，美女，到哪儿了？赶紧的，赶紧的，我们准备开始了。放下手机，小白开始讲他的大学时代。他已经讲完了单位的蠢货，轮到同学中的蠢货了。都说物极必反，小白在电视台做编导，工作中要说无数的话，我想不通他为什么工作之外还要说那么多的话。据说，张艺谋、贾樟柯他们平时是不喜欢说话的。

第二瓶酒喝到一半，我看到两个姑娘走了进来。她们身材高挑，穿着短裙，四条白花花的大腿不要脸地杀进我的眼睛，穿的是高跟鞋。至于上面，好吧，三分之一只乳房露了出来。我看到她们朝我们的桌子走了过来，喊了声小白哥，好久没见啦！她们一左一右地坐在小白身边，和小白打情骂俏。过了一会儿，小白像想起什么一样，对两个姑娘说，对了，给你们介绍下，这是马拉，马老师，这儿的老板。然后指着两个姑娘说，这个是 A，这个是 B。两个姑娘懂事地拿起酒杯说，马老师，来，我们敬你一杯。

那是一个异常欢乐、异常诡异的酒局。纵横酒场十多年，我终于感受到了强烈的挫败感。两个姑娘围着小白，撒娇、抛媚眼，时不时把手搭在小白的肩上、大腿上。你能想象我坐在那儿的感受，尼玛，这不就是个蠢货么？小白偶尔从左右中抽出身来和我喝一杯，姑娘们偶尔和我碰一下杯。整个晚上，两个姑娘和我说的话不超过一百句，和小白说的话不少于五千句。我不能忍受这样的局面，努力想让自己变得有趣起来，让姑娘们喜欢起来。所有的努力都是白费的，她们懒得看我一眼，偶尔看一眼如同赏赐。有好几次，我想走，又不甘心。凭什么？这是我组的酒局！还有，姑娘们的乳房真的很性感，我想多看几眼。

喝到十一点，我差不多醉了。小白说，我们去吃夜宵吧！我说，我不想去。经过一晚上的努力，我知道姑娘们不会多看我几眼，我的信心就像尿一样，全流进厕所了，流进城市地下不知去向的下水道。小白说，走啦，走啦，一起去撒！去你妈啊，老子当了一晚上的傻子还不够啊！姑娘们嗲声嗲气地说，走啦，马老师，一起去嘛！我站了起来说，我不去了。小白对两个姑娘说，你看，你们太没有魅力了，请马老师吃夜宵都请不动。小白一说完，两个姑娘像兔子一样跳到我身边，一左一右地拖住我的手说，马老师，走啦，不要这么不给面子嘛！她们的乳房蹭在我的手臂上，让我的心又痒了起来。有两个姑娘呢，我终于还是去了。

去的地方是烧烤档，一坐下，啤酒就摆了上来。很快，烧烤也上来了。我再一次进入白痴状态。看着小白，我骂娘的心都有了，这尼玛是干吗呀！喝了一打啤酒，街上的人少了，烧烤档上的人多了起来。小白和姑娘们谈笑风生，哦，不是，是打情骂俏。和世界上所有的酒局一样，酒到如此，怎么能不谈谈爱情。她们如此赤裸裸，表达着对小白无尽的爱意。夜色中的小白，喝酒抽烟，他白色的胖脸儿微微红了，他笑得那么开心，仿佛阅尽人间。我喝了一杯又一杯的闷酒。

大约一点多，A姑娘看了看手机说，小白，我要回家了。小白意犹未尽地说，这么早就回去？早你妹，你们赶紧给我滚吧，越快越好！我又喝了一杯。小白放下酒杯说，马老师，我先送A回去，你等等，我马上回来。说完，扭过头对烧烤档老板说，老板，买单。我不耐烦地说，回来再买吧，赶紧送人家回去。我看了看B，她有漂亮的下巴。小白站了起来说，好，那我先送A回去，你等我，我们再喝点儿。小白走出几米，我正想和B说几句话，B突然站了起来说，小白，等等我，我也想回去了。小白摆了摆手说，你先别急着回去，陪马老师坐会儿，我马上回来。B摇摇晃晃地走到小白身边，拉住小白的手说，你偏心，你为什么不送我回去？小白有些不好意思地扭过头对我说，马老师，那我先送她们回去。他们一上车，我狠狠抽了自己一个耳光，骂了句"蠢货"。一个人坐在烧烤档，我喝完桌上的酒，小白没有回来。我想象了下旖旎风光，又骂了句"蠢货"，骂的是我自己。

我给杜若白打了个电话，骂到你交的什么朋友，太恶心了。杜若白在电话里嘻嘻哈哈地笑，像个傻子似的。过了两天，杜若白打电话给我，约晚上的饭局，我问有哪些人，他说，有小白。我说，不去！杜若白说，来嘛，别那么小气，小白知道错了，这次不会了，真的，我保证不会了。来来来，我请客。杜若白磨蹭了半天，我终究还是去了。

一见到我，小白笑眯眯地说，马老师，不好意思，上次喝高了，真喝高了。我点了根烟，瞭了小白一眼说，风光无限啊。小白咧开嘴说，马老师，你想多了，君子之交，君子之交，我和姑娘们坐而论道，谈人生，谈理想，一直到天亮。我想象了下，两个大腿白晃晃的姑娘，喝得晕晕乎乎，到了一个男人家里，他们坐而论道，你信吗？我不信。小白看了看我说，马老师，今天约了几个姑娘，你肯定喜欢。有些情况我已经知道了，小白在电视台做编导，经常拍情景剧，他带出来的姑娘多半是些临时演员。这些姑娘几乎无一例外的长得漂亮，却总让人感觉缺了点什么，后来我知道了，缺心眼。她们漂亮，生活简单，不想太多的事情，她们喜欢上电视，哪怕是一个小得不能再小的角色也让她们嗨起来。有时候我想不太明白，一个小地方的电视台，一个情景剧到底有什么意思，能成名吗？简直是个笑话，但姑娘们确实喜欢。

小白没有撒谎，他叫了几个姑娘过来。这次，AB 没有来，和 AB 一样，CDEF 长得依然漂亮。酒桌上的气氛比上次好了一些，至少我觉得不像上次那么傻。杜若白使劲儿地和姑娘们逗乐子，很快他喝高了，手舞足蹈的。小白指着杜若白对姑娘们说，我和他是一个组合，知道我们这组合叫什么名字吗？姑娘们猜了半天，没猜出来。小白鬼气地说，小白兔组合，没想到吧？姑娘们都笑了起来，小白兔，小白兔，奶糖耶。小白说，我们可没有奶。说完，坏笑着看姑娘们的胸脯。姑娘们浪笑起来，"咯咯咯"像几只小鸡。空气中有点儿情色的意思了，我开心地喝了一杯。小白看着姑娘们说，再猜，为什么叫小白兔组合？姑娘们矫揉造作地说，小白哥，你好坏。说嘛，为什么嘛？小白指着自己说，我，小白！又指着杜若白说，他，杜若白，也是小白。说完，伸出两个指头说，小白兔——，TWO！姑娘们哈哈笑了起来，笑得东倒西歪的，我也笑了起来。

喝完酒，我们一起去了 KTV。三个男人，四个姑娘，气氛热烈。姑娘们一会儿在这个男人怀里，一会儿搂着另外一个男人。喝到一点多，我受不住了。和他们打了个招呼，走了。第二天中午，杜若白给我打了个电话，告诉我昨天的战况。他说，后来都喝多了，小白带着 F 走了。他和 CDE 一起出来。CE 一起打车走了，他问 D 住哪儿，要不要送她回去。D 喝得像个白痴，死活不肯回家。在出租车上，D 伸手摸他的鸡巴，说要和他一起吃夜宵。杜若白说，妈的，把老子吓死了。我听得有些不耐烦了说，搞了没？杜若白说，没没没，这种傻姑娘谁愿意搞啊！我被逼得没办法了，说我妈喊我回家呢。杜若白说，老子把她扔门口就走了，那傻姑娘还一直哭一直哭，烦死了。杜若白电话挂了没一会儿，小白电话过来了，接通电话，我说，来炫耀？小白连忙说，没没没，马老师，你又想多了，我是那样的人吗？我把杜若白的事儿说了一遍，小白笑起来说，我知道会那样。接着，小白说，和 D 认识好几年了，这段时间也不知道抽什么风，整天缠着他，他不想理。D 勾引杜若白，大概是想做给他看的。他说，在 KTV 就看出来了，D 那傻姑娘，见男人就抱，故意的嘛！至于 F，小白说，回到家，他都快累死了。F 兴致勃勃，想来一炮，人都脱光了。我说，没搞？小白说，没搞，觉得没意思。F 口了小白一会儿，小白还是软塌塌的，F 放弃了。小白说，早上起来，看到 F 光着身子躺在床上，鸡巴一下子硬了。F 侧卧，两只乳房性感迷人，阴部朝气蓬勃。他去洗澡，打了个飞机。我骂了句，操。

　　类似的事情后来发生了很多，以致我懒得记姑娘们的名字了。那些姑娘小白到底有没有睡过，我也懒得问了。只要有小白在的酒局，姑娘是少不了的。通过小白，我认识了各行各色的姑娘，这么说吧，超过我此前认识姑娘的总和。从电视台主持人到银行白领，从酒吧公主到微商女神，从富二代到麻辣小龙虾老板娘，跨度之大，叹为观止。

那段时间，饭局酒局多得让人厌倦。每天早上起床，望着镜子中的自己，忍不住产生深深的厌恶。那浮肿的眼睛，昏黄布满血丝，口腔里散发出让人恶心的酒腥味儿，整张脸都是让人讨厌的。偶尔早起，看到清晨的城市，总有些不真实的感觉。听到鸟叫，仿佛都是多年前的事了。

小白八四年的，未婚，他长得漂亮，脸白，谈吐幽默。多年电视台的训练，让他有了一套见人说人话、见鬼说鬼话的能力。在我看来，小白的生活并不让我喜欢，更谈不上羡慕，我不知道他每天酒醉之后醒来会想些什么。问过他，他说会在阳台喝茶，让昏沉沉的脑子回到人间。他的那些姑娘，像电视剧的配角，偶尔出现一下，然后消失。突然有一天，又冒出来，再接着消失。我想，他和这些姑娘应该谈不上爱，只是需要。他是个成年人。

字母表后面的姑娘，我不想再一一描述，她们就像一个个字母，本身并无意义。

有一天，小白约了我，还有杜若白几个人。那天，饭桌上让人意外的只有一个姑娘，略显得有些老，和以前见过的姑娘有些不同。我们坐在院子里，小白介绍道，这是高老师，教舞蹈的。我礼貌地打了个招呼，对小白带过来的姑娘，我已经厌倦了，也失去了勾搭的兴趣，何况这个姑娘长得并不漂亮，脸有些大，额头发亮，眼神凌厉。等我们坐下，小白说，我带高老师转转，你们先坐会儿。说完，带着姑娘去了里面。

我们这个店，初次来的多会拍个照，发发朋友圈。是的，在我们这个三线小城市，这样的店还很少，到处都是书，墙上挂的是市里著名画家的画，院子里满是花草，各个角落挂满了好玩的小装饰物，隔三岔五组织读书会、观影会、诗歌朗诵会、新书发布会，这让它显得很文艺，很装逼。不少来过的朋友告诉我，很有丽江的感觉。丽江，丽江，这个艳俗的地方，依然是多少人心目中的圣地。我坐在院子里的摇椅上，见过多少装逼作态的小姑娘，见过多少高冷范儿的剩女和不甘寂寞的少妇。他们来去，充满情欲和暧昧的味道。

等小白领着姑娘出来，菜已经上了。姑娘说，这儿挺不错的。小白说，当然，都是文化人做的，文艺着呢。小白讨好般地看着姑娘说，高老师，要不喝两杯？我看了小白一眼，妈的，他什么时候这样了，感觉有点陌生。高老师扫了小白一眼说，你喝吧，我不喝了。小白又看了看我说，马老师，喝点儿？

小白喝得小心翼翼，时不时看姑娘一眼。我和杜若白已经喝开了，我们叫小白带过来的姑娘"高仰止"老师。姑娘好奇了一下，为什么是高仰止老师？我和杜若白笑起来，高山仰止，高仰止老师多好听。姑娘难得地笑了笑。我给高仰止老师倒了杯酒说，喝点呗，你一个人不喝也挺无聊的。酒倒上了高仰止老师没有拒绝，她还是不喝。轮到她的酒，她轻轻推到小白面前，小白连忙说，我喝，我喝。喝了一会儿，我们觉得无聊了，小白他妈就像条哈巴狗似的，完全没了往日的气势，连说话都不好玩了。

杜若白提议玩石头剪刀布。轮到小白和高仰止老师了，高仰止老师问，你出什么？小白说，布。高仰止老师出了剪刀，小白出了石头。高仰止老师瞪了小白一眼，小白飞速地端起杯子说，我喝我喝，我错了。喝完，高仰止老师又问，这次你出什么？小白说石头。小白出了石头，高仰止老师出了布。小白又喝了一杯。第三杯，小白问，高仰止老师，你出什么？高仰止老师说剪刀。这次，小白出了布，高仰止老师出了石头。我和杜若白哈哈笑了起来，小白也跟着"嘿嘿"乐了，高仰止老师，这次怪不了我。只见高仰止老师淡淡一笑说，这次赢的喝。我和杜若白有点看不下去了，这太欺负人了。我说，高仰止老师，不带这么玩的。高仰止老师看都没看我一眼，对小白说，这次是不是赢的喝？小白连忙点头，对对对，这次赢的喝。看着小白的样子，我们都觉得丢人，就一个姑娘至于吗？

那个酒局非常无趣，我和杜若白都有些无语。几个人慢慢撑到结束，意兴阑珊。小白想送高仰止老师回去。高仰止老师高冷地说，不用，我自己开车，你喝吧。小白死皮赖脸地说，要不，你送我回去？高仰止老师说，你又不是没腿。说完，走了。等高仰止老师走出院子，小白连灌了三杯。发了会儿呆，小白说，我请你们消夜吧。

中秋节都过完了，南方的街道还是绿的，却有些冷了，我们喝的还是冰啤酒。小白找了一个吃螃蟹的摊子，据说那儿的毛蟹特别肥美，有膏有黄。一坐下，小白要了二十只毛蟹，一打生蚝，还烤了一些串儿，一打啤酒。这是我记忆中，唯一一次只有我们三个男人的消夜。

喝了两瓶下去，小白醉醺醺地问我，马老师，你知道我为什么这么忍高老师吗？

我喝得也有点傻了说，傻呗。

小白顿了顿说，马老师，不对。她是我前女友。

马老师，不怕告诉你，你知道，我认识很多姑娘。有些姑娘喜欢我，你都看到的。你肯定以为我和这些姑娘都上过床，是吧？但是，真的，但是，其实好多姑娘我和她们没关系，我怎么会喜欢那些傻姑娘。再说了，我如果见个姑娘就带回家睡觉，她们谁还敢跟我玩儿啊，我也是有节操的。我只是无聊，你说，我一个单身汉，不喝喝酒，我傻不吧唧地坐家里干吗？我喜欢玩，我也坐不住。你还记得莎莎吧？

不记得。

不记得也没关系。我知道你看不起莎莎，觉得人家混夜总会的，肯定是个鸡。我不管她做什么，她仗义。每次去她哪儿，我觉得舒服。人家其实也不图你个什么，是吧？我上次出差，没钱了，发了个朋友圈求助，最后你猜，谁给我打钱了？妈的，那帮平时吃吃喝喝的哥们，没一个打的，就莎莎给我转了五千块钱，人家还问我够不够。这叫什么，仗义！回来我请莎莎吃饭，人家提都没提钱的事儿。我说还钱给她，人家说，没事，不急，你先花着呗。我去她那儿喝酒，经常是人家拿自己的存酒，都不让我花钱。人家看我脸白？马老师，我告诉你，不是，是人心。平时我对她尊重，你看过我什么时候对她们动手动脚了，没有。人家也只是个职业，是吧？你花两个钱怎么就牛了？怎么就能欺负人了？你们行，我不行，我觉得她们也不容易。有几次，知道我喝多了，人家第二天早上给我送汤。我记得人家这个情。

行了行了，别扯那么多了，喝滗吧。

马老师，你说高，高，高仰止老师，我为什么对她那么忍，我对不起人家，我心里有愧。我告诉你怎么回事儿。

十年前，小白大学毕业，他从遥远的兰州到了南方的这个小城。刚刚毕业的小白，对未来充满了美好的期待，他想一切都会像他想象的那样，做一个很牛的记者，铁肩担道义，妙笔著文章。刚进电视台的小白，广交四方豪杰。和其他刚毕业的小男生不一样，他敢花钱，活儿也牛，毕竟毕业前他在兰州电台混了两年。小白家里开了一个厂，手底下一百多号人，老爷子经济宽裕，没指望小白赚钱。来之前，老爷子跟他说，你终于可以自立了，我不要你给我钱，不问我要钱就行。临行前，老妈子偷偷塞了张卡给小白说，儿啊，我给你存了两万块钱，你先花着，要是没钱了，你给妈打电话，妈给你打。小白推开老妈的手说，没事，我工作了就有钱了，不要你的。老妈子硬是把卡塞给小白说，你还不懂事，出去做事，很多地方都要花钱的。

到了电视台，小白才知道，老妈说得是对的。刚出来工作，要花钱的地方太多了，吃喝住行没一样省心。就说租房，押金租金加一块儿不是个小数字。行这方面，你总不能走路上班吧？吃喝就不提了，他本就是个爱花钱的主儿。他交了三教九流的朋友，每到下班，接小白吃饭的车已经停在电视台门口了。他们整天吃啊喝啊，多半时候小白不用买单，毕竟他年轻，刚工作，没人指望他买单。可小白不好意思，每次一发工资，他会喊大家一起吃饭，他那千把块钱的工资，一顿饭就没了。这么吃喝了两年，高仰止老师毕业了。

那会儿，工作已经不好找了，高仰止老师读的又不是什么牛的学校。小白虽然在社会上混了两年，认识了不少人，但要靠他的人脉给高仰止老师找份满意的工作几乎不可能。实在没办法了，小白找到台长，厚着脸皮说，台长，进台这么久，我没求过你什么事儿，有个事儿想麻烦下你。问清楚了情况，台长说，小白，这个事儿不好办。小白说，老板，我知道不好办，要不也不麻烦你。说完，小白补了一句，要花钱的事儿，你说，这个不是问题。台长说，不是钱的事儿。那段时间，小白厚着脸皮找了所有能找的人，花了不知道多少心思，终于把高仰止老师送进了当地最好的小学。他说，高仰止老师，我对得起你了。

所有人都觉得小白会和高仰止老师结婚，他费了那么大劲儿把高仰止老师的工作搞定了，未来应该是可以预期的。小白也这么想。有不少朋友觉得，高仰止老师是配不上小白的，小白长得漂亮，家里有钱，人又好玩儿，工作也还不错。高仰止老师家里的条件想来是不太好的，不然也不至于要小白帮着找工作，至于长相，高仰止老师最多也只是中等姿色吧，和电视台的莺莺燕燕比起来简直不能看。

年轻的小白意气风发，工作慢慢步入正轨，前途似乎一片光明。女朋友又来到了身边，世界上还有比这更好的事情吗？如果顺着生活的逻辑这么走下去，一切都很完美。小白买了房子，装修好了，该结婚了。有了高仰止老师的小白，依然过着纸醉金迷的生活，他觉得他的人脉还不足以支撑他的未来，他需要认识更多的人，组织强大的关系网，这张网能够让他获得安全和前途。实际上，他已经是小城的万人迷了，有朋友来，都会问他应该去哪里吃喝玩乐。大家都很喜欢他，是啊，谁会不喜欢一个漂亮、幽默、花钱又大方的年轻人呢？有他在，总是充满欢乐。他回家总是很晚，总是醉醺醺的。高仰止老师开始没说什么，时间久了，唠叨是不可避免的。那些话，小白不爱听，他们顺理成章地开始吵架。

如果仅仅如此，也没什么，谁没有傻兮兮的过渡期呢，谁没过几年花天酒地的日子。混乱之后，我们会把黄头发染黑，把指甲剪干净，穿上得体的衬衣，走进婚姻，有一个孩子，过上按部就班的生活。若干年后，我们会成为受人尊重的中年人，温和地和年轻人说话，告诉他们我们经历过的一切，我们不再相信这世界还有什么奇迹。那会儿的小白，充满年轻人的狠劲儿，他还没有被生活打磨得圆滑。甚至，他还没有学会如何对待一个姑娘。

小白对高仰止老师说，我们结婚吧。他没有想到，高仰止老师会对他说，我家里反对我们在一起，我一直没有和你说。高仰止老师说得很轻，小白脑子一下子炸了，他没想到。他问，为什么？高仰止老师说，我爸妈觉得不合适。小白没再说什么，他有种被欺骗的感觉。

马老师，你知道吗？当我听到这句话，心都碎了。我费了老大劲儿终于把一堆烂事儿搞定了，你告诉我不玩了，我怎么想？

我喝了杯酒，看着满桌子的蟹壳蟹腿儿。杜若白在打瞌睡，摊子上很热闹，旁边都是吹牛的人。小白说了半天，他的脸有点红了。我说，小白，你没什么对不起高仰止老师的。

马老师，我还没说完，你听我说，今儿你就听我说。

马老师，你不知道，我们这代人和你们那代人不一样。你们大学毕业那会儿，大学生还值点钱，我们这代人算是倒霉透了。你知道吧，我们大学毕业找个工作多难，好不容易找个工作，还没钱。别人看起来，电视台这工作挺牛的，人模狗样的，我拿两千多拿了两年才转正。

两千多块钱，喝几顿酒就没了。买房子这事儿，我问我爸妈要的钱，不问他们要，我买不起。不是我买不起，我们这代人都买不起，我们刚出来工作，房价像疯了一样涨。你老爱跟我们谈理想，说实话，我不爱跟你们谈这个，你们买房子那会儿两千多，我们买那会儿七八千了。你们刚出来，一个月五六千轻松松的，我们都不敢想。活都活不下去，谈个毛的理想。我还好，我家里有钱，我家里有钱我有罪吗？我知道你有时候看不惯我，到现在了还花爹妈的钱。你换我试试，你花不花？我爹妈就我一孩子，我花花他们的钱怎么了？

　　好了好了，小白，我们不谈这个，继续说高仰止老师，你怎么就对不起她了。

　　高仰止老师说了那句话之后，小白心里不舒服，这是难免的。有天晚上，小白喝多了回家，高仰止老师见小白回来，唠叨了几句，小白坐在沙发上抽烟，酒精让他的眼睛变成了红色的，像一只兔子。高仰止老师的每一句话似乎都那么难听。小白不以为自己是在外面喝酒，他觉得他是在为了未来打拼，高仰止老师的每一句似乎都是对他的讽刺和否定。高仰止老师端了一锅面上来，她还没吃晚饭。她摆上碗，问小白要不要吃点东西。小白从沙发上站起来，走到桌子边上，高仰止老师又说了两句。小白突然端起锅抛向屋顶，把碗一只只的甩到桌子上。他听到了高仰止老师的尖叫和哭喊。然后，就什么都不知道了。

　　第二天下午，小白从床上爬起来。他看到锅在地上，满地的碎瓦片，屋顶上还沾着面条。他还看到了血。手机上有十几个未接电话。小白打过去，脸吓得更白了。在医院，小白看到了高仰止老师，面部烫伤，手臂打着绷带。哥们把小白拉出病房，抽了他一个耳光说，你傻啊，你傻啊。小白失忆后，据说扇了高仰止老师两个耳光，指着高仰止老师骂。等小白消停下来，高仰止老师给小白哥们打了电话，去了医院。

　　等高仰止老师出院，他们分了。他们分得并不彻底，小白还会给高仰止老师打电话，关心高仰止老师的生活，他们不住在一起了。高仰止老师偶尔还会过来小白家里打扫下卫生，更偶尔做个爱。经过这件事，小白对高仰止老师一直心存愧意。他努力想改正过来，他觉得他还是爱高仰止老师的。

如果没有后面的事情，他们也许还有复合的可能。出了那件事，他们彻底没有了未来。有天，小白去酒吧，稀里糊涂被人打了，右手臂骨折，缝了几十针，打了石膏。尽管后来事情弄明白了，小白爹妈坚决认为是高仰止老师找人报复，他们说，这个女人太狠了，你娶条母狗都不能娶她！接下来几年，小白过着美女环绕的生活，他没有谈恋爱，高仰止老师也没有。他们两个人一直这么耗着，耗到了三十岁。

我就不是个人，我就不是个人。小白连灌了三杯。他说，马老师，你信吗？我爱高仰止老师，真的。我点了根烟。

等我们喝完酒，摊子上几乎没人了。我们三个站在马路边上等车，小白还在絮絮叨叨，讲他和高仰止老师的故事。我听得有点不耐烦了，别他妈磨叽磨叽的了，赶紧滚回去吧。小白抱着棵树，我以为他想吐，却听到他放声大哭起来，他哭得肆无忌惮。空荡荡的大街，一个男人抱着一棵树大哭。我和杜若白都没有过去劝他，我们又抽了根烟。

G 和 H 出现在我们面前，我们一点都不感到意外。知道了小白和高仰止老师的情事后，我看所有出现在小白身边的姑娘都带着同情，她们不过是过客，甚至连过客都不是，只是个影子，明暗一下，迅速消失。那个晚上之后，我很长时间没见过高仰止老师，他很少带高仰止老师出来，那次是个意外。

小白带 G 和 H 出来是有事情，他们在谈一个合作。小白在电视台做了快十年，过得不好不坏。这些年，他做了不少片子，拿过一些奖，然而并没有什么卵用。他还是在做他的编导，收入没什么提高。经过多年的磨砺，他觉要做点事情了，不能一直这么过下去。老爷子老妈会留给他足够的钱，可是，钱并不能解决所有的问题。他需要成就感，以自己的力量过得很好的成就感。电视台是指望不上了，这些年随着新媒体的崛起，传统媒体的生存空间被挤压得越来越小，简直喘不过气来。小白想做点事情，他觉得，他还不能离开电视台，原因非常简单，这依然是一个平台，他可以通过这个平台打通一些关节。有些道理，他想明白了。比如说交情。电视台的人多半有个臭毛病，自以为是。你说到谁，他都说那是我哥们，或者那是我兄弟。特别是在这样的小城市，人很容易自我膨胀。小白认识那么多人，真要办什么事儿，也很费力气。他说，电视台这个地方，很容易把工作上的联系当成了交情。你见过一百次马云，你也成不了他哥们，你们没有互相置换的资源。这些年下来，小白明白了，生活中那些，才是交情。

　　G 和 H 是做广告的，干净干练，和小白在业务上的联系不少，直接或间接的。刚开始，我们饭桌上的话题是广告置换、拍摄、结算等等。小白想做一个微电影工作室，这正好也是 G 和 H 想做的，他们一拍即合。多少个夜晚，谈了多少个构思。事儿还没成，G 看小白的眼神有些不对了。当小白告诉我，G 跟他回家了时，我眼皮都懒得眨一下。小白说，有些麻烦了。他对 G 说不上爱，甚至说不上喜欢，他只是觉得可以一起做点事情。讨人喜欢的小白，豪爽的小白，见姑娘就调戏的小白成功地让 G 爱上了他。他带 G 回家，只想留 G 喝杯酒，说两句话，但是 G 误会了。喝完酒，小白说，我想睡觉了。他以为 G 会说，那我回去了。G 说，我要冲个凉。小白硬着头皮说，好吧。他迅速地整理了房间。当 G 躺下来，小白说，我还没冲凉呢。他去了洗手间。等他回来，揭开被单，他看到的是一具光洁的裸体。小白给 G 盖上被单说，我去沙发，你好好睡。G 拉住小白，把小白的手放在她的乳房上说，你不想要吗？小白在 G 旁边躺下，他感到身边温热起来，一只手在他身上游走，他硬了。G 在他耳边说了句，我都脱光了，你

88

还不肯操吗？说完，翻到小白身上，飞扬起来。

小白说，你知道吗？她说的是"操"，你还不肯"操"吗？高仰止老师永远不会这样说话。

一个"操"字结束了所有的可能，小白满怀期待的合作戛然而止。G从此再也没有在我们面前出现过，像一个肥皂泡，破了，就找不到了。

此后的IJK到Z，我一点印象都没有。偶尔，在店里有姑娘和我打招呼，而我看着眼生，那多半是因为她们曾经出现在小白的酒局上。我和杜若白有时候会嫉妒小白，他经手那么多姑娘，就算不是全部都上床了，就算只有三成睡了，那也是一个庞大的数字，关键是这些姑娘长得都不错，我们没睡过几个这样的姑娘。我们对小白爱恨交织。

和高仰止老师分手后，小白有过一次想认真地恋爱，那是一次可怜的恋爱，他失败了。

那个姑娘我们都认识，在一个学校做老师，长得依然漂亮，个子小小的，有含蓄的小乳房，干练的短发。每隔一两个礼拜，我们会聚一次，吃饭，聊天，一起出去唱歌。大约这样过了大半年，小白突然给我们所有人打电话，告诉我们他喜欢她，他想认真谈一次恋爱了。小白想恋爱了的消息让我们欢欣鼓舞。你想想，如果他恋爱了，那么他带出来的姑娘，就是大家的了，能不能搞得到，就看自己本事了。以前，他像饿狗一样守着他带出来的姑娘。在KTV，我们唱得高兴了，把手搭在姑娘肩上，放在姑娘腿上，小白会走过来，拍拍我们的手说，哎哎，手放错地方了。搞得我们很狼狈，很尴尬。你妈的，又不是你的女人，我们放一下怎么了！我们鼓励小白恋爱，我们告诉他，你一定会成功的，前进，前进，努力！

小白给姑娘送了一个月的早餐，变各种花样，跑遍了小城的大街小巷，只为买一杯女神喜欢的豆浆，女神想吃的油条。那个白痴，像个思春的少年，看女神的微信，望着女神的自拍发呆。他一遍又一遍地告诉我们，这个姑娘好啊！好吧，这个姑娘和小白以前带过来的姑娘确实不一样，温文尔雅，端庄大方，没有一毫的风尘气，浑身散发着知性的气息。我想她是永远不会说"操"的。我和杜若白对她从未有过一点色情的想法，真的是个女神。我们想小白恋爱，又觉得女神不会接受他。他的那些烂事儿，女神都是知道的，也见过他川流不息的女朋友。

送了一个月的早餐，过了多少天我忘记了。大年初三，小白又给我们打电话说，他要正式表白。在我们那个只有七八个人的微信群，小白要表白了。我们都兴奋起来，只等他说出口，我们马上起哄。打完一圈电话，小白@了女神的名字，发了句"女神，我喜欢你"。我们迅猛地送上了祝福。过了一会，女神回了几个字，啊，喝多了吧？小白说，不，没有，我没有喝酒，我喜欢你很久了。女神回，不要，小白哥，不要啊，大过年的不要开玩笑。小白又说了很多，女神说，对不起，小白哥，我们真的不合适，祝你幸福，真的，谢谢你的早餐。

故事到此终结，女神和小白成了真正意义上的好朋友，我们一起吃饭，一起喝酒，一起玩游戏，不再谈爱情。这真是一个恋爱不成交情在的美好结局。我们松了一口气。

表白失败后，小白大约伤心了一两天，又回到了原来的日子，他是一个拿得起放得下的人。我们不再提起高仰止老师，他也没有说过。只在一两次酒后自言自语，也不知道高仰止老师现在过得怎样了。我们让他打个电话问候一声，他看了看手机，又放下说，还是算了吧。恋爱受挫的小白把无限的精力重新投入到了创业和泡妞中。姑娘的事儿就不讲了，无非如此，吃啊喝啊玩啊睡啊那点事儿。

他和几个朋友合伙开了个餐馆，做新疆菜。这是一次可以写入教案的创业，你可以找到所有失败的原因。他们想开一个新疆菜餐馆，找不到厨师，在发达的网络时代，他们想到了网络。于是，他们找了个在大学门口卖羊肉串的新疆人，新疆人从武汉跑到南方小城，背了一只烤炉，占了 20% 的股份，号称技术入股。好吧，这事儿就算了。他们股东众多，交游广泛的他们，朋友们都来了，怎么好意思让朋友买单呢？于是，他们签单了。过年放假，新疆人招待朋友，找不到冰柜的钥匙，操起把凳子就把冰柜砸了。店里员工打架，刀子都拿出来了。大半年过去，餐厅撑不下去了，还欠了几十万的债。面对着一堆杂乱的票据，小白说，我不玩了，我投了多少钱，你们知道，这债我不管了。餐厅顺利倒闭。

扔掉几十万，小白的坏运气似乎走到头了，他迎来了他坚持到现在的恋爱。

小白大学同学出差南方，礼貌地给小白打了个电话，说有空聚聚。小白喊上了我们。在酒桌上，我们见到了这个斯文的姑娘。小白告诉我们，这是当年的学霸，他心目中的女神。我不知道他们是否恋爱过，从酒桌上的表情来看，似乎没有，大概是暗恋吧。那天的酒局气氛平常，不喧闹，有礼貌，和所有招待远方来客的酒局一样。我们都没有放在心上。

隔了两天，小白兴奋地给我们打电话，约我们去他家里吃饭。电话里，小白告诉我，昨天晚上，仗着酒劲儿，他把女神按在了床上。男人和女人，戳破这层纸，什么都简单了。他在电话里说，一定要来啊，一定要来，给哥庆祝一下。

我们去了小白家里，女神端茶倒水，招呼我们，已经是家庭主妇的姿态了。这是第一次，在小白家里，我们感觉像是个客人。妈的，以前这不是我们喝酒乱来的主战场吗？这不是我们的地盘吗？女神轻声细语地说，不好意思，家里有点乱，来不及收拾。我们客气地说，没事，没事，挺好的了。我们坐在沙发上喝茶，小白和女神在厨房做饭。我和杜若白互相看了几眼，有点恍惚。

饭桌上喝的是红酒，女神陪我们一起喝。我们说小白耍流氓，人家不过是来看看他，结果被他按在了床上。女神微微一笑，没有生气的意思。当我们举杯送上祝福，女神大大方方地举起杯子说"谢谢"。这是一个多么温暖人心的场合，温暖得都有点假了。喝到后来，我们都喝得多了。女神也差不多了。杜若白说，来吧，来吧，表白一下。小白臭不要脸地说，我爱你。女神倒是很淡定，她望着小白说，这个人以后是我的，你们不要欺负他。他爱吃吃，爱喝喝，就算他以后坐轮椅上，我推着他。女神说得轻描淡写，我们却有点受不住了，这也太煽情了。这才几天。

女神回北京后，小白似乎变了个人，身边的姑娘明显少了。他说，兜兜转转一大圈，又回来了。他酒喝得比以前少了，回家也早了。他说，要回家和女神视频。我和杜若白都认为这是一个不靠谱的恋爱，异地，闪恋。小白和姑娘们调情收敛了很多，点到为止。他对我们说，碰到一个好姑娘，多不容易。混了这么多年，有些道理该明白了。他似乎已经忘记了高仰止老师。

大半年过去了，小白还在异地恋，他们彼此见过了父母，基本算是把婚事定下来了。小白在小区里又买了一套大房子，用作婚房。他现在住的这套，以后给老爷子住。买房子的钱，还是家里给的。对此，小白多少有些不好意思，他说，工作这么多年，尽瞎折腾，也没攒下点钱。赚的那点钱，全他妈喝酒了。女神在北京，收入比小白高多了，以后到了小城，他们会开始全新的日子。小白说，这就是他们这一代人的生活，混乱荒芜，热情失败。他们看见船帆和海鸥，而只有坚实的大地让他们觉得安全。

很多事情，还是未知数，我们祝福小白。

五月：孤独而漫长的旅程

　　我是个记者，我叫马拉。今年三十五岁，我有个漂亮的前女友，她叫钱丽娜，如今她是别人的前妻。钱丽娜和前夫结婚前，给我介绍过一个姑娘，说是她的闺蜜，长得和她一样好看。大眼睛，一头顺直的长发，至于性征，她符合所有男人的期待。一起吃饭时，钱丽娜趁闺蜜上厕所悄悄告诉我，想搞她的男人数以百计。我回想了一下她闺蜜的样子说，有那么好？钱丽娜说，有，真有，我和她睡过几百次，她全身角角落落我都摸遍了。钱丽娜点了根烟说，我是个女的，我都想搞她。钱丽娜说完，我也点了根烟。见我没反应，钱丽娜说，你不信？我说，我信。她闺蜜刚刚坐下时，我快速把她和钱丽娜做了个对比，撇开脸蛋不说，身材确比钱丽娜要好。我对钱丽娜说，我想不通。钱丽娜问，你有什么想不通的？我说，你为什么要把你闺蜜介绍给我？钱丽娜说，我以后还想见到你。钱丽娜这么一说，我明白了。

　　等她闺蜜从洗手间出来，她补了妆，透明的肩带挪了挪位置，本来是露出来了一点的。她说，我不吃了，饱了。钱丽娜说，要不，你先回去？我再坐会儿。她说，我也要上班，先走了。等闺蜜走了，钱丽娜问，你觉得她怎样？我说，棒极了。钱丽娜说，那赶紧搞了她吧。如果她不是钱丽娜闺蜜，如果我没有和钱丽娜谈过恋爱，这种事情不用钱丽娜叫我。这么好的姑娘，有什么好犹豫的呢。我对钱丽娜说，你真是个贱人，太不厚道了。钱丽娜说，我怎么不厚道了？我说，她是你闺蜜，你却叫我搞她。钱丽娜说，她是我闺蜜，她也是个女的，她反正要给人搞，要嫁人。说完，钱丽娜对我说，你要是不搞她，你会后悔的。我又抽了口烟。钱丽娜说，你别不好意思，我和她讲过，你是我前男友。我笑了起来说，你真像个老鸨。钱丽娜说，天下有我这样的老鸨，我要过你钱？和我在一起三年，钱丽娜没要过我的钱。相反，我混不下了，她还救济过我多次。用钱丽娜的话说，那才叫爱情。

钱丽娜和我分手，没什么意外的。她爱钱，这我一直知道，我恰恰没钱。一个小记者，能赚多少钱，饿不死，也撑不着。那会儿，我还年轻，对钱没什么概念。现在想起来，我赚得也不少，一个月能收万把块钱，新世纪初呢，这个数字不少了。可我花得更多。和钱丽娜出去玩儿，一个晚上花上千儿八百的，这事儿太正常了。要是出远门，花得就更多了。钱丽娜出身中产之家，我呢，伟大的工人阶级，我爸一个月的退休金还不够我两个晚上的酒钱。对此，钱丽娜常常感到迷惑，她说，马拉，说起来你也是穷苦人家出身，花钱怎么比我还狠？和钱丽娜分手后，我想过原因，被我爹妈给惯坏了。我们家穷，可我爸妈从来不苦着我们，别的小朋友该有的，我都有，也没因为钱遭过什么罪。我大学毕业后，家里欠了几万块钱的债。我攒了小半年的钱把债给还了，还完债，无债一身轻。我妈拿着我给她的几万块钱说，看你现在赚个钱，比你老子轻松多了，你写几篇文章，你爸要干一个月。我妈说着说着，眼泪就流下来了，那是喜悦的眼泪吧，儿子终于长大了，赚钱了。我妈说，你们进大学那年，家里没钱，我和你爸吃了整整一个月的苋菜。苋菜肯长，水一泼就长，水一泼就长，我和你爸吃苋菜吃得舌头都红了。我再也不想吃苋菜了。

我爸妈以为我很快会富起来，买房买车，结婚生子。让他们失望了，我什么都没有。和我一起的有个同事，贵州的，他可真会攒钱。上班刚一年，他到处借钱买了个房子，一百平方吧，那会儿房子才两千多一方呢。如果没记错，他还问我借了三千，至今没还。六七年之后，也就是我和钱丽娜分手那年，几经倒腾，他的房子换成了别墅，还有很大一个院子，他在院子里种了萝卜、白菜，还有鱼腥草。他们贵州人，特别爱吃那个腥里吧唧的玩意儿。他还买了车，坐在他们家的院子里，他心满意足地对我说，马拉，我现在也算是有点产业的人了。望着我和钱丽娜，他用恨铁不成钢的口吻说，马拉，你要是不瞎折腾，稍微省着点儿，不说别墅，起码你也有个房子了吧。我算了一下，如果像他一样生活，别墅不说，两套房子我是买得起了，这些年我喝掉的酒钱也得有二三十万吧。从他家别墅出来，我和钱丽娜打了个车。钱丽娜说，你看，都是做记者，人家别墅都有了，你还住个破出租屋。我说，你要看着眼热，你跟他过去。钱丽娜说，我才不要呢。我说，人家有别墅。钱丽娜说，别墅有个屁用，喝杯可乐都要算计半天，住月球又有个毛意思。

　　和我在一块儿，钱丽娜开心。开不开心骗不了人，我们在一起又不是一天两天，又不是一锤子的买卖。我和钱丽娜花在吃喝玩乐上的钱，加起来超过五十万那是妥妥的。我见过钱丽娜爸妈，他们对我应该很满意。后来，钱丽娜告诉我，我爸妈以为你挺有钱，哈哈哈，哈哈哈。嗯，见过我花钱那架势，你要是说我没钱，没几个人信。在一块儿花天酒地三年，那是我们最快乐的日子。什么叫爱情，什么叫欢喜？不就是跟着喜欢的人使劲儿乱操吗？三年后，钱丽娜二十六岁了，她严肃认真地对我说，马拉，我要结婚了。我以为是我，我说，好的。钱丽娜说，不是和你结婚，我要和别人结婚。我以为她开玩笑，钱丽娜说，我不和你开玩笑，我要结婚了。我说，和谁，我认识吗？钱丽娜说，我还没找着。我说，人都没找着，你结个屁的婚。钱丽娜说，你觉得我想找个人结婚难吗？的确不难。钱丽娜长得漂亮，我现在还会这么说，足以证明她真的长得漂亮。有几个男人被前女友甩了，还会说前女友好呢？不光漂亮，她家庭出身也不错，中产阶级嘛。老爸某局局长，老妈做生意，政商结合，天下无敌。她性格也好，天生的乐天派，人还好玩儿。这样的姑娘，扔在任何地方都是抢手货，断然没有嫁不出去的道理。我说，连人都没找着，你先别急着结婚了。钱丽娜说，那不行。马拉，我不做脚踩两只船的事儿，只有和你分手了，我才会去找别人。我说，我不好吗？钱丽娜说，好啊，挺好的。我说，那你和我结婚吧。钱丽娜摇了摇头说，那不行，你太穷了，我爱钱。她的话让我陷入深深的伤感，这操蛋的世界总是那么会折腾人。钱丽娜摸着我的脸说，马拉，你看，和你在一块儿，我得到了爱情。爱情有了，我再得到钱，那是多么完美的人生。爱情与金钱不可能兼得，可先后得之。她说得似乎很有道理。

讲明之后，钱丽娜带我去吃了顿大餐，有我最喜欢的牛扒和蟹脚。要在平时，我会吃得很欢的。那天，我吃不下。见我食欲不好，钱丽娜草草吃了几口，买完单说，我们去喝酒吧。还太早了，七点多，天还没有完全黑下去，路灯亮了一些，酒吧要九点左右才开门呢。我们去公园逛了一会儿，手牵着手，在树林深处，我们像往常一样接吻，钱丽娜的嘴巴里还有芝士的甜香。我喜欢她的舌头，比她的乳头更让人兴奋。我摸着她的屁股，满心的惆怅像鸡巴一样膨胀起来。钱丽娜亲着我的眼睛说，你不要哭，你一哭，我会心软。我爱她，我不会哭。在公园逛到九点，我们去了酒吧。公园附近，有一排酒吧，这会儿停了不少车，姑娘们花枝招展地开了，那是夏天吧，我记得不太清楚了，铺天盖地的白花花的大腿和胸脯。我身边这个姑娘，有比她们更好的大腿和胸脯。进了酒吧，钱丽娜要了两打啤酒。她倒上酒说，在一块儿三年，一年一杯，先把这个喝了。我说，要不一天一杯，把数喝够，我们就分手。钱丽娜放下杯子说，马拉，大男人干脆点儿，别耍赖。喝完两打，我还想再喝点儿，那会儿我已经喝多了。我平时的酒量一打没什么问题，那天却早早出现了醉态。钱丽娜说，不喝了，我们走吧。我说，我不走，我还想喝点儿。钱丽娜说，你想和我做爱吗？再喝下去，你还能和我做爱吗？分手后，我不会再和你做爱了。一说到做爱，我不再坚持了，我知道这意味着什么，我喜欢钱丽娜的身体。钱丽娜搂着我的腰，扶我出了酒吧，我们打车去了酒店。

　　进了房间，钱丽娜脱掉衣服说，这天太热了，我去洗澡。等钱丽娜洗完，她对坐在沙发上的我说，马拉，去洗澡，乖，要听话。等我洗完澡出来，钱丽娜脱光了，她躺在床上，笑眯眯地望着我。等我爬上床，钱丽娜说，今天你可以为所欲为，你想怎样，我都给你。天亮时，我的酒醒了，像没有喝过酒一样。我起身，拉开窗帘一角，窗外的光灿烂无比，街上的行人比往常清晰，树叶一片片地闪光，树上像是长出了一片片锋利的刀子。我放下窗帘，在钱丽娜身边躺下。她睡得真好，还那么美。过了一会儿，钱丽娜醒了。她说，没睡好？我说，刚醒。她说，我睡得挺好的。钱丽娜伸手搂住我说，再亲亲我，出了这个门，我就不是你女朋友了。我说，能不能晚一天出门，昨天喝多了，我没记住。钱丽娜问，记住什么？我说，我想记住和你一起的细节，记住你。钱丽娜明白了我的意思，她把我的头搂向她的胸前说，好吧，可怜的孩子。那一整天，我们在床上折腾。

　　第二天天亮时，我疲惫不堪，钱丽娜起床了，站在床边穿衣服。穿好衣服，漱洗完毕，钱丽娜说，我走了，再见。我躺在床上望着她。钱丽娜走到门边，又转过身说，你不抱抱我吗？我从床上起来，走到门边，抱住钱丽娜，钱丽娜伸手摸了摸我疲软的阴茎说，再见，保重。说完，打开门走了。等钱丽娜走了，巨大的失落感包围了我，房间的屋顶上一片片的乌云，它们真黑啊，正向我压下来。我狠狠地哭了起来，我爱她，可她走了。哭完，我给我妈打了个电话说，妈，我和钱丽娜分手了。我妈问，为什么，你们一直不是好好的吗？我说，妈，我和别的姑娘搞上了。我妈说，你哦，你哦，说你什么好呢，钱丽娜多好的姑娘，你真是作孽。我说，妈，我是个混蛋。我妈说，你一点不像你爸，我怎么生了你这么个儿子，作孽。我妈在电话里骂了我几句，我感觉舒服多了，好像我真的搞上了别的姑娘，把钱丽娜甩了似的。

　　和钱丽娜分手后，我们联系很少，她是那种说得出、做得到的姑娘。我很想她，尤其是夜深人静的时候，我尽量不去想她。分手一个多月后，钱丽娜约我吃饭。她看着我说，你瘦了。我说，没有，还好，我这整天吃吃喝喝的，怎么可能瘦了。钱丽娜说，你瘦了。我喝了杯酒。钱丽娜说，今天你请我吧。我说，怎么都行。吃完饭，钱丽娜说想喝酒，我问她想去哪儿，她说哪儿都行。我们又去了酒吧，这次，我们两人喝了三打。我比她喝得更多一点。钱丽娜有点醉意了，我还好好的。从酒吧出来，钱丽娜说，你陪我到公园散散步吧。深夜两点的公园，只有灯是亮着的，公园里鬼影子都没有一个。我们坐在草坪上，钱丽娜坐我对面。坐姿都变了，以前，她是坐我旁边的。钱丽娜望着我说，马拉，这一个多月，我一直在想你。我掐了一根草茎，放在嘴里咬了咬，有点涩。钱丽娜说，你想我了吗？我本来想说不想，说出来的却是想。钱丽娜笑了笑说，我知道你会想我。我拉住钱丽娜的手，眼睛里有东西升腾起来。钱丽娜甩开我的手说，不要。我说，我知道你也想的。钱丽娜说，想，可我不要。送钱丽娜到楼下，钱丽娜在我脸上啄了一下说，再过段时间就好了，你去找个女朋友。

　　等钱丽娜告诉我，她找到人了，她又约我吃了个饭，那会儿半年过去了，我的心理和生理完全接受了分手的现实。钱丽娜问我，你还单身？我说，嗯。钱丽娜"咯咯"笑了起来说，你性欲这么强，一个人怎么过的，天天打飞机？我说，我叫小姐。钱丽娜说，马拉，你真是个贱人。我说，我总不能天天打飞机吧。钱丽娜说，那也是。我问，你呢？问完，我就觉得傻了。钱丽娜说，我不需要。钱丽娜说完，我心里有种莫明其妙的快感，真他妈傻啊。钱丽娜说，我把我闺蜜介绍给你吧，很漂亮的。我说，我不信。钱丽娜说，你会信的。等钱丽娜闺蜜和钱丽娜一起出现在我面前，我信了。她真的很漂亮。钱丽娜指着那姑娘说，我闺蜜，周怡萍，大美女。周怡萍娇笑着打了下钱丽娜的胳膊说，说什么呢。她笑起来有两个酒窝，浅浅的，很可爱。周怡萍上厕所时，钱丽娜对我说，怎么样，满意吧？我说，你怎么知道她一定会喜欢我？钱丽娜说，这个我倒不担心，不过，她愿不愿意嫁给你就不一定了。和你谈恋爱挺不错的，结婚，勉强了点儿。我说，也许吧，你闺蜜和你应该一个德行。钱丽娜说，我怎么了，我哪儿对不起你了？我说，没有，你挺好的，是我不好。周怡萍走后，钱丽娜对我说，别看周怡萍挺随和的，不好上手。我说，怎么个意思？钱丽娜说，绿茶婊听说过吧？我点了点头。钱丽娜说，绿茶婊让男人最痛恨的是什么？我说，不给搞。钱丽娜笑了起来说，马拉，你真是个贱人，这些东西你搞得挺清楚。我说，人在江湖，不能在暗处吃亏。钱丽娜说，有点耐心，我觉得你行的，我你都能搞到手，何况她。我笑了起来说，闺蜜就是用来出卖的，或者说拿来送人的，是吧？钱丽娜说，你个贱人，我是看你可怜好不好，别人我还不介绍呢。

　　和钱丽娜说的一样，周怡萍的确有点绿茶。我约她吃饭、喝酒、逛街、看电影，她从不拒绝，表现得无比得体，简直无可挑剔。这让我觉得周怡萍其实没什么问题，是我的想法太肮脏了。和周怡萍牵手是在三个月后，她终于把手给了我，让我握住，不再甩开。和周怡萍牵手后，周怡萍说，钱丽娜要结婚了，你知道不？我说，我知道。周怡萍面带鄙视地说，我不喜欢这样的女人。听她说完，我惊奇得眼珠子都快掉下来了，你们不是闺蜜吗？周怡萍说，谁和她闺蜜了，她只是在利用我。我说，其实她挺好的。周怡萍说，你还真是活该被人甩，人家都不要你了，你还说人家好话。我说，是我混得不好嘛，不怪人家。周怡萍说，她从小就这么现实，爱钱。我说，谁都爱钱，这也没什么错。周怡萍说，爱成这个样子就有点恶心了。我不想再说什么了，周怡萍怎么想我不管，我不想因为钱丽娜让周怡萍不开心。钱丽娜是历史，周怡萍才是新翻开的一页。

以前，周怡萍和钱丽娜住一个大院，说起来都算是大院里长大的孩子。那个大院是某部下属单位，当年红得要命，多少人挤破头想挤进那间大院。和钱丽娜比起来，周怡萍过得没那么好。周怡萍爹妈都是单位职工，收入待遇虽然还不错，和钱丽娜家比起来还是差了一大截。还在九十年代初，钱丽娜她妈辞职下海，依托单位的关系做起了生意，算是碰上好时代了，他们赚了不少钱，迅速富了起来。更让周怡萍气愤的是在单位里她爸一直是钱丽娜他爸的下属，一直都是。她爸还是科员，钱丽娜她爸做了科长，等周怡萍她爸做了科长，钱丽娜她爸成了主管周怡萍她爸的副局长。等钱丽娜她爸做了局长，她爸还是科长。钱丽娜她妈生意做得风生水起，反过来又促进了她爸的仕途。用周怡萍的话说，他们送得起。自小到大，周怡萍一直被钱丽娜压着。她穿的裙子比她时髦，上的学校比她好，就连谈恋爱也比她谈得任性。周怡萍唯一值得自豪的是她长得比钱丽娜好，不是她自己这么认为，大部分人都这么说。

我们好上后，周怡萍感慨地说，连我的男人都是钱丽娜不要的。周怡萍的话让我不太舒服，我说，你可以不要，没人逼着你要。周怡萍说，我说句话你别生气，钱丽娜把你介绍给我时，我心里骂了她一万次。这算什么事儿，你不要的男人给我，你以为还是小时候啊，穿过的裙子给我。我说，那你后来为什么又要了？周怡萍叹了口气说，我算是明白了，长得好没什么卵用，每次和钱丽娜一起出去，男人都围着她转，你们男人，比女人还现实。我说，这算不上理由。周怡萍语气软了下来说，接触久了，觉得你也挺好的。还有，我实在看不下去，她钱丽娜有什么呀，凭什么呀，又不是自己多有能耐，还不是靠的爸妈？马拉，你要争口气，人家不要你，你更要做个样子出来给人看看，你又不是没能力。我说，我可没那么大志向，有吃有喝就行了。周怡萍说，我不准你这么想。

钱丽娜结婚后，偶尔会约我和周怡萍一起出来吃饭。她们逛街，我当司机。她们两人在一起时，你看不出任何异常，那分明是亲亲密密的好闺蜜，她们手挽着手，嘻嘻哈哈。我想大概没人会想到，这个站在边上、提着袋子、玩着手机的男人是她们的前男友和现男友。偶尔，我会觉得尴尬，特别是她们窃窃私语的时候，我总以为她们是在说我。请上帝原谅我的庸俗和下流，几乎每次和她们一起，我都会想起和她们做爱的场景，比较她们在床上的差别。周怡萍的乳房大些，钱丽娜的腿白些，周怡萍喜欢叫，钱丽娜喜欢咬。哦，上帝，原谅我，我还幻想过和她们三人行的场景，我甚至无数次想给她们提出这个建议，我的话都到嘴巴边上了，又活生生吞了下去，像是吞下一块沉甸甸的铁。哦，上帝，我得坦白告诉你，她们都问过我对方在床上的表现，周怡萍甚至逼着我演示过和钱丽娜做爱的情景。她按照我说的动作模仿钱丽娜，每次做完，她都会骂，贱人，骚货。这个游戏，她玩得乐此不疲，一次又一次。至于钱丽娜，在她结婚前，她一次次地问我，搞了没，搞了没？她都急坏了，她如此迫切希望我把周怡萍搞了。等我告诉她我和周怡萍上床了，钱丽娜喝了两瓶红酒。她红着脸兴奋地说，操她，操死那个荡妇，装得像个处女，绿茶婊。她问我，爽不爽？我说，爽。她骂我，你个贱人，太便宜你了。

结婚之后的钱丽娜俨然是个贵妇，这倒不是表现在物质上，物质上她从来不缺。和我在一起那会儿，她爸妈给她的钱，她自己赚的钱足够她过得漂漂亮亮的。我说的是气质上，她有了俯视众生的模样，从容自如，举手投足之间尽显贵气。和周怡萍一块儿逛街，刷卡她从不手软。周怡萍背着她买的包，穿着她买的裙子，还有贴身的内衣。钱丽娜还给周怡萍买过一套蕾丝连体吊带内衣，她说，这玩意儿性感极了，马拉以前老是想我穿给他看，我都没穿。周怡萍拿回来丢到床上说，哼，骚货，我才不穿呢。话是这么说，她到底还是穿上了。周怡萍问我，性感吗？性感，可我怎么说？我说性感的话，周怡萍一定会想到钱丽娜。如果我无动于衷，那是更大的罪过。我可怜的身体和性欲，像一头困在笼子里的猛虎。她们俩如果死掉一个，或者合二为一那该多么好。周怡萍在背后说了钱丽娜多少坏话，我从未告诉钱丽娜，反之也一样。愿她们貌合神离的友谊早日破裂，那也是我解放之时。

　　我见过钱丽娜的前夫，那真是个无可挑剔的男人，长得高大帅气，没有成功人士该有的大肚腩和秃头，脖子上也没有该死的手指粗的黄金狗链子。他的手指修长，指甲剪得干干净净，手指肚有着漂亮的圆弧形，就连他说话的语气，也是文雅得体的。他也许知道我和钱丽娜的关系，也许不知道。钱丽娜聪明，她既然可以带着前夫来见我，足以证明她能够很好地处理这些问题。这么好的男人，这不仅是钱丽娜的梦想，也是很多姑娘的梦想，周怡萍可能连想都不敢想。他们结婚那天，周怡萍和我都去了，我还给钱丽娜封了一个巨大的红包，八千块呢。和电视剧演的不一样，那天，我没喝多，周怡萍也没喝多，没人闹场，没人发酒疯，一切按部就班，井井有条。我们还和钱丽娜两口子合了影，钱丽娜的手捧花扔给了周怡萍。在 KTV 闹到两点，我和周怡萍回家了，都睡得很好。忙碌了一天，我们俩都累了。钱丽娜结婚后，我以为他们的婚姻将江山永固，白首不相离。作为前男友，我送上真诚的祝福。周怡萍不以为然，她说，不出意料的话，两年内他们会离婚。我不信，为此，我和周怡萍打了个赌。我说，如果他们离婚了，我送你一辆车，不低于十万。如果你输了呢？周怡萍说，如果我输了，你想要什么都行，只要我给得了。你要我做鸡，我都答应你。

　　结果真是让人难过，钱丽娜结婚一年半，离婚了。离婚那天，她打电话给我，马拉，晚上有空一起吃饭吗？我和周怡萍一起去了。刚坐下，钱丽娜说，我有个东西给你们看，你猜是什么？我怎么能猜得到。钱丽娜从包里拿出张离婚证说，我离婚了。我拿过离婚证左看右看说，假的吧？钱丽娜喝了口水说，真的。周怡萍侧过脸，笑眯眯地看着我。过了几天，我单独约了钱丽娜。钱丽娜的脸上看不到一点悲伤，像是什么都没发生。她坐下来，拿出镜子略略补了下妆，冲我做了个鬼脸。点餐时，钱丽娜一边看餐牌一边问，周怡萍怎么没来？我说，干吗她一定得来。钱丽娜说，是不是知道我离婚了，你心里又不安宁了？我嗓子有点干，喝了口水说，别鬼扯，我没那么喜欢你。钱丽娜说，那就不一定了，不喜欢我干吗约我？我说，我想问你个事儿。钱丽娜说，我知道你想问什么。我说，什么？钱丽娜放下餐牌说，你想问我为什么离婚呗。我说，嗯，为什么？钱丽娜说，我不想过了。我说，没原因？钱丽娜说，你想有什么原因？你别想多了，真没什么原因。我说，那我就不明白了。钱丽娜说，硬要找原因，也有。这么说吧，以前我以为我喜欢钱，我喜欢有很多钱。结婚后我发现，其实没什么意思。他有钱，人也好，可我怎么也喜欢不上他。卡里有几个亿，我的生活质量还是没什么变化，我想要的东西我以前都有。吃的喝的住的玩的，都他妈和以前一个鸟样。我算是明白了，没有花的钱，那都不是钱。我家里有的钱，足够让我过上我想要的生活了，我犯不着为了数字让自己不开心。钱丽娜说完，我笑笑说，富人的世界果然不是我们能懂的。钱丽娜说，狗屁。想想我们以前在一起真是蛮开心的，没心没肺，够快活。我想抽根烟了。钱丽娜说，放心，我不会骚扰你的，这点节操我有，你好好守着你的周怡萍吧。我说，你知道吧，你害我输了十几万。钱丽娜说，你就吹吧。我把事情讲了，钱丽娜笑得花枝乱颤，指着我说，你活该，不过，人家跟你这么久，就当小费吧。我说，你这嘴可真缺德，也好，她背后也没少骂你。钱丽娜说，我知道，她嘴里能说我什么好话。我说，女人的友谊可真是虚伪。钱丽娜笑了起来说，这不是虚伪，是互相需要。她需要我，我也需要她，我们两个像是连体婴儿，没了另一半，谁都活不下去。

离婚之后的钱丽娜，日子过得逍遥自在，除开上班，她满世界跑，交了一个又一个的男朋友。她从来没领他们到我面前，我看到的都是照片。她说，这是我新男友。那就是吧。我懒得记他们的名字和相貌，反正我又不会遇见他们，永远不会和他们产生交集。钱丽娜和我们在一起的时间多了起来，我们经常一起吃饭，一起旅行。旅行的时候，每次都开两个房间，有时是我一个人睡，有时是钱丽娜一个人睡。偶尔，房间会空一个，那是因为我和钱丽娜都不想一个人睡。碰到这种情况，钱丽娜会笑着说，以后干脆开一个好啦，一起睡，反正都睡过的啦。钱丽娜"咯咯"笑，周怡萍也"咯咯"笑。我说，是啊是啊，干吗要浪费钱。钱丽娜和周怡萍睡一张床，我睡一张。那样的夜晚，我半夜起来过，她们睡得很好，呼吸均匀，手放在彼此的腰上，或者一个搂着另一个的背。她们睡得那么甜蜜，毫无防备，我简直要哭了，我相信那是爱。我不知道她们有没有在半夜醒来过，有没有看过黑暗中的我的脸。没有人到我的床上，没有人抚摸我，我睡得像一滴墨水，融入黏稠温暖的黑暗中。

周怡萍和我分手，我一点也不意外。从钱丽娜离婚那天起，我知道这一天终将到来。让我意外的是，周怡萍很快嫁人了，她嫁给了钱丽娜的前夫。知道这个消息那天，我和钱丽娜喝了不少酒，我不伤感，一点也不。我问钱丽娜，你知道这事儿的，对不对？钱丽娜说，嗯，知道。我说，你为什么不早点告诉我？钱丽娜说，有必要吗？你和她分手了。我说，那也是。我们又喝了杯酒，钱丽娜说，我的东西，她总是想要。连我爱的男人，她也想试试。我说，别说了，喝酒吧。周怡萍结婚后，我再也没有见过她，我和钱丽娜的联系也日渐稀少。她们是一对连体婴儿，我不再是连接她们的那根纽带，她们会有她们该继续的生活，像往常那样。那些和我都没有关系，我应该离开她们，把自己洗干净，像个刚毕业的小伙子一样，重新回到社会上。

六月：凋碧桐图

　　层层叠叠的落叶，正是秋天。有的叶子几乎落光，残留的像一条条破布，斜斜扯起来。落光的倒好，树枝灰褐干瘦，清清爽爽的。林子深处，比夏天明亮通透，石头突兀，泉水枯涸了，少了些叮叮咚咚的声响。鸟飞过去，清冽的风随之抖动。夏爱莲手里拎着一只塑料袋，气喘吁吁，两边的景色，一寸也没看进去。从镇上爬到山上，耗光了她的力气，秋衣里的热，一阵阵涌出来。她找了块石头坐下，擦了把汗。四野寂静，鸟兽似是远远地躲了。除开累，她还怕，生怕有人发现她的踪迹。她戴了头巾，把鼻子和脸藏起来，只露出两只眼睛。快到了，夏爱莲心跳得厉害。她怕见到林立成，又怕他不在。翻过山梁，夏爱莲听到一阵石头滚动的声音，心里抖了一下，赶紧朝四周看了看。没人，可能是某处山体松动了。

　　走到山洞附近，夏爱莲脚步轻了慢了。她捡了块石头，扔了出去。石头砸在树上，"嘭"的一声，接着滚落到叶子上，"梭梭"发响。洞有多深不知道，她和林立成从没走穿过。高的地方三五米，低处一米不到，得弯着腰过去。夏爱莲又扔了块石头，又扔了一块。过了一会儿，洞里探出一只乱蓬蓬的脑袋，林立成的。见到夏爱莲，林立成问，没人跟着你吧？夏爱莲揉了揉脸说，没有。林立成蹿出来，把夏爱莲拉进洞里。洞里比外面黑，阴冷冷的，夏爱莲眯了会儿眼才适应洞里的光线。她从塑料袋里拿出两个包子，一瓶矿泉水说，饿了吧，赶紧吃点儿。林立成接过包子塞进嘴里，啃了几口说，饿了，两天没吃东西了。等林立成吃完包子，夏爱莲说，成哥，我怕，怎么办？林立成说，我得跑。夏爱莲带着哭腔说，你跑哪儿去，我怎么找你？林立成说，不知道，躲过风头再说。吃饱了，咕嘟咕嘟把水喝完，林立成一把拉过夏爱莲，解她扣子。夏爱莲挣扎了下，你现在还有这个心思，我吓得魂都没了。林立成一只手抓住夏爱莲乳房，另一只手解她裤带，怕有个屁用。再不搞，以后怕是搞不上了。夏爱莲屁股一阵冷，林立成双手掐住她的盆骨，摇动起来。完了，林立成提上裤子说，我得走了。夏爱莲抓住林立成的手说，我怎么办？林立成说，你先回去，没你什么事。夏爱莲哭了起来。林立成走到洞口又转回来，你别找我，我会找你的，赶紧回去，天黑山上危险。又捏了把夏爱莲的乳房，林立成说，操他妈的，见鬼了。

从山上下来，夏爱莲下体一阵阵疼。回到家，老夏盯着夏爱莲问，你死到哪儿去了，到处找不到你？夏爱莲说，你管我去哪儿，你还管我死活？老夏一巴掌扇到夏爱莲脸上，你还有脸说，你还嫌事儿少？夏爱莲扭身去了屋里，用力把门关上。她恨林成发，如果不是林成发，她还是她，安安稳稳做她的小学教师，不想其他的事。她想林成发死，又怕林成发死。要是林成发真死了，林立成罪就大了。林成发不死，怕是会活成她的噩梦。林成发的消息断断续续传到夏爱莲耳朵里，有的说他还没醒，怕是救不过来了。又有说他还没断气，说不定死不了的。夏爱莲骑车上学，背后指指点点，她仿佛看到一道道光从她后背透到前胸，把她戳得满身窟窿。

过了半个月，夏爱莲收到消息，林成发醒过来了，还喝了一碗粥。夏爱莲长长吁出一口气，真是好人不长命，流氓活千年。知道林成发活过来，夏爱莲心想，这事儿还没完。林成发在镇上横行霸道快十年，吃这么大亏，他不会就这么算了。出事前，林成发隔天在校门口等她，身后跟着几个胳膊上、胸前刺满青龙白虎的小弟。见到夏爱莲，林成发叼着烟凑上去，夏老师，放学了？夏爱莲不理他。林成发跟在后面说，夏老师，你这裙子真好看，哪儿买的？夏爱莲"呸"一声。林成发不气不恼，嬉皮笑脸的，夏老师，你作为一名人民教师，这样就不好了，带坏小学生。夏爱莲说，你也知道不好，哪个要你死厚脸皮跟着我？林立成说，我不是喜欢你嘛。夏爱莲说，我跟你说过多少次了，我不喜欢你，一点都不喜欢，从小学到现在，我一分钟一秒钟都没喜欢过你。林成发还是不恼，感情可以慢慢培养的。夏爱莲说，哪个要跟你培养感情，不要脸。林成发说，我怎么对不起你了，林立成有什么好的？有钱，长得帅，说不上吧？夏爱莲说，他有钱没钱，帅不帅关你屁事，我喜欢。我跟你说，我喜欢，你想怎么着吧？林成发把烟头丢掉说，夏老师，你信不信，整个镇上，也只有你敢这么跟我说话，要是别个跟我这样说话，看我不弄死他。夏爱莲说，你流氓嘛，镇上哪个不晓得，别个怕你，我不怕你。林成发说，我们同学十几年，没见过你给我好脸色。夏爱莲说，那我是真讨厌你，明白不？林成发说，明白。夏爱莲说，明白你还不死心？林成发说，我不服气，我哪儿比林立成差了？夏爱莲说，你哪点都比他差。林成发说，夏老师，你这就不客观了。一路纠缠到夏爱莲家门口，夏爱莲说，我进屋了，你走。林成发说，你进屋我就走。夏爱莲进屋，回头望了下门外，林成发站了会儿，走了。真是个狗皮膏药，甩都甩不脱。夏爱莲想。

　　要是老夏在家，看到林成发站门口，忍不住骂夏爱莲，你招惹哪个不好，你招惹他干吗，泼皮赖子。夏爱莲说，哪个招惹他？你又不是不晓得，从小学到现在，他纠缠我十几年了。老夏说，你把婚结了，让他死了这条心。看到他烦人，像个什么样子。夏爱莲说，快了。老夏说，谈了几年了，也不晓得你们两个怎么想的。夏爱莲也想结婚，林立成说等等，他想多存点钱，把婚礼办热闹。两人从小学到大学到上班，彼此喜欢了十几年，谈恋爱谈了五年。用他们同学的话说，这是他们见过的最长恋爱马拉松了。夏爱莲和林立成谈过，想早点把婚结了，婚礼简单点没关系。林立成不肯。林成发骚扰夏爱莲的事，林立成知道。他说，都是同学，他不敢把你怎么样。林立成说得没错。林成发流氓，流氓也有底线，喜欢的女人，舍不得动粗。他顶多跟在夏爱莲屁股后面叽歪，撩撩夏爱莲头发，大点的动作，他不敢。

　　见到林成发在三个月后，夏爱莲放学，一出校门，林成发笑眯眯地望着她。春节过后不久，正是雨季，地面湿漉漉的，让人不舒服。林成发穿了件皮夹克，围条大红围巾，戴着圆形墨镜，脚下蹬了双半高的靴子。见到夏爱莲，林成发摘下墨镜说，夏老师，好久不见了。夏爱莲强作镇定地说，回来了？还以为你死了呢。林成发说，我还舍不得死，等着娶你做老婆。夏爱莲扭过头说，哪个说要给你做老婆了。林成发说，我问过算命先生，你注定是要做我老婆的。夏爱莲说，哪个说的你找哪个做老婆。林成发说，夏老师，今天我们不扯这个，我有点事和你说。夏爱莲说，我没空。林成发说，怕是由不得你有没有空，做人总要讲点道理。我吃这么大亏，不能就这么完了。夏爱莲硬着口气说，你吃亏关我什么事？林成发说，你要这么说就没意思了，你和林立成总不能没关系吧？说到林立成，夏爱莲底气不足了，她说，林成发，我认识你也不是一天两天，你到底想干吗？林成发说，不想干吗，想约你吃个饭。

　　上了车，夏爱莲说，林成发，你别逼我。林成发说，我不逼你，我逼你干吗。林成发找了间火锅店，他说，天冷，吃火锅吧。夏爱莲说，两个人吃火锅，毛病。林成发说，你就当我有毛病吧。进了店里，林成发找了个小房间，点好菜，上了汤底，点了火。林成发把门关上说，一直想和你单独吃个饭，这么多年没成，现在倒成了。夏爱莲脱了外套说，你别鬼事多，有话你说。林成发直勾勾盯着夏爱莲胸前，夏老师，林立成有没有跟你说过，你乳房又大又性感？夏爱莲一口水差点呛出来，她指着林成发说，林成发，你耍流氓是不是？林成发说，这算耍流氓？明明是真诚赞美。夏爱莲扭身想把外套套上，林成发说，好了好了，开个玩笑。夏爱莲拿外套的手回到桌子上，林成发，成发，发哥，我们十几年同学，算我求你，你别闹了行不行？林成发说，夏老师，我没闹。你凭良心说，我有没有对你耍过流氓？不是吹牛，镇上的姑娘，我想搞哪个搞不成，我动过你一个指头？夏爱莲喝了口水说，那倒没有。林成发说，知道为什么吗？夏爱莲眼光从桌子上挪开。林成发说，我爱你。夏爱莲说，够了够了，别说这个了，烦人。

　　锅底开了，林成发放了羔羊肉和毛肚。烫好羊肉，林成发捞起放到夏爱莲碟子里说，要不要加点芝麻酱、蒜蓉，放点香菜？夏爱莲说，不用了。林成发又捞了毛肚说，这家店的毛肚，天下一绝。给夏爱莲捞好吃的，林成发说，忘了要酒，夏老师你喝什么？夏爱莲说，我不喝酒。林成发说，来点啤的吧，好几个月没喝酒了。说完，拿了两瓶啤酒说，夏老师，今天你陪我喝点儿。他给夏爱莲倒了一杯。喝了杯酒，夏爱莲说，你不是有事和我说吗？赶紧，晚点我要回去。林成发说，先喝着，不急。夏爱莲说，我急，回去晚了我老头子骂我。林成发说，都这么大个人了，还怕老头子骂你。夏爱莲说，我不是你，你没人管，我有。林成发笑了笑。喝完瓶啤酒，林成发说，夏老师，那我直说了，我想和你谈谈林立成的事儿。他一说出口，夏爱莲倒像轻松了，她主动倒了杯酒说，我知道你找我是要说这个的。林成发说，林立成杀我，我命大，没死，可这事儿不算完。夏爱莲说，你想怎么着？林成发一把拉起衣服，指着胸口的刀疤说，你看，这儿，这儿，还有这儿，三刀。他够狠啊，三刀，刀刀致命，要不是我命大，三个我怕是都没了。你知道吧，医生说，这刀只要再偏两厘米，我这条命神仙也救不回来。夏爱莲放下筷子说，你把衣服穿好，别在这儿吓人。林成发把衣服拉下说，这会儿你知道吓人了？没事，我还活着，不怕。夏爱莲说，你别扯，你想怎么着。林成发说，夏老师，我干什么了？我不就是吹了个牛吗，我说我摸过你奶，睡过你。摸没摸过，睡没睡过，你不知道？至于为这点儿事儿动刀子吗？夏爱莲说，你坏我声誉。林成发说，是，是，我坏你声誉了。这事儿你也有责任吧？你要是和林立成说清楚，我是吹牛，他至于动刀子吗？你把他害苦了。夏爱莲"啪"的一声扔下筷子说，林成发，你给我闭嘴，我生气了。林成发说，夏老师，我想明白了，既然我为这事儿挨了刀子，不能就这么算了。我还真得把你睡了，才对得起我挨的刀子。夏爱莲说，做梦。林成发说，你不想林立成坐牢吧？我要是告诉林立成你是故意让他杀我的，会是个什么效果？你想想。夏爱莲说，你这是威胁我？林成发说，你要认为是威胁，那就威胁吧。夏爱莲说，你到底想怎样？林成发说，你嫁给我。夏爱莲说，不可能。林成发说，你嫁给我，别的事我搞定，林立成也不用东躲西藏。不嫁，那就闹吧，闹大了，大家都没好日子过。夏爱莲说，林成发，你怎么这么不要脸呢？林成发说，为了你，我命都不要了，还要脸干吗。

又到秋天，天凉了，衣服晾在外面，几阵风过去，干得透透的。夏爱莲坐在院子里吃核桃，小个儿的，她拿着把钳子，"咯吱"一声，一个。"咯吱"一声，又一个。大半个下午，她坐在院子里吃核桃，小小个儿的山核桃。林成发搬了张小板凳坐在夏爱莲旁边，看夏爱莲吃核桃。他想帮夏爱莲剥，夏爱莲不肯。秋天的太阳，晒得人身上微微发烫，要是搬到树下，又觉着凉了。夏爱莲剥核桃，吃核桃，一声不发。老夏时不时从屋里出来看看，想说什么，又吞了回去，他端起水杯喝水。吃完核桃，核桃壳堆成小山丘。夏爱莲起身，林成发连忙把核桃壳清到垃圾桶里，跟着夏爱莲站起来。夏爱莲进了屋，林成发跟进去，关上门。夏爱莲往床上一躺说，你回去。林成发说，不急，再坐会儿。夏爱莲说，你这么看着我，有意思吗？林成发说，我觉着有意思。夏爱莲说，随你。说完，拉了拉被子。林成发凑过来，拉了下夏爱莲的手，夏爱莲把手抽出来说，别动。林成发坐了会儿说，我回去了。夏爱莲"嗯"了一声。门外听到林成发和老夏打招呼，叔，我回了。老夏瓮声瓮气地说，嗯。等脚步声灭了，夏爱莲听到有人敲门，老夏说，吃饭了。夏爱莲起身，打开门。两人都没说话。

　　再过几天，夏爱莲要出嫁了。嫁妆准备好了，单龙凤面儿的盖被就打了六床。大半年，林立成一点消息也没有。夏爱莲给林立成的手机发过消息，没有回音，打电话，关机。想想，也觉得傻，他怎么可能还用那个手机。夏爱莲的手机一直没换，如果他想联系她，他能找到她。和林成发纠缠了半年，夏爱莲妥协了。在镇上，她的名声算是坏了，没哪个男人敢来追她。答应林成发那天，夏爱莲说，我认命了，我犟不过你。她去了林立成家。见到夏爱莲，佟淑梅黑着脸，夏爱莲问了句，婶，立成有消息吗？佟淑梅"哼"了一声。夏爱莲说，婶，我以后不再来了，要是立成有消息，麻烦你告诉他，我要结婚了，和林成发。佟淑梅骂了句，不要脸。夏爱莲说，婶，我顾不上脸了，你告诉立成，不要怨我，怨命。他的事儿结了，让他回来。说完，夏爱莲转身出了门。她听到佟淑梅重重地把门关上，吐了口痰骂，臭婊子，不要脸。以前，夏爱莲到家里，佟淑梅忙着煮菜做饭。夏爱莲喜欢吃剁椒鱼头，佟淑梅连着吃了十几天湘菜。等夏爱莲再来，佟淑梅端上来一盘剁椒鱼头，色香味儿和湘菜馆比，多了些家里味道。

　　出嫁那天，夏爱莲坐在房间里，穿着显腰的旗袍，胸口一只金灿灿的凤凰，六个姐妹围着她坐成一圈儿。林成发带着一帮哥们，闹腾腾把房门推开，封过红包，新娘子该出发了。夏爱莲指着林成发说，成发，你坐下。林成发找了把椅子坐下说，该出发了，都等着呢。夏爱莲说，不急这一会儿。屋里气氛顿时有些紧张，都猜不透夏爱莲想干吗，没一个人吭声。夏爱莲说，成发，你想好，你是不是真想娶我？听夏爱莲说完，林成发笑了起来说，你吓我一跳，想，想了十几年了。屋里的气氛柔和起来。夏爱莲说，你想好了，别后悔。说完，从床上站起来，走吧。到了酒店，仪式做完，亲戚朋友走得七零八落，剩下的年轻人去了楼上 KTV 继续喝酒。林成发喝得含蓄，小口小口的，夏爱莲一杯一杯。林成发说，别喝了，喝多了不舒服。夏爱莲说，不要你管。林成发收了声。喝到两点，一群人拥到房间，说要闹新房。三五个传统游戏做完，还有人想闹，夏爱莲不耐烦了，跳了起来说，滚滚滚，都滚。林成发冲大家摆了摆手，人散了出去，房间里只剩下他们两个。林成发给夏爱莲倒了杯水说，你喝得太多了。夏爱莲说，你还想喝吗？林成发说，不喝了。夏爱莲说，那你去洗澡。

等林成发从卫生间出来，夏爱莲脱光了，靠在枕头上。林成发愣住了。和夏爱莲谈恋爱半年，他连夏爱莲的乳房都没有碰过，接吻也只轻轻碰一下嘴唇。见林成发站在那儿，夏爱莲张开双腿，半张脸笑着说，你不是一直想操我吗？来，我给你操，操过我，什么事儿都过去了。林成发没动。夏爱莲叫了起来，来啊，你不是想操我嘛，来，我给你操，你操啊，你怎么不操了？林成发走到床边，摸了下夏爱莲的脸说，你喝多了。夏爱莲说，怎么了，喝多了就不能操了，操不动了？林成发给夏爱莲盖上被子说，你早点睡，闹腾了一晚上。夏爱莲掀开被子说，你操啊，你不是流氓吗？你不会操？不会我教你。林成发又给夏爱莲盖上被子。等夏爱莲闹腾完，快四点了，外面是浓得化不开的黑。林成发点了根烟，抽完，骂了句，操他妈的。夏爱莲睡着了，被子踢开了一些，她的乳房露出来，圆润挺拔。他梦想了一万次的地方，离他咫尺之遥。只要他扑上去，他就可以抓住它们，用力地操她。林成发找了床毯子，靠在沙发上，望着夏爱莲，他突然想哭。太他妈不真实了，她是他老婆了。

结婚半个月，林成发睡了半个月沙发。这天晚上，夏爱莲铺好床，打开电视，对林成发说，还想睡沙发？林成发说，没事。夏爱莲挪出一个身位，拍了拍，你睡上来，都结婚了，别让人说我虐待你。林成发犹豫着爬上床。夏爱莲说，既然结婚了，有些话我要说明白。林成发说，你说。夏爱莲说，我过去的事，你知道。这事算过去了，我们都不提。林成发说，行。夏爱莲说，还有，你和你那些狐朋狗友断了，我不喜欢。你做点正经事情。林成发说，好。夏爱莲说，还有个事，你要明白，你逼不了我，我要是不愿意，你娶不了我。林成发说，我知道，我是个纸老虎。夏爱莲说，好好过日子吧，都安生些。说完，关掉灯说，睡吧。屋里黑了，夏爱莲感觉被子在动，林成发翻来覆去。夏爱莲把林成发的手拉过来，放在她的乳房上说，来吧，你也可怜。

结了婚的夏爱莲脸色红润起来，她骑自行车上班。春天了，树上冒出新芽，点点滴滴的绿。林成发开了间修车行，兼带洗车。他说，镇上的车越来越多了，干这个应该不错。每天下班，林成发身上带着一股汽油味儿。以前的那帮哥们慢慢散去。他们约林成发喝酒，林成发十去一二，酒后的节目，彻底不参加了。时间久了，找林成发的人越来越少，他退出了当初的江湖。他喜欢回家，看夏爱莲在厨房，围着围裙，手忙脚乱地炒菜。一结婚，林成发从家里搬了出来，他怕夏爱莲过不惯。要是夏爱莲下班晚，来不及做饭，林成发从街上打包回来，两人围着餐桌，两三个小菜，几瓶啤酒。吃完饭，靠在沙发上看看电视。林成发问夏爱莲，你怎样想通的？夏爱莲说，要你管。林成发说，你胖了。夏爱莲捏了捏腰部说，吃的。林成发抱住夏爱莲，按在沙发上。

日子过得快，一天一天，翻书似的。夏爱莲月经迟了七天，她想，是不是怀孕了。周末，夏爱莲去了医院，检查结果证实了她的猜想，黑白灰一片上有个小小的黑点。医生指着黑点说，恭喜啊。夏爱莲从医院出来，满心喜悦。她怀孕了，这意味着她将成为母亲。想到这几个月，夏爱莲脸上微微发烫。自从那天晚上，她把林成发的手拉到她的乳房上，他们过着翻江倒海般热切的性生活。那种感觉，让她迷醉。以前和林立成一起，他们做爱，有一次没一次，偷情似的。一进房间，林立成凶猛地剥她的衣服，粗野而急切地进入她的身体，狂乱暴躁。她喜欢和林立成谈恋爱，温文尔雅的。一到床上，林立成变了，压迫的欲望让他扭曲成另一个陌生人。夏爱莲依他，躺在下面咬着牙，疼。林立成每次都弄得她疼。林成发不一样，他耐心，细密地吻她。等他进入时，夏爱莲泛滥得如同发情的湖水。开始几次，夏爱莲还想到林立成，像是背叛了他。很快，身体的快感淹没了她，她抱着林成发，双手按住林成发的屁股。早上醒来，看着酣睡的林成发，柔情从下体升上来。他其实挺帅的。他听她的话。哪怕整个镇上都觉得他是个坏蛋，可他从没伤害过她。他给她买早餐，接她放学。她痛经时，他把手搓热，贴在她的小腹上，轻缓地揉搓。

　　回家路上，夏爱莲手机响了一声。她拿起手机，看到一条陌生短信"你为什么要和他结婚"？夏爱莲下意识地收起手机，匆忙下了车，找个安静角落，拨了过去。电话通了，没人接。夏爱莲拨了三次，电话挂断了。想了想，夏爱莲回了条信息"你是谁"？她站在树下，烦躁地走来走去。很快，信息来了"女人变心可真快"。看到信息，夏爱莲确认了。她回了条"事情都过去了"。想了想，又发了条"立成，不管过去发生什么，现在没事了，你不用再躲了"。在路边等了一会儿，手机没响。夏爱莲又拨了电话，提示音显示，对方关机了。回到家，喝了杯水，她的心情平复了些。夏爱莲确信，信息是林立成发给她的，他想知道她的近况并不难。林成发回来，见夏爱莲闷闷坐在沙发上，问了句，你怎么了，好像不高兴。夏爱莲说，没事，我挺好的。林成发坐过来说，你这张脸骗不了人，说吧，有什么事儿。夏爱莲说，真没事儿。想了想，从包里拿出检查报告单，递给林成发。林成发看完，一把抱住夏爱莲，你怀孕了？是的，她怀孕了。如果没有收到那几条信息，这会是美好的一天。他们会找个地方庆祝一下，享受一顿美食。现在，夏爱莲一点胃口都没有，她不舒服。

等林成发上班，夏爱莲出门了。她上街买了水果，五个苹果，还有两挂葡萄。走到佟淑梅家门口，夏爱莲深吸了一口气，敲了敲门。门打开一条缝，佟淑梅探出半边脸，一见夏爱莲，佟淑梅想把门关上。夏爱莲顶住门说，婶，你让我进来，我有话说。佟淑梅说，我没话和你说。夏爱莲说，婶，你让我进来，你要是觉得我有错，我跪下给你磕头道歉。佟淑梅松开手，转身往屋里走。夏爱莲闪进屋，关上门。把水果放在桌子上，夏爱莲说，婶，我知道你讨厌我，见不得我，我也不舒服。佟淑梅坐在沙发上抹眼泪。夏爱莲走到佟淑梅身边坐下说，婶，我知道你怪我，是我害了立成。佟淑梅说，我就一个儿子，从小听话。他爸去得早，我把他拉扯大，指着他给我养老送终的，现在倒好，只剩我一个孤老太婆在屋里。夏爱莲搂住佟淑梅的肩，过去，她经常这样。佟淑梅扭了下腰，想躲开夏爱莲的手。夏爱莲说，婶，我怀孕了。佟淑梅眼泪又下来了，真是作了孽。夏爱莲说，婶，我收到立成短信了。说完，拿出手机说，这个号码你看看，是不是立成的？佟淑梅看了一眼，没说话。夏爱莲说，我知道你和立成都怪我，我没话说。你告诉立成，屋里没事了，他随时能回来。佟淑梅不吭声。夏爱莲接着说，林成发是个什么人你知道，他吃那么大亏，没动你一个指头，没找你一点麻烦，不是没原因。顿了顿，夏爱莲说，他要我。佟淑梅扭过头，看着夏爱莲，掐了下夏爱莲的胳膊说，你呀，真是作了孽。夏爱莲没躲没闪，婶，我作的孽，我担。事都过去了，不说了。

临走，夏爱莲说，婶，我怀孕了，回不了头了，你让立成好好安生，莫再给自己找麻烦。佟淑梅指着桌上的水果说，你拿回去，我不吃。夏爱莲站起身说，婶，我以后再来看你。从佟淑梅家出来，夏爱莲小腹发涨，尿急，她想去厕所。尿完尿，夏爱莲轻松了些。她看了看天，蓝色一片，像是有好事情要发生。

夏爱莲的肚子一天比一天大，林立成的信息一天比一天来得勤。夏爱莲的情绪从最初的愧疚到愤怒到厌恶到恐惧，她对林立成残留的一点好感和愧疚丧失殆尽，包围她的是厌恶和恐惧。她给林立成打电话，林立成不接，只是一个信息一个信息地骚扰她，辱骂她。他骂她贱人，婊子，不要脸，荡妇。能想到的侮辱女性的词，他全用上了，他骂她"臭骚逼，操舒服了就不认人了""你等着，你让我过得不舒服，你也别想过得舒服"。夏爱莲觉得恶心，她没想到他会这样。两人在一起五年，林立成的缺点夏爱莲知道，他说不上有坏心眼儿，人却偏执认死理。比如说当初，大家都劝他们早点结婚，夏爱莲也催他，他不肯，他要排场。如果，他听她的，一切都不一样了。也许他们有了孩子，他在税务局，她在学校，两人过着让人羡慕的生活。她结婚了，林成发可能就安生了，不再骚扰她。和林成发结婚后，更让夏爱莲相信，林成发舍不得伤害她，顶多偶尔调戏她一下。那又怎样？镇上的姑娘嫂子，哪个没被人调戏过。就算同事之间，偶尔调戏一下也没什么大不了。没错，当初是她告诉林立成，林成发调戏她。林立成听到的消息是林成发强行摸了她的胸，还强奸了她。林立成问她，她只是哭，使劲儿哭。她烦透了，她不喜欢林成发整天跟在她后面，像条切不断的尾巴。她想林立成收拾林成发，警告他一下，她没想到事情会那么严重，更没想到林立成会拿刀杀人。他偏执粗暴，可她没想到他敢拿刀杀人，她真没想到。出事后，她尽力了，为了林立成，她把一生都豁出去了，这够了吧？就算欠下了债，也该还清了。她讨厌林立成，他像个魔鬼。夏爱莲打电话给他，他不接。夏爱莲发信息"你接电话,我跟你说清楚,别像个缩头乌龟似的"。林立成还是不接电话,无论夏爱莲怎么说,他都不接电话,他像是铁了心要让夏爱莲憋屈着,有气没地方撒。这让夏爱莲更讨厌他。夏爱莲想过换手机。转念一想,换手机也没什么用,他在暗处,她在明处,只要他想找到她的电话,总会有办法。事情不能一直这么拖着,她都快气死了,这对身体不好,尤其是体内的孩子。夏爱莲听同事讲过,怀孕期间伤心动气容易引起流产,即使不流产,也会影响孩子的身体发育。除开厌恶,恐惧包围着夏爱莲。林立成当初可以为她拿刀杀人,那么,也可以出于羞愤杀了她。

熬了几个月,夏爱莲肚子鼓了起来,她的恐惧也从拳头变成了西瓜,她受不住了。夏爱莲想和林成发谈谈,听听他的看法。下午六点半,林成发回来了,进了屋,见夏爱莲坐在沙发上,厨房里冷冷清清。林成发过来摸了摸夏爱莲肚子说,怎么了,不舒服?夏爱莲说,没事,就是不想做饭。林成发笑了起来说,你想吃什么,我去买。夏爱莲说,没什么胃口。林成发说,没胃口也得吃点儿,你不吃,宝宝营养不够。夏爱莲怀孕后,林成发愈发体贴,在家里轻手轻脚的,过了九点,电视也不看了。修车行的生意一天比一天好,在江湖混了快十年,林成发脑子灵活,够义气,加上朋友帮衬,店里每天忙不过来。生意再忙,林成发晚上准时回家,他想看看夏爱莲。林成发这些变化,比夏爱莲更满意的是他爸妈。老两口见到夏爱莲,满脸堆笑,一举一动,全是喜爱。他们担心了十几年的儿子,浪子回头了,懂得顾家了,不打打杀杀了,还做起了正当生意,更让他们开心的是他们马上就要做爷爷奶奶了。这在两年前,他们想都不敢想,只要林成发不坐牢,他们心满意足了。

林成发买了莲藕排骨汤,还有夏爱莲喜欢的剁椒鱼头。夏爱莲勉强吃了半碗饭,懒洋洋靠在沙发上。林成发收拾好桌子,坐到夏爱莲旁边说，你怎么了，这段时间好像有点不对劲。夏爱莲往林成发怀里靠了靠说，成发，为了我你是不是什么都肯干？林成发说，你说呢？能讨到你做老婆，老天也算对得起我了。夏爱莲说，关老天屁事，是你死皮赖脸赖来的。林成发笑嘻嘻地说，赖就赖，反正你是我老婆了。夏爱莲说，成发，我有点怕。林成发说，你怕什么，哪个敢惹你，我把他撕了。夏爱莲说，你别整天打打杀杀的，一身流氓气，我不爱听。林成发连忙说，好了好了，不说这个，谁惹你了？夏爱莲想了想说，要是林立成回来了怎么办？林成发皱了下眉说，他？我不找他麻烦，他就谢天谢地了。夏爱莲从林成发怀里坐起来说，他的性格我知道，认死理，逼急了他命都不要，这你知道。我有孩子了，我不想出什么状况。听夏爱莲说完，林成发脸色重了几层，他说，到底出什么事了？夏爱莲说，我跟你说，你不准生气，更不准乱来。林成发说，好。夏爱莲说，你保证。林成发举起一只手说，我保证。夏爱莲拿出手机，翻出林立成发的信息，递给林成发说，你保证不乱来。林成发接过手机，看完信息，林成发的脸涨成了紫红色，眼睛里冒出火来，他说，我要杀了他！夏爱莲一巴掌扇在林成发脸上，你刚才怎么说的？林成发叫了起来，我要杀了他！夏爱莲又一巴掌扇在林成发脸上，你给我收声，坐好！林成发像一头发怒的豹子。夏爱莲摸了摸林成发的脸说，我是要你帮我解决问题，不是要你把事情闹大，你还嫌不够麻烦？说完，把林成发的手拉过来，放在小腹上说，你很快要做爸爸了，我可不想孩子没爸爸。又捧住林成发的脸，亲了亲他的嘴唇说，我爱你。在一起一年多，夏爱莲第一次对林成发说"我爱你"，这三个字让林成发安静了些。他趴在夏爱莲腿上说，那怎么办，你说，那怎么办？夏爱莲理了理他的头发，他的头发又密又黑，脸上轮廓分明。他长得像梁家辉，带着迷人的邪性。读大学时，夏爱莲看过梁家辉的《情人》，他有亚洲最漂亮的臀部。林成发有夏爱莲见过的，最性感的臀部。夏爱莲说，我要你帮我把事情解决了，不准出乱子，不准伤害任何人。你要想着，你是有老婆，有孩子的人了，我可不想一个人带孩子。

夏爱莲还是换了手机号，连同旧手机一起扔进了抽屉。把手机扔进抽屉时，夏爱莲想，无论有什么事，我不管了；无论发生什么，我认了。她把手机扔进抽屉，像是扔掉一个噩梦，努力不去想它。新手机号，夏爱莲只告诉了几个人。林成发还是和以前一样，早上九点出门，晚上六点多回家。他待在家里的时间越来越多。偶尔，夏爱莲说，你别整天待在家里，出去和朋友们吃个饭喝个酒。林成发说，你快生了，我不放心。夏爱莲说，缠人，癞皮狗似的。林成发说，就缠你，缠死你。夏爱莲喜欢林成发这么说，她希望她能生个儿子，长得和林成发一样。只是，不要像他那么调皮吧，她可受不了那么调皮的儿子。儿子出生那天，下雨，淅淅沥沥。夏爱莲躺在病床上，浑身酸软，她像是吸在了床上。林成发把儿子抱过来，像我。夏爱莲说，像我。林成发说，像你，像妈妈好，聪明。夏爱莲体内涌动着温暖，尽管这是个雨天，她躺着像瘫痪了一般。她知道她很快会好起来，抱着儿子走在街上，给他买漂亮的衣服。她看了看坐在旁边的林成发，又看了看躺在腋下的儿子，有种热泪盈眶的冲动。此刻，她意识到，生命有另一种意义，上天待她不薄。夏爱莲对林成发说，你过来，亲亲我。病房里还有另外两个产妇，林成发想拉上床帘，夏爱莲笑了说，你还害羞，亲亲我。林成发俯下身，亲亲了夏爱莲，她的嘴唇有点干，糙糙的，没有往日的湿润。夏爱莲说，下雨了。林成发看了看窗外说，嗯，下雨了。

儿子满月了，夏爱莲带着儿子回娘家。见到外甥，老夏笑得嘴都合不拢。吃过午饭，夏爱莲对林成发说，你先回去吧，我晚点回去。林成发说，到时你打电话给我，我来接你。林成发出门时，老夏喊了声，你开车小心点，莫急。林成发说，爸，放心，我开得慢。等林成发走了，老夏抱着外甥说，真没想到。夏爱莲问，没想到什么？老夏说，没什么。说完，看了看外甥，又看了看夏爱莲说，还是像你多些。在家里坐了一会儿，夏爱莲说，爸，我出去转转，一会儿回来。老夏说，你莫走远，刚满月，走不得路。夏爱莲说，在家里闷了一个月，我出去散个步。出了门，夏爱莲买了点水果，五个苹果，两挂葡萄。走到佟淑梅家门口，夏爱莲敲了敲门。里面安安静静的，一点声音都没有。夏爱莲又敲了敲门，用力了些。她站在门口等了一会儿，门开了，一个中年男人探出头问，你找谁？夏爱莲愣了一下说，佟阿姨在家吗？男人说，哪个佟阿姨？夏爱莲说，佟淑梅佟阿姨。男人拍了下脑袋说，哦哦哦，你说她啊，她搬走了。夏爱莲说，搬走了？男人说，她把房子卖了，去哪儿不知道。你找她有事？夏爱莲说，没什么事，过来看看。男人说，那你打她电话吧，我也不知道她去哪儿了。拎着水果回到家，老夏絮絮叨叨，哪个叫你拎东西的，屋里又不是没水果，刚出月子，也不怕伤了身体。

　　夏爱莲给林成发打了个电话，让林成发来接她。在外面吃过饭，回到家，婆婆炖了鸡汤，给夏爱莲盛了一碗，吹了吹说，你喝点汤，我加了红枣桂圆，补补身子。夏爱莲说，妈，我们刚在外面吃过了。婆婆说，你们就是不听话，我和成发说了，让回家吃饭，屋里炖了汤，多喝汤奶水足，对孩子好。成发什么都听你的，我这个妈是一点都不管用了。夏爱莲笑了起来说，那也是你生的儿。婆婆把汤放在桌子上说，等下把汤喝了，不欠这一口。喝完汤，夏爱莲抱着儿子进了房间。给儿子喂完奶，哄他睡着。夏爱莲打开抽屉，拿出关机已久的手机。不管里面藏着什么，她不想看了。此前，她数次想打开手机，想看看里面是不是有新的信息。即使明知道里面藏满毒药，恐惧和好奇依然吸引着她。现在，她不想知道了。她准备明天早上去公园散散步，带着这只手机。她要走到公园的桥上，用最大的力气把手机扔进湖里。

七月：等待

　　王树回来时，天色已经暗了。他从汽车上下来，一下子被寒气包围了，他下意识地把大衣裹了裹，以抵御不可能抵御的寒气，大衣太薄了。由于风的关系，街道显得干净，因而更加宽阔。回到家，他把行李随意地丢在地板上，给自己倒了杯开水，身上稍微暖了一点。喝完开水，走进卧室，妻子已经上床了。她的身体越来越差，一到冬天就蜷缩起来，像一只病猫。看到王树，妻子抬头看了他一眼。王树的表情告诉她，和以前一样，这次远行没有任何收获，除开干皱的脸皮。妻子掀起被子说，我去给你煮碗面吧，家里没什么吃的了。王树摆了摆手说，算了，我吃过了。妻子说，那我给你倒水洗脚吧，洗完早点睡，你也累了。王树说，好。妻子从床上爬起来，穿着宽大的睡衣，略微显得有些臃肿。其实王树并没有吃，但他不想吃了，他只想早点躺下来，好好地睡一觉。

　　在床上躺下后，王树抱了抱妻子，他知道妻子肯定没有睡着。每次回来，巨大的失望让妻子无法入睡。尽管这失望每年都会发生，而且已经持续十一年，妻子仍然无法习惯，他们永远不可能习惯。王树感觉到妻子的身体在发抖，轻而有规律，像铁轨发出的"咔嗒咔嗒"的声音。王树抱紧妻子，把手伸进妻子的睡衣。她已经老了，乳房有些下垂，皮肤摸上去像一张粗糙的纸。随着王树的动作，妻子的身体慢慢转了过来，她把头埋进王树的怀里。想说点什么，但最终什么都没有说。

第一次出门是在十年以前了。王树记得也是冬天，只有冬天，他才能闲下来。回到家时，妻子看着他空空荡荡的背后，"哇"的一声哭了出来。持续三年之后，妻子已经不哭了，只会坐在沙发上等他，给他做饭。最近几年，妻子已经不等他了，到了十点她会上床睡觉。那些巨大的空洞，慢慢被时间充塞，尽管永远无法填满。每次出门，他都觉得有些悲壮，却无法阻止，甚至他已经习惯了。妻子对他说，王树，这日子什么时候是个尽头？王树也不知道，他想所谓尽头，也许要到他死。

早上起床后，王树和往常一样站在路口刷牙，这么些年，王树一直在巷口刷牙。邻居们在门口刷牙的越来越少了，他们习惯在家里刷牙。看到王树，有人大声地冲王树喊，老王，回来了？王树嘴里含着牙膏清新的泡沫含糊地说，可不，回来了。怎样，还好吧？还好，老样子。没人再问了，谁都知道王树是空着手回来了。刷完牙，王树回到屋里，妻子已经做好了早餐，他们面对面坐在桌子前吃早餐，妻子给王树拿了报纸。妻子说，有人问你了吧？王树说"是"。妻子撇了一下嘴说，多事。王树笑了笑说，也不是，人家是关心呢。妻子没再说话。等王树吃完早餐，妻子对王树说，拆迁办的人又来了，说这房子得拆。王树扔下报纸说，不拆，我们就住这。妻子说，耍脾气有什么用？最后还不是得拆。王树懒得再和妻子理论，他说，我去店里看看。

进了餐馆，还早，基本没什么人，只有几个服务员在擦桌子。看到王树，他们热情地和王树打招呼，老王回来了？王树说，回来了，不回来我能到这来？王树笑嘻嘻地。王树是餐馆的老板，大家都叫他"老王"或"王哥"，他不喜欢"老板"这个称呼，他觉得他不是老板。

开一个小饭馆，能叫老板么？到厨房看了一下，王树找了张桌子坐下来，拿出手机打电话，他是打给张丽的。儿子的女朋友，十多年前的，现在她已经结婚了，孩子都有了。电话拨通后，他说，小丽啊，我是王叔，小宽有给你打电话么？张丽说，没呢，他给我打电话我会告诉你的。过了会，张丽说，王叔，你什么时候回来的，我过来看看你？王树说，算了，快过年了，你也忙，就不麻烦了。挂了电话，王树想了想，觉得张丽这个人还是不错的，这么多年过去了，见到他还是客气的。虽然，她和王树已经没有任何关系了。她是王树儿子的女朋友，但那已经是十多年前的事了。十多年，世界都变了，更何况一个女朋友。想到这里，王树更觉得张丽难得，这样的女人是越来越少了。更重要的是，张丽是王树和儿子之间唯一的线索。几乎每年春节前，王宽都会给张丽打个电话。电话里说了什么王树不知道，他能知道的仅仅是儿子给张丽打了个电话。这个电话可能来自大连，也可能来自沈阳，当然也不排除兰州的可能。实际上，每年儿子的这个电话就决定了王树远行的走向。比如说今年，王树去了广州，因为张丽说儿子的电话是从广州打过来的。他和儿子仿佛在玩一场猫捉老鼠的游戏，他总是跟不上儿子的步伐。

王树清楚地记得是在十二年前的春天，儿子十八岁，高中毕业不久。脾气暴躁，而且叛逆，和任何一个青春期的男孩一样。他有一个漂亮的女朋友，几乎每个傍晚，他都会骑着摩托车带着张丽去兜风。直到有一天，有人告诉王树，王宽的摩托车倒在地上，被人砸烂了。实际上，即使听到这个消息，王树依然没有慌乱，他觉得依儿子的性格，总有这么一天的，或早或晚，但一定会发生。真正让他感到恐惧的是王宽一连几天都没有回家。他找到张丽，张丽说她也有好几天没看到王宽了。王树找遍了整个县城都没有找到王宽，这时他真的急了。他发动了所有的亲戚朋友上街找王宽，还在县电视台登了寻人启事。那段日子，县城的每条街道上都能看到王宽的大头像。但是，王宽却奇迹般地失踪了。直到半个月后，张丽才对王树说，有人看到王宽上了汽车，没有知道他去了哪里。王宽的失踪让王树老了很多，很长一段时间，他都不相信儿子真的没了。

大概过了半年，快过年的时候，张丽突然气喘吁吁地跑过来对王树说，叔，叔，王宽给我打电话了。王树紧张地问，他在哪？他说什么了？张丽说，他不肯说他在哪。他说他很好，让你们不要担心。王树的火一下子上来了，他怎么可能不担心，一个大活人就这么没了，能不担心么？又过了一年，还是张丽，她告诉王树，她接到王宽电话了。这次她告诉王树，王宽的电话是从衡阳打出来的。王树心里念了一下"衡阳"。回到家里，王树对妻子说，儿子可能在衡阳，张丽说接到他电话了，是从衡阳打出来的。妻子看了看王树说，要不，我们去衡阳找一下吧，说不定能找到的。王树皱了下眉头说，怎么找，这么大地方，去哪里找去？妻子说，总比不找好一些。王树叹了口气说，他这么大个人了，要想回来，怎么着都可以回来。他不肯回来，我们去哪里找呢？妻子的脸阴沉了下来。王树又叹了口气说，我明天去衡阳。

从那一年开始，每年王树都出去找王宽，仿佛一场不会终结的游戏。一开始，王树没有经验，一个人在街上晃荡，贴小广告，没有任何收获，反而经常被人抓起来罚款，说污染城市环境。后来，王树有经验了，到了一个城市，先去派出所求警察查暂住人口信息，然后主动打电话给报社，讲寻子故事。经过多次的训练，王树已经能够把故事讲得催人泪下，他甚至得到了不少好心人的资助，更不用说主动提供线索的了。让人失望的是，尽管王树找到很多个王宽，却没有一个是他的儿子。

王宽失踪几年后，有人对王树说，王树，你有没有想过一个问题？

王树愣了一下说，什么问题？为什么王宽只给张丽一个人打电话？这个问题王树还真没有想过，他不觉得有什么问题。王宽会不会是出什么事了？这个暗示相当明显，意思是王宽会不会是被人害了，而这一切和张丽有关。这是一个大胆的假设，但不是完全没有道理。听完这话，王树心里一震。再看到张丽，王树心里有些不舒服了，他想即使儿子的失踪和张丽没有直接的联系，但多少是有关系的，毕竟她是儿子的女朋友，儿子的失踪她多少应该负点责任。王树不可能直接问张丽什么，但他从张丽的脸上什么也看不出来。有些想法，只能埋在心里。张丽结婚的时候，王树去了，新郎是个高大的青年，有一份有前途的职业。王树想，如果儿子没有失踪，站在张丽身边的男人应该是儿子。这只能是一个假设，假设而已，假设是没有任何意义的。

这些年，王树觉得他是活在空洞中的，像一片叶子飘了起来。王宽刚失踪那会，王树做过上百种假设，每种假设最后都被他一一否定，他能够接受的唯一的假设是儿子对这里的生活厌倦了，他想找一个新的地方开始。这是一个美好的假设，充满理想主义的色彩，和儿子的年龄完全符合。他开始了漫长的寻找和等待，在等待中，王树觉得他慢慢老了。和妻子一起，他们有时候会讨论儿子，他们觉得儿子应该在某一个他们不知道的地方结婚、生子，日子过得即使不幸福，起码也不太差，这种想法让他们觉得安慰。

他们混乱的生活是在儿子失踪的第一年。这是人之常情，谁都能够理解。那一年，王树害怕回家，家里总是暗的，即使开着明亮的灯。王树从外面回来，如果是在昏黄以后，他打开门，眼睛还不能适应屋里的光线。等他走进去，他会看到妻子眼神呆滞地坐在沙发上，一动不动，头发有些凌乱，像蜘蛛网。见到王树回来，妻子的嘴角抽动起来，每次都是这样。她大概是失望了，她以为走进来的会是儿子。她总是哭，或者带着想哭的神情做饭，洗衣服，让家里的气氛显得异常阴郁。王树觉得憋闷，但没有办法，儿子是他们两个人的，此时，他必须和妻子表现出同甘共苦的姿态。王树不想回家时，顶多只能在街上多转两圈，妻子一个人在家，他放心不下。

　　儿子失踪后，他们的第一次性生活是在三个月后，或者四个月后，具体的王树不记得了。那时他才四十出头，正是欲望蓬勃的年龄。关上灯，王树把手伸进妻子的睡衣，妻子没有动。王树的手在妻子的乳房上摸索，这么多年的夫妻生活，王树清楚妻子的敏感部位。妻子背对着王树，身体略微显得有点僵硬。王树轻捏着妻子的乳头，舔着妻子的耳垂。很快，王树感觉到了妻子乳头的反应，它们硬了起来。妻子伸展了一下身体，把双腿扭了扭，她没有把王树的手驱逐出来。这是一个信号，妻子需要他，如果是在以前，王树会一把扳过妻子的身体，把头俯向妻子的胸部。但现在，王树仍在试探，他不想让妻子觉得不舒服。王树持续而耐心地抚摸着妻子，大概十分钟后，妻子的身体终于软了，她的手伸向王树的下体。王树进入的时候，能感觉到妻子的潮湿，和十分钟前的僵硬相比，妻子的呼吸明显急促起来。他们的身体抱得很紧。快要进入高潮时，妻子却突然毫无征兆地哭了起来。王树摸着妻子的脸问，你怎么了？妻子只是在哭，用手紧紧地抓着王树的屁股。王树更加用力地进入妻子的身体，带着破坏性的。妻子又哭了起来，她感觉到了快感，她的身体告诉她，她已经期待多时了。王树拍了拍妻子的脸，妻子突然抹了把眼泪，一字一顿地望着王树说，王树，儿子没了，我们却在这里做爱，我们都是禽兽。王树的身体急促地停了一下，然后以更加激烈的速度进入妻子的身体。王树射精的同时，听到妻子压抑而快活的呻吟。做完爱，王树抚摸着妻子的身体，她还年轻，不到四十，她还有生育能力。他想对妻子说点什么，最终还是放弃了。

　　房间里的摆设和十年前已经有了很大的变化，家具两年前刚刚换过。儿子的房间也是重新装修过的。房子装修时，王树考虑不留儿子的房间，但妻子坚决要求留儿子的房间。她说，如果不留儿子的房间，那他回来睡哪儿呢？王树没和妻子争辩。妻子在儿子的房间摆了一米八的大床，她说，如果儿子回来了，会带着老婆孩子一起的，以前的小床会挤。儿子的房间妻子每天都会打扫，擦擦桌子，摆上花等等。每天，妻子在儿子房间的时间似乎比在自己房间的时间都多。让王树觉得安慰的是，妻子已经没有了过于痛苦的表情，至少和以前相比，已经好了很多。她能够从容地面对儿子的照片、衣物，而不是看着儿子的照片无声而倔强地流泪。是的，时间，时间总是有力的。没人能办到的事情，时间可以。妻子每年最大的痛苦在王树远行归来的夜晚，这是他们自找的，他们已经形成了自虐的习惯。

从广州回来后，王树的身体似乎虚弱了一些。他已经五十多了，比不得往年。头发已经花白了，更重要的是骨头有些松动了。他想，他还能有多少时间可以去等待和寻找？生活的烦恼远远不止如此。由于儿子长久地失踪，没有人相信儿子还会回来，除开他和妻子。他每年一次的寻找，在外人看来完全是愚蠢的，是在浪费金钱。他不在乎，可有人在乎。他有个弟弟，弟弟有儿子。这并不要紧，要命的是弟弟并不富裕。一想到这里，王树有些头疼。在弟弟看来，王树的一切都是他的，反正他已经没有孩子了，王树赚的这些钱，除了给他，还能给谁呢？王树并不喜欢弟弟，更不喜欢弟弟那个不成器的儿子。每次弟弟或者侄子带朋友到他餐馆吃饭，他都有种说不出的难受。钱是不会给的，他们那么自然，仿佛都是应该的。儿子在的时候，可不是这样。这让王树觉得，他们都在等着王树早点死掉，那样他们就可以名正言顺地占有王树的一切，从餐馆，到房子，甚至墙缝里的蟑螂。这种生活让王树觉得非常没有安全感，住在自己的房子里，他经常有种客人的感觉，仿佛他是一个侵入者，是多余的。可能也是因为这些原因，王树坚持去找儿子，他相信总有一天他会回来的，在他死之前。

回到家，妻子正在做饭，两个人的晚餐是很简单的。吃过饭，坐在沙发上看电视，两个人都没有说话，他们的话越来越少了。看完新闻，妻子对王树说，拆迁办的人又来了，说房子无论如何是要拆的，其他人都签了，没签的就我们几家了。王树皱了一下眉头说，我们不迁，他们能把我们的房子拆了？这天下就没有王法了？妻子看着电视说，你又不是没看报纸，没看电视，人家要想拆你那房子，跑是跑不掉的。妻子很认真地看了看王树说，王树，我们怎么办？王树按了按太阳穴说，我也不知道，再想想吧。

关于拆迁，王树其实没有太多的想法，他并不在意那点拆迁补偿，他不缺钱，更不指望靠这个发财。王树家所在的路段不是城区的核心路段，如果不是城市扩张，这条街充其量只能算是郊区，房子值不了多少钱。王树担心的是，如果他们搬走了，儿子回来该怎么找到他们，谁知道他们会搬到哪里去呢？城市那么大，要找一个人是艰难的，更何况这次拆迁是整体拆迁，也就是说等儿子回来的时候，他没有认识的人了。每次出来，看到巷子口圈着个大白圈的"拆"字，王树就像吞了只苍蝇一样恶心。

睡觉前，王树靠在床头上发呆。妻子从儿子的房间过来，这是她的习惯，睡觉前喜欢去儿子的房间坐一会，看看儿子的照片，翻一下儿子以前的日记。儿子的日记像是妻子的圣经，几乎每天都会读的。儿子虽然脾气不好，却有记日记的习惯。儿子的日记王树也是看过的，儿子刚失踪那会，他像研读科学著作一样读过儿子的日记，里面什么都没有，除开一些零散的生活记录，几首从书上抄的诗，和张丽的一些情事。从日记里王树知道，儿子和张丽没上过床，也许上过，但儿子没有写。王树后来再没看过那日记，妻子却几乎天天都看，似乎常看常新，她俨然把儿子的日记当成了名著了，总会有新的发现。每次有发现后，妻子都会自责，她说，王树，我们以前怎么就这么粗心呢？王树，我们以前怎么就没有发现小宽还喜欢读书呢？王树，我们怎么就不知道小宽和张丽初中就开始搞对象呢？王树，我们……对妻子的这些自责，王树既不安慰，也不愧疚。他觉得他已经做得很好了，后来的这些发现，只是把某些东西放大了。

　　和妻子并排躺在床上，王树看着妻子，他已经没有性欲了。似乎有半年了，他没有和妻子做过爱。这不能说正常，也不能说不正常，他才五十出头，会勃起。他的身体还不至于消失性欲。王树对妻子说了对弟弟的想法，这不是第一次说了。几乎每次他一说起，妻子就会生气，她说，等我死了，我把房子烧了，捐献了，也不给他留着。妻子的愤慨王树是理解的。这些年，她受的委屈不会比他少，只会比他多。王树拍了拍妻子的肩膀说，好了，别说气话了。想想该怎么办吧！我一看到他那副等着我们死的样子就生气。妻子安静下来。这是一个棘手的问题。他们虽然算是在城市，但家族观念却非常浓重。如果等王树死了，真把房子烧了，捐献了，他们一个家族都没脸做人了。按照习惯，王树没儿子，他死了，财产是要留给侄子的，他养老也应该是侄子负责的。但是，问题是指望那侄子养老？那太可笑了。妻子说，要不我们去领养一个吧！妻子说这句话时明显有些底气不足。王树摇了摇头，领养？你觉得合适吗？妻子没吭声。王树接着说，我们都老了，等他长大，我们快七十了吧？过了一会，王树说，要是我们早点要一个就好了。妻子眼睛直愣愣看着王树说，你这是在怪我了？王树别过脸说，都过去了，算了，睡吧。

　　这样的谈话，每个月都会有一两次。他们似乎没有更多的话题了。儿子失踪两年后，他们本来是有机会要一个孩子的，妻子怀孕了。虽然是意外，王树却感到惊喜，他想也许他们的生活会有所改变了，房间里的阴云也将驱散。如果有一个小孩子，对一个家庭来说，意味着新的开始，妻子也将把重心转移到这个新生命上来。他们之间的关系将得到修补，一切将会重新来过。妻子却不这么想，她说，王树，我们不能，儿子会回来的，他一定会回来的。王树说，他回来也不要紧的，他还是我们的儿子。妻子说，王树，如果我们这么快又有了另一个孩子，儿子会怎么想，他会不会觉得我们根本就没有想过他，没想过他会回来？妻子摸着王树的头说，我们再等等，他会回来的。两天后，当王树提着两只野生甲鱼回家，准备给妻子熬点汤时，妻子说，王树，不必了，我把孩子做掉了。王树以为妻子在开玩笑，他看到妻子冷冰冰地伸出手来，是张手术单。王树一下子僵在那里，妻子的坚决是他没有想到的。后面几年，王树不再有那个心思了。等妻子有心思时，他们已经没有这个能力了。

很快就是春节了，王树已经习惯了两个人的春节。打打牌，喝喝酒，春节就过去了。过完春节，日子照常，新的一年，新的开始，即使不能变得更乐观，起码也不能变得更坏，还有什么能够更坏呢？王树集中精神打理餐馆的生意，春节过后，工人们都回来了。王树开的是间小餐馆，只有几个工人，做的是普通的湘菜。进入冬天，工人们都准备回家过年，生意淡了下来，他也有时间可以出去找儿子。如果说这些工人是候鸟，那么王树就是一只反方向的候鸟，别人快过节了往家里飞，他往别的地方飞。

在广州的日子，王树感觉更强烈一些，去广州的火车上，人非常少，回来的时候，他差点挤不上车。他在广州火车站、汽车站守了差不多半个月。他想，如果儿子回家，或者说儿子想去别的地方，那么车站他肯定要去的。在车站的那段日子，他每天拿着儿子的照片，在车站游荡，派印有儿子头像的卡片。他像一个拙劣的猎手，企图在人海中把儿子找出来。每天上午和下午，车站都会播两次广告"来自湖北秭归的王宽同志请注意，如果你在车站，请及时与广播室联系，你的父亲正在找你"。

播这个广告并不顺利，头几次，广播室痛快地播了。后来，王树再去广播室时，广播员看着王树说，同志，这个我们已经播过了，而且播了好几次了。王树说，可是我还没找到我儿子，他肯定在车站的。广播员看着王树，像是看王树精神正不正常。王树赶紧说，同志，你放心，我是个正常人，我儿子不见了，我在找他。广播员不耐烦地说，那你应该去公安局，公安局负责找人，我们这里不负责。王树连忙说，我知道，我知道。广播员说，知道你还来，你知不知道你这样搞严重干扰了我们的正常工作？王树说，同志，我也是没办法，有办法我也不会这样。我都找了他十年了。说完，王树拿出以前报道过他寻子消息的报纸说，同志，我不骗你，我真的找了他十年了。不信，你看这个。广播员推开王树的报纸说，同志，我帮不了你，车站每天有很多事情要做，我们实在是无能为力。如果每天播这个消息，我们领导会批评我的。王树说，那要怎样才能播？广播员说，你找我们领导。说完，把王树领出广播室往前指了指说，看到前面车站办公室没？去那，找我们领导，他说能播，我一天播一百次都没问题。王树拿着报纸，正准备走，广播员说，同志，你把你那报纸给我看看。王树犹豫了一下，广播员说，我就看一下，一会你过来拿。

　　车站领导是个女的。听完王树的介绍，又看了看报纸，她眼睛都红了。看了看王树，她说，这么多年，真是为难你了。王树的心里一酸，有点疼。她站起来说，同志，你这个事情我们会尽力帮忙的，请你放心。说完，翻了一下通讯录，给广播室打了个电话说，阿静，有个事你安排一下，有个叫王树的同志儿子丢了，你给广播一下，具体的要求你和王树同志商量一下。王树握着车站领导的手说，领导，谢谢你了，真是谢谢你了。车站领导说，可怜天下父母心，这点忙我们还能帮得上，你别放在心上。回到广播室，那个叫阿静的广播员把报纸还给王树说，王树同志，你看这样怎样，我分上午和下午各播两次，主要在开往湖北方向车辆集中的时间播。王树连忙说，谢谢你了，真是太谢谢你了。

每次广播响起来，王树都会觉得苍凉，那个时间王树尽量不去派卡片，他觉得他像一只拔光了毛的鸡，异常难看。半个月的寻找，还是一点结果都没有，他习惯了。回家的车上，他看着两边的树迅速地后退，两秒钟前看到的那棵树已经看不到了。如果把儿子也比作一棵树的话，这棵树已经开过去十年了，十年了，他还能找到他吗？他很怀疑。他把水杯握在手里，他觉得有些累了，他已经没有足够的力气了。火车从温暖的广州开往湖北，温度越来越低，车厢依然是温暖的，王树能看到铁路边小路上冰冻的坚硬的泥土。明年的这个时候，他会在哪里？如果一直找下去，他会不会有一天也不能回家，像儿子一样悄无声息地消失。

人都回来了，餐馆的生意好了一些。隐约能听到远处敲打砖头的声音，还有墙面倒下时沉闷的响声。到王树餐馆吃饭的工人明显多了，带着夹杂的口音。工人们每天都带来新的消息，很快就要拆到这条街了。这消息让王树觉得不舒服。终于有一天，拆迁办的人走进王树的餐馆喊道，老板在不在？王树从收银台上抬起头说，有什么事么？领头的走到王树面前说，你这餐馆很快就要拆了，你赶紧搬吧。王树说，我不搬。我还要做生意呢。领头的说，现在不拆，谁都做不了生意，这房子也不是你的，你赶紧搬吧，我就是过来跟你打个招呼，房东合同都签了。王树说，我不知道，反正我不搬。领头的笑了起来说，你搬不搬是你的事，反正我到时候是要拆房子的。这帮人走后，王树坐在椅子上感觉有点软，他知道会有这么一天的，只是没想到会这么快。餐馆拆了，离他家就不远了。

算是早春，还有点冷。妻子整天缩在房子里不愿意出门，除开早上买菜。回到家里，王树觉得他精神越来越差了，这一系列的事情搞得他心烦。他对妻子说，餐馆要拆了。妻子轻描淡写地说，拆就拆了，又不是我家的房子。王树叹了口气说，餐馆拆了，离我们这就不远了。妻子"嗯"了一下。王树说，你说得对，我们是犟不过的。不过我们去哪呢？妻子说，跟着大伙走吧，到哪算哪，反正又不是我们一家。王树说，如果儿子回来怎么办？如果他回来了呢？妻子没说话，过了几秒钟，妻子问道，你觉得他还会回来吗？王树没吭声。妻子的脸抽了一下，带着哭腔说，王树，我知道他不会回来了，我早就知道他不会回来了。妻子放声哭了起来。王树搂着妻子剧烈抖动的肩膀像是下了很大决心一样说，他可能会回来的，谁知道呢。

很快，餐馆就拆了，王树家四周的房子也拆了。以前热闹的街道有了些荒凉的意味，王树早上刷牙时，放眼望去，都是残墙断壁。他家的房子，和附近少数几户的房子站在那里，像孤零零的碉堡。是碉堡就会有被攻克的一天，迟早而已。王树想，他的坚持其实没有任何意义，他知道他也坚持不了多久，他缺乏做钉子户的能力和勇气。

真正粉碎王树梦想的是几个月后的一个清晨。那天早上，他上街时碰到了张丽。她带着孩子，孩子大概有六岁了，有一张苹果似的脸。是王树先看到张丽的，他叫了声"小丽"。张丽看到王树，叫了声"王叔"。王树摸了摸孩子的脑袋说，好久不见了。张丽说，可不是，好长时间都没看到你了。王树看了看孩子，他和王宽长得一点也不像，也没有理由像的。寒暄了几句，张丽问，王叔，你还住那？王树说，不住那住哪呢？张丽说，好像要拆了吧。王树说，都拆得七七八八了。张丽说，王叔，那你们还不搬？王树抿了抿嘴。看着王树，张丽犹豫了一下说，王叔，有件事我想跟你说。王树说，说吧。张丽吞吞吐吐地说，王叔，其实，其实这些年我从来没接到王宽的电话，我不知道他去哪了，我真不知道。张丽的话像一个霹雳，把王树愣在那儿半天没缓过神来。张丽低着头说，王叔，真不是我想骗你。王树的脸有些扭曲。张丽没看到王树的脸，她接着说，王叔，这些年我电话都换了好几次了。你想，你想，就算王宽汀电话给我了，我电话换了，他怎么还能找到我呢，我以为你能明白的……张丽还想继续往下说，王树打断张丽的话说，好了，小丽，你别说了。张丽说，王叔，真对不起，这些年害你一直到处跑，我真不是故意的。王树说，好了，好了，我明白的，我明白的。

回家的路上，王树觉得一点力气都没有了，他最后的一点力气和信念似乎也被张丽的话带走了。回到家里，他坐在沙发上发呆。妻子注意到了王树的表情，但她没有问，王树经常是这样的，她已经懒得问了。对他们来说，这个家发呆的时候太多，多得她已经麻木了。妻子在儿子的房间里翻看儿子的日记，擦桌子。王树感觉眼睛有点花，头有点晕，他想睡一会，好好地睡一会，他真的觉得累了。

这是十多年来，王树睡得最好的一个晚上。以前，每天夜里他都睡得很浅，妻子翻身的动作都能吵醒他。他总是觉得有人敲门，打开门一看，什么都没有。他可能是产生幻觉了。这真是一个美好的夜晚。醒来的时候，王树觉得自己年轻了很多，像是卸下了一个包袱。吃早餐时，王树慢慢地喝牛奶，听新闻。他看了看妻子，妻子似乎也显得年轻了。他搬了张椅子到门口，太阳还没有出来，还很凉快。王树突然听到妻子的喊叫，王树，王树——

王树走进房间，妻子指着衣柜说，王树，你看这是什么？王树看到了很多长着透明翅膀的蚂蚁，是白蚁。他稍稍用力，柜门就倒了下来，成群的白蚁在里面蠕动。王树知道，很快，它们就会飞出来，它们会交配，然后脱掉翅膀。这些看起来还新鲜的家具内部都已经腐朽，它们脆弱得不堪一击。王树平静地对妻子说，这一屋子的家具都没用了。妻子说，那怎么办？王树看了看窗外说，然后将眼光集中到妻子身上说，我想，我们该走了。

八月：祖先

　　吃过晚饭，单家民一家子搬了桌子竹椅到院子里乘凉，大热天，只有等太阳落了，空气才清爽起来，有了让人过日子的味道。冰箱里有西瓜，吃晚饭前放进去的，没一会工夫，时候还不够，得多放一会，等凉透了，再抱出来，一刀下去，汁水横流，吃起来才有滋味，冰凉，水分似乎也多一些。单家民夏天最喜欢干的事情就是吃冰冻西瓜，他曾经感慨地说，这一到夏天啊，只有这冰冻西瓜一吃，才觉得自己又是个人了。

　　单家民家的院子很大，靠墙根上种了葡萄，都已经长了五年了，枝繁叶茂的，绿色的藤蔓顺着葡萄架子搭成了一个小小的凉棚。院子里还种了一些花，也就是一些牵牛花、洗澡花、美人蕉之类的大路货。虽说是大路货，开起来确实热闹得很，红艳艳的，很是惹人喜欢。正是夏天，葡萄还没有熟，挂满了生硬的果子，颗粒却很大，翠绿翠绿的，像是玉雕的一样。摘一颗放到嘴里一咬，酸得让人掉眼泪。就是因为这棵葡萄，单家民家的院子很是招人，葡萄还没熟，整个村子的半大小子都盯上了。大中午的，也不怕热，偷偷猫进来，摘一两串就跑。单家民看见了，也懒得追，歪着嘴笑笑就算了，最多骂上一句"青卵子，酸死你个鸡巴的"。

院子里凉爽，风从湖面上吹过来，带有荷叶的清香。单家民穿着件白色的背心，靠着竹椅，双脚架在小板凳上，坐在旁边的是他老婆，对面是他女儿和儿子。女儿已经二十三岁了，在农村早就到了该嫁的年龄，可她却一点也不着急的样子。儿子在省城念大学，放暑假回来玩几天，据说在学校谈了个女朋友。这个消息还是女儿告诉他的，要不然他也不会知道。儿子跟女儿感情好，姐弟俩动不动联合起来和单家民作对。就比如说儿子初中毕业那年，他一门心思地想儿子考中专，随便学门手艺就行了。读大学，单家民觉得没谱，他振振有词地跟儿子说，你读三年高中，要是考上了还好，要是没考上咋办呢？年月也耽误了。女儿却不赞成，坚决支持弟弟念高中，她说，一个大男人的，老窝在村里有啥出息，考个大学，乜好出去见见世面。单家民和女儿争，可他笨嘴笨舌的哪里争得过女儿。儿子的态度本来还很摇摆，女儿一煽动，他就坚决不肯念中专了。也算运气好，儿子顺利地考上了大学，给单家民挣了不少面子。在村里，单姓是独姓，整个村子就他们一家姓单，可也就他家出了一个大学生。光荣啊，这一光荣，单家民就忘了他当初是怎么反对儿子读高中的。

仔细想想儿子这一年来动不动伸手问家里要钱，单家民觉得儿子十有八九是在学校谈了个女朋友。他问儿子，儿子却不肯承认。对于钱，单家民倒不是多在乎，他脑子活，早些年养珍珠、承包水库养鱼赚了不少钱。近两年，他又在镇上开了三家小店，生意也还好。儿子花的那点小钱，他根本就不在乎。他在乎的是儿子是不是真的谈女朋友了，他更关心的是儿子的女朋友是不是真正的城里人。如果是的话，他会觉得很有面子，儿子花的那些钱也值。可不管他怎么套儿子的话，儿子就是不承认，威逼利诱都不行，单家民就没办法了。他眼巴巴看着女儿，想从女儿嘴里得到一点消息，女儿和儿子是一条战线的，也是闪烁其词，让单家民干着急。

西瓜开了，凉透了，一家人在院子里边吃西瓜边聊天，说的都是一些老话题，听得让人耳朵起茧。儿子在家里待了一个礼拜，说要回学校去，家里一点也不好玩，没人说话，也没地方上网。单家民开玩笑说，你是想你对象了吧？儿子脸一下子红了，女儿咬着西瓜"嘻嘻哈哈"地笑。儿子冲着女儿生气了一样说，姐，你也跟他一样。女儿抓着西瓜说，不笑了，不笑了，我不笑了。单家民把脸转向女儿说，你也别笑，你弟比你还小三岁，他都有对象了，你还不知道干吗呢！单家民这一说，女儿不高兴了，"噔"的一声把西瓜扔在桌上说，我没对象我怎么啦？我吃你的了，还是喝你的了？现在看我不惯了，想撵我出门了？

女儿的脾气一直不好，很多时候单家民都得让着她一点，都是小时候给惯起来的毛病。等长大发现问题严重了，想让她改已经来不及了。儿子还是决定要回学校去，估计他在家里也是闷坏了，跟他同龄的年轻人很少在家里，即使有，也说不上话。这个单家民理解，不要说别人，他也感觉和儿子越来越说不上话了，儿子想什么，他根本就不知道，儿子做的事情，他也觉得没道理，这可能真的是老了。

一家人正别扭着，隔壁张大望摇着扇子进来了。见桌子上的西瓜，也不客气，搬了张板凳，抓了一块就啃，等啃完了，才擦了擦嘴说，我说家民哥，有个消息你听说没？单家民挪了挪腿，坐了个舒服的姿势，懒洋洋地说，有什么事你就说呗，别神神道道的。单家民一向不大看得起张大望，一个大男人整天喜欢传播小道消息，比妇女嘴巴还长，还贪小便宜。单家民对他没什么好脸色，可他一点也不介意，整天往单家民家蹿，好像单家民家就是他们家一样。

你听说没，村里准备修族谱了，还想盖一个祠堂呢。张大望说，脸上喜滋滋的，这可是个大事情。

修族谱，盖祠堂，如果真的有这事，那还真是个大事情。单家民想了想问道，我怎么没听说呢？

张大望摇了摇扇子说，我说家民哥，你怎么聪明一世，糊涂一时啊？你想这修族谱、盖祠堂是谁的事情？是我们张姓的事情。

张大望的后半句没有说出来，可单家民听明白了，这个村子除开单家民一家，整个村子都姓张，姓张的修族谱，没他什么事情，他姓单，是外姓人。一想到这里，单家民心里有点堵，他在这个村子里住了快五十年，可他还是个外姓人，一旦有什么事，人家根本就不会想到他。尽管，他现在是村子里最有钱的人，就他一家出了个大学生。单家民他们家是什么时候到这个村子来的，他搞不清楚，听村里的老人说，有五六代人了。奇怪的是，每一代都是单传，所以过了这么些年，人还是没有多起来。

这可是搞封建迷信呢。儿子说。

单家民瞪了儿子一眼说，你懂什么？胡说八道。说完，他把脸转向张大望问道，大望，你这消息从哪里来的，确实吗？

张大望直起脖子，大着脑袋说，家民哥，你说，这么大的事情我能哄你好玩？

你别给我说这些，我问你，你从哪里听说的？单家民有些不耐烦地说。

我跟你说，我这消息是从贤福爹那里听来的，村里的老人都在贤福爹家里开会，村长也在，各家各户还派了代表，要统一思想，表决心。出钱的出钱，出力的出力。

单家民有些相信张大望的话了，贤福爹在村里德高望重，祖上还出过一个秀才，贤福爹的爹当年也是私塾先生，算得上是诗书人家。单家民相信张大望不敢拿贤福爹出来胡说八道。

见单家民没吭声，张大望又说，大家都商量好了，修族谱每个男丁一百块，盖祠堂每个男丁最少三百块，多的不限，到时候祠堂盖好了，要刻一个功德碑，把捐钱的名字和数目都刻上去。

想了想，单家民说，你们这族谱好多年没修了吧？

张大望说，那可不是，所以才要趁着老人们还在，赶紧把族谱给续上，要不然哪天断了，那我们可就成了罪人了。

张大望的话让单家民把西瓜吃成了棉花，一点滋味都没有。闲扯了一会，张大望回去了。单家民也收拾了桌子竹椅，准备回屋睡觉。

在床上折腾了一两个时辰，单家民死活睡不着，他老婆也没睡着。单家民干脆起了床，搬了个躺椅到院子里去。已经是半夜了，漫天的星星，月亮正当空，葡萄架的叶子看不出颜色，一片一片却还分得清楚。单家民想起他爹了，他可是苦了一辈子。张姓修族谱，不关单家民什么事，却让他觉得难受。他老婆也搬了个凳子出来，坐在单家民边上。单家民点了根烟，问他老婆，张姓的祠堂是"文革"那会儿拆的吧？他老婆说，那可不是，那会这些都是封建迷信，一家伙全给拆了，现在有人说有不少都是文物呢，拆了可惜了。单家民想了想问他老婆，你说我们姓单的是从哪里来的？就说我家祖上，他们是从哪里到这个村里的呢？老婆给单家民赶了一下蚊子说，你可别瞎想，你说你现在不是挺好的吗？他们姓张的盖他们的祠堂，修他们的族谱，他们爱干什么干什么去，跟你有什么关系？

单家民摇了摇头说，你可别这么想，你想，整个村子就我们一家是独姓，要是出点什么事我们可惹不起。

他老婆问，那你想怎么着？

单家民叹了口气说，我也不知道该怎么办。

接下来几天，单家民感觉村子里的状态很不对劲。他明显能感觉到周围的空气在紧缩，团结起来，他走在这团空气里非常不合适。儿子已经回学校去了，张姓修族谱、盖祠堂的事情他一点兴趣也没有，甚至觉得这是非常老土的事情，他更喜欢电子游戏，上网看碟听歌看新闻。整个村子也许只有单家民的感觉最强烈，他觉得他是孤立的，被排斥的，就跟村口那棵大槐树一样，尽管那是整个村子最高大的树，可它只能远远地站在村口。

村子里弥漫着亲切的气息，平时的争吵、打骂少了，几乎看不到了。每个人的脸上都洋溢着笑意，修族谱让他们突然意识到他们体内流的是相同的血液，他们是一个大家族，就像一棵树，他们意识到他们其实只是这棵树上的枝丫，却有着相同的根系。就连小孩子也开始清算自己的来龙去脉，根据血亲关系的远近来决定对人的态度。现在，他们已经知道了，当初这个村子是由三兄弟建立起来的，所有这个村子有三个房头。

村子里决定修族谱是贤福爹提议的，这个提议通过之后，贤福爹又宣布了一个惊人的消息，他要让张姓的族谱重新续起来。贤福爹的话让整个村子兴奋起来，他说这话意味着张姓的族谱并没有丢失，也就是说"文革"的那场烈火并没有把所有的记忆完全焚烧。快三十年了，整个村子的人没有人见过张姓的族谱，他们都以为族谱已经烧掉了。贤福爹庄严地告诉村子里的人，族谱并没有丢失，它就埋在张姓的祖坟里，陪伴着张姓的祖先，现在是该出土重新续上了。

请族谱的那天，村子亮得很早，张姓的人早早就起床了，他们准备好了酒、肉，还有鞭炮、锣鼓等等。去的时候，整支队伍庄严肃穆，所有张姓的男丁都在场，上学的小孩都请了假。单家民也起得很早，他只能站在家门口，看着那支队伍浩浩荡荡地走向张姓的坟山。过了没一会，单家民远远地听到鞭炮响了，他知道那应该是族谱已经请起来了。然后，锣鼓响了起来。一直响了很久，单家民才看见请族谱的队伍回来了。走在队伍最前面的是贤福爹，他的手里托着一张案板，案板上铺了一层黄色的布，上面是一个发黑的盒子。看到这个，单家民的心"怦怦"地跳了起来，一种巨大的情绪冲击着他的胸怀，他知道，那里面装的一定是张姓的族谱，历代祖先的名字。单家民站在院子门口，觉得脚下有些软。他看着那支浩荡的队伍穿过田野，热热闹闹地回来，而他却和这一切没有关系。

破天荒的，张大望居然一连两天没有到他家里来。现在，单家民有些期待张大望了，他想张大望到他家来坐坐。哪怕，张大望吃他的西瓜，抽他的烟，还往他家地上吐一口黏黄的浓痰。单家民在院子里坐立不安，转过来，转过去，像一颗跳糖。他老婆大概是看出了他的心思，小心翼翼地问，要不，我去喊张大望过来坐坐？单家民没吭声。他老婆就出了门。过了没一会，他老婆回来说，我跟张大望媳妇说了，让他一回来就过来。听他媳妇说，这两天村里的事特多，每个姓张的都忙着呢。老婆的话让单家民更加烦躁起来。

女儿吃完饭，洗了个澡，扎了辫子，又干净又清爽。其实，单家民的女儿很漂亮，在农村姑娘里，绝对算是出落得一流，屁股是屁股腰是腰的，那脸蛋也是标致得很。就是放在城里，也是数一数二的好姑娘。再加上，家里的条件也好，单家民一直弄不明白，她怎么就连个对象都没有？女儿在院子里转了一会，对烦躁不安的单家民说，爸，你干吗呢？这两天鼻子不是鼻子，脸不是脸的？

单家民"哼"了一声说，你懂什么，整天就知道吃喝玩乐的。

女儿却没生气，反而笑嘻嘻地说，爸，我知道你干吗。

单家民瞪了女儿一眼说，我干吗了？又扭过头对老婆说，我干吗了，我神经病了？

女儿站起来，走过去乖巧地拉着单家民的胳膊说，爸，我知道你看到张姓的修族谱，觉得特失落。可这有什么呀？不就是些名字吗？再说了，政府说了，这是宗族活动，要坚决取缔，你看他们能热闹多久。

单家民甩开女儿的手说，好了，好了，你别说了，越说我越烦，尽是一些不着调的东西，有空你到镇上看看店子，别什么事都要我操心。

女儿甩了甩手说，好啦，我走啦，不烦你了。女儿冲他做了个鬼脸，说了声"拜拜"。

大概在女儿出门个把小时后，张大望来了，他来的时候，单家民已经等得不耐烦了，要是平时，他肯定是劈头盖脸就是一顿骂。可这次他没有，作为一个生意人，他知道这不合适。一来张姓的在修族谱，张大望再不济，他也是姓张的，这个节骨眼上，情绪都高涨着呢，他要是一骂，可能惹出大麻烦。二来他现在是有求于人。

等张大望坐下，单家民已经把冰冻西瓜切好了，还给张大望准备好了烟。张大望点上烟，左手夹上，又拿右手拿了块西瓜。吃了口西瓜，抽了口烟，张大望才"啧啧"两声说，家民哥，我晓得你叫我来干什么。我跟你说，你是没看到那场面，那可真是让人热血沸腾。说罢，张大望望了望四周，神秘地说，家民哥，你晓得贤福爹把族谱藏在哪里了吧？

单家民有些焦急地摇了摇头说，我哪里知道。

张大望得意地笑了笑说，要我说，整个村子谁也没有贤福爹聪明，到底是读书人家。顿了一下，张大望接着说，他把我们族谱埋在他爹的坟地里了，你说，这谁能找到呢？

单家民点了点头说，那是，那是，贤福爹就是跟一般人不一样。

张大望往椅子后面靠了靠，感慨地说，家民哥，我跟你说，请族谱的那会，我心里跳得跟什么似的，大家伙都是连气都不敢喘，生怕挖开一看，族谱不在了。不过还好，贤福爹记得还清楚，他把族谱装在一个盒子里了，这么多年，都好着呢。我们都看了一眼，那纸啊，发黄，软绵绵的，上面都是名字，一代一代的，记得清清楚楚。村里不少老人看得眼泪哗哗的。就说我吧，也觉得那血尽往脑门子上涌，就觉得吧，怎么着也要把这事弄好，把祠堂给盖起来。要不然，我们先人到哪儿歇脚啊？

张大望说得津津有味，单家民没打断他，任着他说去，他心里想的是别的事情。

第二天一大早，天刚亮，单家民就起来了，连早饭都没吃，就往贤福爹家跑。到了贤福爹家门口，单家民步子慢了下来，他不知道一会要跟贤福爹说点什么。也是巧了，贤福爹正好就坐在堂屋，看见单家民，贤福爹兴致很高地喊了声，家民，大清早的，忙啥呢？

单家民赶紧说，我有啥好忙的，来看看你。

贤福爹笑了笑说，那我可有面子了，大清早的，劳你来看我。

单家民给贤福爹点了根烟说，贤福爹，昨天的状况我都看到啦，可壮观了。

贤福爹吸了口烟，很满足地说，那可不是，祖宗的事情马虎不得。

两人东拉西扯了一会，单家民试探着问，贤福爹，听说村里准备修族谱、盖祠堂？

贤福爹弹了下烟灰，望着单家民慢条斯理地说，家民啊，不是我说见外的话，准确地说应该是村里姓张的准备修族谱、盖祠堂。

单家民尴尬地说，那是，那是，我也是这么个意思。

贤福爹说，这个事情，该是姓什么的办，就是姓什么的办。

单家民听出了贤福爹的意思，他大概以为单家民想插手什么，所以明确地告诉他，这种事情就算你再有钱，也不行，祖宗不是用钱能买的。

两人聊了一会天，单家民试探地问，贤福爹，我没别的意思。我是想，我是想你能不能把族谱给我看一眼？

单家民的话一说出口，他自己都吓了一跳，他的话音刚落，就听见贤福爹斩钉截铁地说，那可不行，祖宗又不是展览馆，哪里有说看就看的。看到单家民满脸尴尬，贤福爹大概觉得话说冲了，连忙说，家民啊，我是说，族谱这个东西，给别姓的看不合适。就说你单姓的族谱，要是姓王的说要看，你们给不给？是吧，是不是这个道理？

单家民连忙说，我明白，我明白。单家民拍了一下脑袋，解嘲道，你看我这脑子，什么毛病，什么都想看个新鲜。可族谱是能随便看的么？

单家民灰溜溜地回到家里，浑身的没趣。

很快，村里的气氛热烈起来，请了族谱，接下来的事情就是把族谱给续起来。这些年，村里有不少去了江西、广东，人虽然走了，可他们还是这条藤上的，不能丢下他们不管。修族谱是大事情，搞得不全那就白搞了。在贤福爹的组织下，先是发动全村的人找，通过各种关系找他们的联系方式、电话、家庭住址都行。这些失散在各地的族人很快就找到了，电话一打通，那头激动得跟什么似的，二话不说，就纷纷表示，都是姓张的子孙，就算穷得连棺材板都买不起，这修族谱、盖祠堂的钱肯定一分不会少。临到挂电话，大多数还说，等祠堂盖好了，拜祭那天，天下就是下刀子，也得赶回来。他们的回答让贤福爹和村里的老人都非常满意，他们放下电话，激动地说，看到没？这就是祖宗，到哪里祖宗都还比天大！

那些在外地的张姓人倒也不是空口说白话，过了没几天，绿色的汇款单就飞进了村里，最少的出了一千，多的出了三千，这个数字远远超过了应该交纳的数据。跟着汇款单后面回来的是一封封的挂号信，除开客套话，还有一张写得工工整整的字条，那上面写着祖上三代的名字以及本人和儿子的名字。这张字条才是最重要的，修族谱少不了它们。单家民看着那一张张汇款单和挂号信，觉得非常羡慕。那些去了外地的张姓人，还有人牵挂着他们，而他却从来没有得到来自家族的消息。他就跟一滴水一样，滴到旱地上，没吱一声就消失了。单家民想，这些在外地的张姓人，也许并不富裕，出这些钱，都不容易，可都出得心甘情愿。这说明什么？说明这钱出得值！

在贤福爹的组织下，村里还派出了代表，去寻根，他们查过了族谱，张姓的祖先来自江苏的一个小镇，修族谱这么重要的事情，当然要请原籍的代表。为了选寻根代表，村里又开了两次会，关键问题是人选。会上，村民代表吵得很厉害，大家都想去。老的可能是真的想去看看祖宗，年轻人却是想着出去旅游，有这么个公费旅游的机会，不容易。不晓得多少年才有这么一回。第一次开会，吵了半天，都没吵出个结果。第二次开会，贤福爹拍了桌子，胡子都翘了起来，他指着年轻人气急败坏地骂道，你们这些人，就知道玩，修族谱是好玩的？谁告诉你们是出去玩了？见贤福爹生气了，本来打算找个机会公费旅游的年轻人灰溜溜地走了。经过讨论，大家一致认为派年轻人去肯定不行，他们根本就不知道修族谱应该怎么搞，更重要的是他们办事不认真，要是真把寻根当成了公费旅游，把钱花光了，事却没办成，那就麻烦了。讨论了半天，还是决定派四个身体健康的老人出门，其中一个曾经经历过修族谱，多少有点经验。另外四个，也是村里有威望的，同时也精明能干，由他们去办这事情，大家放心。本来，最合适的人选应该是贤福爹，可村里人一致认为，他应该留在村里坐镇。所谓国不可一日无君，修族谱同样是一天都不能少了领导。

村里修族谱的消息很快传开了，附近一带张姓的村子都派了代表到村里祝贺，还送来了一头头的大肥猪。村里的仓库改成了修族谱的办公室，还在贤福爹的领导下成立了一个工作组，出纳、会计、抄写一样都不少。贤福爹每天早早到，天黑了才走，忙得像一个大领导，他得接待邻近一带张姓的祝贺，还得操心村里的、外面的事情。

村里修族谱的钱早就收上来了，标准跟张大望说的一样，每个男丁一百块，盖祠堂每个男丁最少三百块，多的不限。这笔钱，说多不多，说少也不少。修族谱、盖祠堂，加在一起一个男丁至少得四百块钱。就按最少的算，三代同堂，少说也有三个男丁，那是多少钱？一千二！要是在平时，这钱打死也收不上来。就说以前收公粮水费，百把几十块钱，都得让村主任磨破了嘴皮子，一会儿装可怜说工作不好做，一会又凶神恶煞地说，这是国家规定的，不交抓你去坐牢！就算这样，还是有些钉子户的钱收不上来。一说修族谱，盖祠堂，那可好，都抢着去交钱了。家里没钱的，借也要借着交了。向谁借，当然是单家民，谁让他是村里最富的。

最让单家民感慨的是寡妇。男人死得早，就留下一个儿子，正在读初中。一个女人，身体又不好，到哪里去找这四百块钱呢？村里研究之后也说了，寡妇家的钱就算了，孤儿寡母的。可寡妇不乐意，趁着天黑了，来跟单家民借钱。单家民一边拿钱一边说，你这是何必呢？寡妇摇了摇头说，家民哥，你说，我男人死得早，要是连这个钱我也不出，你让我儿长大怎么做人？怎么面对列祖列宗啊？拿了钱，寡妇千恩万谢地走了，一边走一边说，家民哥，你放心，这钱拆房卖瓦我也还你。寡妇的话，让单家民的心里堵得慌。来找单家民借钱的，当然不是寡妇一个，还有好几家。前前后后，单家民借出了三四千块钱。他老婆虽然不乐意，可嘴上也没说什么，单家民倒是来者不拒，只要人家开口，要多少，就借多少，连借据都不打一个。

修族谱的事情进行得有条不紊，从表面上看，看不出任何问题。贤福爹领着抄写组，先把旧的族谱抄了一遍，然后把现有的男丁按照各自的分支给添上去，这就算把族谱给续上了。这个工作并不麻烦，麻烦的是后头。

修完族谱，按照以前的惯例是要请戏班子唱戏的，少则六天，多则七七四十九天，唱多唱少，根据财力决定。还要摆酒席，请附近的张姓人喝酒，这一摆多少围台就说不好了。收上来的钱，都是血汗钱，这个贤福爹清楚，他有个账本，一分一毫都记得清清楚楚。除开修族谱，还要盖祠堂，这钱该怎么花，贤福爹一个人也不敢做主。唱戏摆酒，这是大开销，还得开会讨论。

会是在仓库开的，贤福爹说明了一下情况，然后请代表们发言。代表们情绪都很激动，他们说，我们钱都交上去了，这事情一定要办得风风光光的，不能让人小瞧了我们。有些尖酸的就说，我们交了那么多钱，要是搞不好，那只能说钱花得有问题。贤福爹听代表们议论完了，把账本往桌子上一摊，慢悠悠地说，收上来的钱，每一分都在这。我们今天要讨论的是唱戏是大唱还是小唱，酒是大台还是小台。我把话说明白了，要是大唱大台，大家伙这钱肯定不够。在这里，我敢摸着良心口说，这钱一分都没有乱用。贤福爹的语调平和缓慢，代表们的议论声小了下来。这年月，谁都知道钱难赚，花起来却是很容易。代表们商量了一下，决定唱戏唱八天，六天肯定不行，张姓怎么说也是个大姓，不能垫底。酒还是要摆大台，代表们想，八天的戏，酒钱应该花不了多少。

戏班子请来那天，村子里张灯结彩的，比过年还热闹。戏台已经搭好了，就在村口的山坡上，戏台在山脚，缓缓的山坡就像城里的看台。唱戏之前，先是祭祀祖先，祭祀完了，贤福爹上台讲话，讲修族谱的过程和意义。等贤福爹讲完了，接着请族谱，族谱用盒子装着，被两个青年抬上台来。贤福爹带着村里的老人朝着族谱跪了下来，鞭炮噼里啪啦地炸响起来，大概响了有半个小时，就轮到附近一带张姓的上台送贺礼。送完礼，这戏才正式开始唱了。

唱戏那天，单家民远远地站在山坡上，周围挤满了人，气氛热烈而欢乐，所有人的脸上都带着发自内心的笑容。单家民相信，他们的欢乐是真实的。他知道，此刻，周围绝大部分的男人都是姓张的，只有他，一个孤独的外姓人，远远地站在那里，像画布上一块肮脏的黑点。单家民看了一会戏就回家了，他觉得这欢乐和他无关。回到家里一看，一个人也没有，老婆不在，女儿也不在。她们可能是看戏去了。

这八天，村子是欢乐的。

修完了族谱，就该盖祠堂了。奇怪的是，盖祠堂并没有像单家民想象的一样很快行动起来。一个月过去了，盖祠堂的事情还是一点动静也没有。开始，单家民以为修完族谱后，村里人都折腾累了，要休息几天。但休息这么长时间显然是不正常的，十月正是盖房子的好季节。一个月后，单家民感觉到，应该是遇到什么麻烦了。能有什么麻烦，只能是钱。

果然和单家民想的一样，没过几天，单家民就从张大望口里得知，钱花得差不多了，盖祠堂的钱不够了。要是想盖，那就还得交钱。说起这事，张大望有些愤愤不平，他大着嘴巴说，这么多钱，全村一百多爷们，收了五六万块钱，这么快就花光，这是怎么花的？写个名字要那么多钱？我他妈去商店花五十块钱，要买多漂亮的证书就有多漂亮的证书，我回来爱怎么写怎么写。

单家民瞪了张大望一眼说，大望，你可别瞎说。你以为钱多经花？唱八天戏，摆八天大酒，那得多少钱？你算过没？再且，你们去江苏寻根，那就是出差，那不要钱？平时那些小打小闹的，买纸买笔，各种开销，能是从天上掉下来的？

张大望咕嘟了一下说，那也要不了那么多啊！

单家民说，你们那钱不是还没花完么？

张大望摇了摇头说，我估计着也差不多了，盖祠堂肯定是不够。现在要再收钱，肯定是收不起来了，这祠堂，我想是泡汤了。

单家民说，那可不一定。

聊了会儿天，单家民突然有了一个大胆的想法。想了想，他说，我怎么说也是这个村的，要是方便的话，我倒是很愿意尽一份力。听完单家民的话，张大望眨巴了下眼睛，有些惊讶地看着单家民，他大概还没弄清楚单家民到底想干什么。

单家民确信张大望听清楚后，就岔开了话题。他知道，按照张大望的性格，不出一天，这消息就会传遍整个村子，他没有必要多强调几次。

果然，第二天，单家民出门，就感觉到村里人异样的眼光。单家民努力使自己镇定下来，他相信村里人已经得到了这个消息——单家民愿意帮助他们建一个祠堂。村里人的反应单家民能想象出来，他们心理一定很复杂。一方面，要一个外姓人来帮他们建祠堂，他们觉得这是一种羞辱；另一方面，从现实的角度出发，他们又迫切地需要这笔钱。单家民能够理解这种感受，他不着急，努力让自己的脸和平常一样平静。他知道，不用他主动，会有人来找他的。

回到家，他老婆火急火燎地拉住他说，单家民，你这是搞什么鬼？好好的日子你还过不过了，你这不是给自己找麻烦？他们张姓人的事，你操个什么心啊？老婆的表现是在单家民的意料之中的，他知道老婆去河边洗衣服肯定会听到这个消息，那些妇女个个都嘴巴长。

她们都说什么了？单家民笑着问老婆。

老婆没好气地说，你还笑，亏你还笑得出来。

单家民过去拍了拍老婆的肩膀说，你看你，一点风浪都经不起。何况现在还没风浪呢。

老婆甩开他的手说，你还说没风浪？那些女的说，你有了点钱都不知道自己是谁了，你有钱你自个盖个祠堂去，凑人家什么热闹。那话说得可难听了。

老婆眼泪都下来了。

单家民知道老婆在担心什么，张姓的吐口唾沫就可以把他淹死了。可他还是轻描淡写地说，你们这些女人，就是头发长见识短。

傍晚，贤福爹到单家民家来了，跟他一起来的还有三个老头。贤福爹脸板得没一点表情，就像一块鳄鱼皮，另外三个也是脸色沉重。一看这架势，单家民知道，摊牌的时候到了。他老婆紧张地给贤福爹他们四个倒上茶，装烟。五个人围着桌子坐下了，互相对看了几眼，都没说话，好像在等着哪个先开口一样。

　　　过了一会，贤福爹清了清嗓子说，家民，我也不跟你拐弯抹角了，我们有话还是直说的好。

　　单家民捧着茶杯说，贤福爹，你看，你还这么客气的，有什么话你就直说。

　　贤福爹跟另外三个老头交换了一下眼色说，家民，我们都晓得你这些年赚了不少钱，这个村里就数你最有钱。可你也不能把话说得那么狠，你这不是羞辱我姓张的不出人么？

　　单家民笑了笑说，贤福爹，这你老就错了。我一点别的意思都没有，我们一家几代在村子里，不管姓什么，我都是这个村子里的人。你说，村里有什么不方便的，我能帮得上忙，我能看着不管吗？

　　单家民的话让贤福爹的脸色缓和了一些，他喝了口茶说，家民啊，要是你真这么想，那你的心意我们心领了，可这事情，我们几个做不了主，历史上就没这个先例。我们要开会讨论一下，我建议，你也去听听，看大家是个什么意见。时间我通知你。

　　贤福爹走后，单家民老婆拉着他就是一顿骂，我说单家民，你怎么这么糊涂呢？这么大的事，人家姓张的能让你出头？你怎么就不晓得低一下头呢？你就说是张大望造谣，然后给贤福爹赔个不是，不是什么都结了？你还越折腾越来劲了。

　　单家民不耐烦地打断老婆的话说，你给我闭嘴，你懂个屁！

　　会还是在仓库里开的，除开主持工作的几个老人，每家每户都派了代表，挤了满满一屋子。贤福爹先跟大家算了一下账，一笔一笔，清清楚楚。算完了，贤福爹说，大家都看到了，交上来的钱，现在只剩下一万三千四百二十八块六毛。靠这点钱，想建个祠堂，我看不可能，大家都晓得，建祠堂不比建房子，它开销大。现在有两个办法，一个是每个男丁再交点钱，把祠堂建起来；另一个呢，就不建祠堂了，把钱退给大家。当然，也有别的办法……贤福爹没有继续说下去，大家都明白他话里的意思。这次来开会，要解决的就是这个问题。

　　仓库里一片沉默，代表们都没有开口，空气很沉重，有些闷。安静了一会，单家民站了起来说，乡亲们，我想大家可能多多少少误会了我的意思。前几天，贤福爹找我，我也说了，我也是这个村子里的，只是想尽一份力，一点别的意思也没有。另外，不管这个事情成不成，我都想跟大家说一声，前段时间，为了修族谱，大家都很辛苦，有些经济稍微困难点的，还借了钱。借别人的，那我管不了，借了我的，你就别跟我客气，就算是我为村里出一点力。说完，单家民就坐了下来，点了根烟。

　　气氛慢慢活跃了起来，代表们发出"嗡嗡"声，显然是在讨论。讨论了一会，张大望站了起来说，我觉得，如果家民哥愿意帮忙，大家也没必要排斥。现在搞什么东西不都讲究引进外资吗？何况大家都是一个村的。张大望的话代表了一部分人的想法，有代表附和道"就是，都什么时代了，还抱着死规矩不放"。盖祠堂的事情进行到了这个程度，四乡八里的都知道村里要盖祠堂了，这个时候突然说没钱不盖了，那以后村里的人还怎么走出去啊？祠堂要盖，但没钱肯定盖不起来。这时候有人愿意出钱，有什么必要拒绝呢？话是这么说，可也有人站起来反对，说自己的事情就应该自己办，要是这样的事情都让外姓人插手，祖先在土里都不安定。两派争吵的声音大了起来，仓库里闹哄哄的。单家民坐在凳子上，看看这个，又看看那个，他没有再说话，他知道这个时候，也没有必要说话。

两派谁也不服谁，争吵的声音越来越大，就像要打起来了一样。眼看局势不好控制了，贤福爹提高嗓子说，都别争了，争也争不出个结果来。我们举手表决，老规矩，少数服从多数。顿了顿，贤福爹望了单家民一眼说，同意单家民出钱的举手。接着，他看了看四周，严肃地说，我个人表示反对。

　　仓库里又安静了下来，单家民看了看四周，代表们你看看我，我看看你，谁都没有举手，好像一举手就卖了祖宗一样。贤福爹环视了一遍说，现在大家表决，一分钟后开始点数。那一分钟单家民觉得自己快要被周围热辣辣的眼光烤坏了。接着，单家民听见贤福爹冷冷地宣布，同意单家民出钱的零票，代表一致否决。听到贤福爹宣布的结果，单家民恨不得雷公一锤把他炸死，他的脸涨得发黑。

　　回到家里，单家民一肚子的委屈，他老婆反而高兴了，精心给他准备了两个小菜说，好了，你也别生气了啊，喝酒，喝完了早点睡。没事你去镇上看看店子，比什么不强？一向不喝酒的老婆，还陪着单家民喝了两杯。

　　大约半年后，村里的祠堂还是盖起来了。原因也简单，单家民出了三万块钱，这钱不是他直接给村里的，是通过他女婿的手捐的。可明眼人都知道，他女婿哪里有那么多钱，还不是从他那里来的。单家民的女儿嫁给了村里的一个小伙子，那小伙子能干，还没结婚就把单家民女儿的肚子搞大了。单家民不知道女儿是不是故意的，他一直想把女儿嫁到城里去，可女儿根本就不听他的话。也许女儿早就和人家好上了，只是他不知道而已。不过，那小伙子倒是一个不错的小伙子，所以单家民也没有多么不情愿。他只是觉得奇怪，他怎么连一点风声都没有听到呢？

　　祠堂盖起来后，照例是要树一个功德碑的，可这个碑怎么树，却让贤福爹他们犯了难。不写上单家民的名字吧，于情于理都说不过去。

写吧，又觉得不是那么回事。讨论了半天，他们学着电视里的样子，在碑上写了这么一行"特别感谢姻亲单家民先生的大力支持"。功德碑前面写的是张姓族人的名字、捐款数额，它们密密麻麻地挤在一起，像一颗颗的脑袋。单家民的名字独自占据了碑的最后一行，依然是孤零零的，但这已经让单家民很满足了，他觉得他还是和乡亲们在一起。

祠堂盖起来没多久，政府就出台了政策，禁止搞宗族祠堂。工作队的人很快进了村子，住进了祠堂，他们把里面的祖先灵位都撤了，墙壁也重新粉刷了一遍，改成了村民娱乐活动中心和图书室。功德碑本来也是准备拆掉的，还是村里人跟工作组的人说，人家捐款咋就不能让人家留个名呢？这碑才留了下来。

这事情过后，每次女儿带女婿回家，单家民一喝多，就扳着指头对女婿说，"特别感谢姻亲单家民先生的大力支持"，十六个字，三万块钱，一个字差不多两千块钱呢，两千块钱。

女婿就笑，说，爸，当初不是你死活要捐的吗？我不让捐，你还威胁我，说不让捐就不准结婚。现在后悔了？

单家民摇摇头说，不，不后悔，就是太贵了。

九月：鸡鸭名家

在古代，走马镇是个镇子。到了今天，走马镇还是个镇子。按说，样子变化不大，还是三面环水，一面靠山。水多，多的是滩涂，水草丛生，草一多，名字就叫不上来了。滩涂外面是湖泊，水也不深，种藕种菱角。菱角和藕都好养，不费什么心。等到荷花开了，有些清风徐来、水波不兴的意思。摘莲蓬是孩子们喜欢的，划着小划子，撑几篙去了藕花深处，莲蓬在荷叶后躲着。剥了莲蓬，莲蓬子白得爱人，放到嘴里一咬，清甜清甜的。要是碰到水蛇游过来，孩子们调皮，拿着竹篙，追着水蛇打。水蛇游得比小划子快，多半是打不着的。等进了秋，莲蓬都摘过了，荷叶也枯了，大人就挖藕。挖藕是个苦力活儿，得打围子，一锹一锹地挖下去，黄白黄白的藕粗粗壮壮地躺在泥底下。挖藕有个讲究，见了藕得小心，轻手轻脚，生怕给弄断了。划破皮是小事，大不了看相不好。要是弄断了节，容易灌进泥沙，吃起来麻烦。大人挖藕，要一支一支地取出来，这才是水平。藕挖完了，湖里就干净了，只有不怕冷的水鸟飞来浮在上面。等到来年，又是一湖的荷叶，到了季，再接着挖。

走马镇靠水。俗话说，靠山吃山，靠水吃水。走马镇对这山水并不上心，日常生活还是种麦、种水稻，也种油菜。那是三十多年前的事情了。现在，和以前不一样，我有多年没回去了，听我父亲说，湖里有人养鱼，养螃蟹，藕和菱角是没有人种了，不值钱。剩下的倒是还有几片，长得不像个样子，结了菱角，也没人吃，说是有股怪味。至于地，早就荒了，空荡荡地立几棵果树。结了橘子，除开小孩子还吃几口，大人是摘都懒得摘了，任它挂在树上烂掉，那橘子酸，吃不得。父亲和我说起这些，有些痛心疾首的意思。好几次，他跟我说，要不是舍不得我们，他真想回去，种个菜园，闲了去湖里钓钓鱼，那日子才叫舒服。在城市生活了一二十年，父亲还是不能适应城市的生活，他觉得太吵了，晚上睡觉，外面明晃晃的，睡不安稳。因着这个原因，父亲隔几年回家一趟，每次回来，心情似乎都不大好。

这年，父亲从老家回来，闷闷不乐。问他怎么了，也不说。晚上吃饭，喝了点酒，父亲缓缓地说，你还记得余老五和陆长庚不？我愣了一下说，谁？父亲沉默了一会儿，用粗长的语气说，余老五和陆长庚。我想了想说，有些印象，记不太清楚了。父亲说，你还跟余老五学过画的，这就忘记了。父亲一说，我想起来了，是他。父亲又喝了杯酒说，两个都死了，得的癌。吃完饭，父亲难得地跟我聊了会儿天，说余老五和陆长庚。

余老五是我叔伯辈的，人瘦，也矮，整个人轻得像是一阵风能吹起来。用我父亲的话说，余老五那么瘦小的一个人，倔得那么厉害，也不晓得他的力气是从哪里来的。在走马镇，说起余老五，没哪个不晓得的。有人佩服他，也有人看不起，说，那个余老五，干什么什么不成，他一辈子就没做成个事儿。关于他的故事，走马镇上随便哪个人都能讲上几个。我那会儿小，听过也就忘了。后来的事，倒是还记得一些。

那会儿，20世纪80年代，镇上都穷，余老五也不例外。我们那儿的穷，我记得深刻。我跟朋友们讲过，没人信，都觉得我这个年纪，小时候再穷，也不至于穷成那个样子。我说的是真的。有人来我们家借盐，借火柴，借盐拿的是酒杯，大概五钱的杯子，借四杯五杯，先吃着。借火柴，十根十根地借。还的时候，拿的还是原来的杯子，一杯一杯地还回来。火柴，也得还，少一根都不好意思。不怕你笑话，十二岁前，我没见过香蕉、苹果。肉要过年过节才吃一点，炒肉是舍不得的，掺一大把白菜，剁馅儿，包饺子。小孩子过生日，煮两个鸡蛋就打发了。至于大人，除非是做寿，跟平时没差别，该怎么过还怎么过。这么个穷地方，人心眼儿都小，连喝水都小口小口，怕喝多了，挑水费劳力。

余老五和其他人不一样，再穷，他舍得吃。镇上只有一个肉铺，几乎每个初一、十五，余老五都去肉铺买肉，用稻草穿了，提在手上，一晃一晃地往家里走。窄窄的一条肉，晃得人眼睛疼，口水使劲儿往肚子里吞。都知道余老五初一、十五买肉，有嘴馋的，到了饭点儿，闻到肉味了，端着碗去余老五家里串门，蹭一两口肉吃。余老五倒不小气，人来了，他客客气气，大大方方地招呼人坐下，给人夹上几块，人还有些难为情，说，老五，莫客气。莫客气，我饭都吃完了。说完，把碗底亮给余老五看。余老五边夹菜边说，饭吃完了，吃点菜也撑不死人。人吃了肉，聊了几句，也就走了。这是大人。小孩就不一样了，到了余老五家里，眼睛直勾勾地盯着肉看，余老五拿起筷子，让孩子们张嘴，一人塞一大块儿。肉一到嘴，孩子们也不贪心，咬着肉就跑，这是怕大人看见了要说。刚说过了，借火柴都要还，吃人家肉，那是大人情，走马镇上穷，人却是讲究，不愿占人家便宜。有人可能要问，都这么穷，余老五把肉给外人吃，家里人没意见？那真没意见！余老五家里就他一个人，爹妈早死了，余老五一辈子没结婚，孩子什么的谈不上了。

有人跟余老五说，老五，你有几个钱都吃了喝了，划得来么？余老五也不反驳，反问一句，那你说怎么划得来？人就说，老五，攒点钱，娶个老婆不好么？余老五听了一笑说，老婆不是不好，是麻烦。我怕麻烦。人就摇头，指着余老五说，老五啊老五，怎么说你好呢，你现在一个人吃了喝了是舒服，等你死了，连个烧纸的人都没得。余老五又笑一声，人都死了，烧纸顶个屁用。话说不到一块儿去，就不说了。余老五该干吗，还是干嘛。

除了吃肉，余老五还画画。这就稀奇了。一个农民，没事儿在那儿画画，镇上的人看着像个怪物。余老五画国画，偶尔也画画头像。镇上有人老了，家里人多半会请余老五画个像，也不白画，钱还是要给一块两块的，没别的，是个意思。这算是一门手艺。我小时候跟余老五学过一段时间的国画，那是我父亲被我缠得没办法了才答应的。画画不说别的，纸和笔还是要买的，这都要花钱。还好那时候，我家经济还算好。余老五画了一辈子画儿，到死，一张纸没留下，全烧了。房子有人要，破烂家具有人要，他留下的衣服也有人要，他画的画儿，堆了一尺来高，人见人嫌。这些画儿，人不知道怎么处理，后来有个聪明的说，余老五一辈子爱画画，给他烧了吧，当纸钱。于是，把他的画儿都裁了，包成包袱，打上钱印，就这么给烧了，一张不剩，全烧了。我父亲后来进城了，跟我一起去看了几次画展，回来跟我说，要是余老五的画儿还在，估计也能值几个钱。他觉得他看到的画儿，还没余老五画得好，标价却贵得吓人，几万十几万一幅。

如果就这样，余老五也不见得有人记得。他还做过一件事儿，就这事儿，让镇上把余老五给记住了。都说了余老五就他一个人，按说不应该折腾，他偏不。他养鸡。养鸡也不奇怪，镇上家家户户都养鸡，有些人家的油盐钱就是从鸡屁股底下抠出来的。

余老五刚开始养鸡，养的是荷兰鸡，也不知道是不是河南鸡，大略发音是这样。就当是荷兰鸡吧，说起来洋气。鸡是从外地买回来的，还是小鸡娃儿。余老五带着一堆鸡娃儿回来，跟人说，他要养鸡。人都笑余老五，说他傻。鸡娃儿到处都是，大老远去买鸡娃儿，还贵。这不是傻是什么？乡下每到春天，有人挑着小鸡小鸭走村串户，篾制的大笼子，用扁担挑着，一头是鸡娃儿，一头是鸭娃儿。小鸡小鸭毛茸茸地挤在里面儿，叽叽喳喳地叫。卖鸡娃儿鸭娃儿的一来，镇上就热闹了。过年，家家户户都要杀几只鸡，鸡杀了，得补上。也有自己孵小鸡的，少，多半还是买，来得方便。妇女围着笼子，挑自己看上的小鸡小鸭，买了回去，给鸡娃儿点胭脂，也有点墨水的。点的位置就大不同了，有点鸡头的，有点鸡屁股的，还有点鸡胸、鸡翅膀的。点哪儿都行，小鸡娃儿长得差不多，就靠这个记号来认了。余老五不买，他说这是土鸡，不行，他的鸡娃儿是荷兰鸡，跟这个不一样。

鸡娃儿还小，差别还看不出来。人都觉得余老五的鸡没什么特别的，鸡嘛，还能变出什么花样来？余老五也不多说，就一句话，我这鸡是要长到十斤的。余老五一说，人都笑，说余老五疯了。在乡下活了一辈子，谁见过十斤的鸡，你是把鸡当成鹅了吧？余老五也不争辩，说，等着看嘛！过了几个月，人发现不同了，土鸡长了几个月，还是一小坨，都说斤鸡斗米，一年下来也长不了多少肉。乡下养鸡，也不是为了长肉，能下蛋就好。余老五的鸡一样是养几个月，却有半大鸡的架子了，走起路来，雄赳赳气昂昂，一身鸡毛油光水亮。再过几个月，余老五的鸡长得更大，不说十斤，七八斤问题不大。土鸡站在余老五的鸡边上，跟鸡娃儿似的。

余老五的鸡个儿大，跟人一样，个儿一大难免喜欢欺负人。特别是他养的公鸡，那么大一家伙，往草地里一站，挺吓人的。其他的公鸡见了余老五家的鸡扭头就跑，人家跑，它追，不是把人家鸡冠子啄出血，就是给啄掉一身毛。鸡大了，到了踩背的年纪，余老五家的公鸡，往别的母鸡身上一站，活生生把人家的鸡给踩趴下了。人看了就不乐意了，你欺负我们家公鸡也就算了，这么欺负我们家母鸡，那不行。人找到余老五说，老五，有个事情我要跟你说一下。余老五说，你说。人说，老五，你家公鸡把我家鸡冠子啄出血来了，我找过你没？余老五想了想说，没。人接着说，老五，你看着你们家鸡一点，要懂点规矩。你们家鸡那么大，压我们家鸡身上，看不得。余老五"嘿嘿"一笑，这不是鸡嘛，有什么看不得的。人有些恼了，说，老五，话不是这样说的，虽说是鸡，看着太欺负人了。余老五也不急，说，别的我管得了，鸡踩个背，那我是真管不了，我总不能天天跟在鸡屁股后面转吧？人真的恼火了，说，老五，你不管，我管，你莫说我欺负你们家鸡。余老五挥挥手说，你爱管你管，只要你不要我们家鸡的命，随你管。

话说出去了，余老五没事，鸡就惨了。再看到余老五家的鸡踩背，看到的拿着棍子，追着余老五家的鸡打。一边追一边骂，你个不要脸的货，你真下得了手，好像那鸡是个人，听得懂他的话似的。话说回来，那鸡也不是善茬。见到人打，要是小孩，鸡不躲不闪，孥起一身毛，"咯咯咯"地扑腾着去啄。小孩子哪见过这架势，扔下棍子就跑，鸡跟在后面追着啄，一啄一个血口子。这一来，人更不满意了。以前还只欺负一下鸡，现在连人都欺负上了，这还得了？都拥到余老五家里，拉起孩子的衣服说，余老五，你看，你们家鸡啄的，你怎么说？余老五说，我能怎么说？鸡踩个背你要管，这不是多事么？人不依，指着伤口说，说一千道一万，这是你们家鸡啄的，你要给个说法。余老五只好说，那你说怎么说？人说，你得把鸡给杀了！话一出口，自己也吓了一跳，像是有点过了，又连忙改口说，要不关起来也行。人说的次数多了，余老五也烦了。有天，余老五说，杀鸡，把公鸡全杀了！

杀鸡那天，人来帮忙。鸡关在鸡窝里，出来一个扑一个，母的放行，公的装网兜里。本来都顺利，余老五数了数关在网兜里的公鸡，还差一个个头顶大的。余老五说，怕是还在鸡窝里。顺手把网兜给了旁人，拿了根棍子往鸡窝里戳，棍子一伸进去，余老五碰到了个毛茸茸的东西，那鸡还在里面。余老五咧嘴一笑，这畜生，平日里出来得最早，今儿反倒舍不得出来了，怕是晓得要出事。余老五拿棍子往里面捅，想把鸡给赶出来。鸡在里面扑腾跳跃，"咯咯咯"叫唤，死活不肯出来。赶了一会儿，余老五直起身子，擦了把汗说，这畜生还赖在里面了。话还没说完，一阵风从他胸前掠过，再一看，鸡跑了！这鸡一跑，余老五急了。平日里，这只鸡算是鸡王，也是最凶的。这只跑了，另外几只就白杀了。见鸡跑了，旁人也急了说，老五，鸡跑了，跑了！余老五去邻家借了个网兜，走马镇水多，家家户户都有个网兜，捕鱼用的，用来抓鸡，倒也趁手。

父亲问我，你还记得余老五抓鸡不？我说，记得，满镇子跑，鸡飞狗跳的。父亲喝了口茶说，说起来像个笑话。鸡跑了，余老五提着网兜去抓鸡，一帮好事的跟在后头。开始用的是蛮力气，追着鸡跑。跑了一会儿，鸡没事，人累得不行了。人冲余老五喊，老五，这不是办法，你莫跟它硬拼。那场面滑稽，余老五在后面儿，一群人从各个方向围过来，想把鸡围在中间儿。他们没想到鸡会飞，正想扑过去，鸡扑腾腾地从他们头顶上飞了过去，一边飞，一边"咯咯咯"地叫，像是宣告胜利似的。鸡飞了，人气喘吁吁地对余老五说，老五，你家养的真是鸡么？我看像老鹰。余老五说，莫废话，帮着抓鸡。鸡一会儿飞到树上，一会儿满地乱窜，把他们折腾得够呛。还好人多，堵得急了，鸡飞到池塘里了。这算是自找了死路，到底给网住了。

把鸡抓回来，余老五恨恨地说，你不是能飞能跑么？第一个杀你。余老五别住鸡翅膀，提了刀要杀鸡。见了刀子，鸡挣扎得更厉害了。一双翅膀死命地扑扇起来，余老五本就瘦小，鸡一挣扎，他身子有点晃，提着刀的手有些犹豫。等定了神，余老五把鸡按在桌子上，往鸡脖子上抹了一刀，鸡剧烈地挣扎起来，血猛地射了出来。余老五一只手按住鸡，另一只手想把刀放下，按鸡的劲儿不自觉收了一些。没想到鸡"腾"的一声翻了个身，余老五一惊，手一松，鸡跳了起来，血甩了余老五一脸。又是一场闹剧，人跟着鸡跑，鸡血洒了一地。这次，没费什么劲儿，没追出多远，鸡往地上一倒，抽搐了几下，死了。余老五抱住鸡，说了两个字，刚勇！眼睛里竟有点红。

这事儿一过，不光走马镇，别的镇子也知道了，都说余老五养了一群荷兰鸡，个个凶猛无比。他杀鸡的事儿，一再渲染，等传回我们这儿，接近神话了。说是余老五杀鸡不成，把手给割了。那鸡身高半米，雄武有力，有二三十斤一只。余老五听了也不恼，他说，他还要养鸡，这次，不养荷兰鸡了，他要办养鸡场。那时候，农村有个体户了，正是"养猪大王""珍珠大王"泛滥成灾的日子。按我的观察，这些"大王"最终都很惨，没几个过上好日子的。

余老五办养鸡场的事儿，不值得细说，几句话能说清楚。养一窝，死一窝，没一窝能长成的。第一批得了鸡瘟，死得一只不剩。第二批、第三批、第四批，都这样，死光光。鸡死光了，余老五存下的几个钱也败光了，还欠了债。余老五从此死了心，不再养鸡。镇上人说，余老五是个神。什么神？鸡瘟神！要不是鸡瘟神，他怎么会养一窝，死一窝？人都看到，余老五养鸡比人家养儿女还用心，这么用心还养不大，那是命，命里注定他和鸡无缘。也有人说不对，余老五养的荷兰鸡你还记得不？长得多大，多好！又有人说，那是外国鸡，不一样，他是中国鸡的瘟神，管不了外国鸡。

不养鸡了，余老五继续画画。闲下来，余老五铺张纸，抹上几笔。以前，他画松竹梅兰，也画荷花。现在，他多画鸡，公鸡、母鸡，还有毛茸茸的小鸡娃儿。人都说，余老五这是贼心不死，还惦记着鸡呢。我跟余老五学画画那会儿，正是余老五画鸡的高峰期。每次去余老五家里，他都拿出几张画给我看，多是毛发金黄、精神抖擞的大公鸡。他喜欢大公鸡。有几次，他说，可惜我把那只荷兰鸡杀了，要是没杀，也有个伴儿。

余老五画鸡，在镇上的人看来，这太俗了。乡下别的缺，鸡到处都是，看得都烦。再说了，乡下人家，没什么见识，家里都不挂画儿，顶多挂个中堂，中堂不外乎福禄寿喜。余老五不画这个，他的松竹梅兰、荷花都没人要，鸡就更没人要了。没人要也好，他自己留着看。记得我家搬家之前，去了余老五那旦，余老五送了我一些画儿，说是让我做样子临摹。那些画儿，我带出来了。有段日子，家里给的零花钱用光了，没钱买纸，又不好问家旦要。想画画了，从余老五送我的画儿里挑几张留白多的，在空处胡乱涂上几笔。几笔下去，这画儿就废了。次数一多，剩下的画也不多了。还有到家里来玩的同学，看到余老五的画儿，有喜欢的，说一声就拿走了。这么糟蹋下来，没一两年，余老五送我的画儿，一张都没了。前段时间，我还电话给我同学，问他记得从我家里拿画儿的事不？答是记得。问画儿还在不？说是早丢了，哪还能找得着。看来和我一样，都是不晓得爱惜的主儿。

余老五死了，死了也好。我父亲说，他一个人活在世上也没什么意思。据说，余老五死之前，在床上躺了几天，眼看不行了，守在余老五身边的侄子说，叔，你想吃点啥喝点啥你跟我说，我去给你买。余老五看着侄子说，我想喝碗鸡汤。侄子把鸡汤弄好，端到余老五面前，喊了两声，叔，叔，鸡汤好了。余老五没动，侄子把手放到余老五鼻子底下，没气了。这碗鸡汤余老五到底还是没喝上。

说完余老五，得说说陆长庚。陆长庚命苦，孤儿，放了一辈子的鸭子。走马镇湖水浅，滩涂多，放鸭子好放。把鸭子往河滩上一赶，水里的螺蛳、小鱼小虾够鸭子吃的。我父亲说，陆长庚是吃百家饭长大的，他爹妈早死了，屋里只剩下他一个人。镇上虽穷，穷也不能饿死孤儿，说出去听不得。那时候，家族观念强，叔叔伯伯，左邻右里，到了吃饭的时间，见了陆长庚会问一句，长庚，吃了饭没？要是没吃，锅里还剩下什么，给陆长庚盛一碗。饭食好歹不说，命是活下来了。等陆长庚长大了，叔叔伯伯商量了一下，得给陆长庚找点活儿干，不能这么闲着，怕变懒，也怕闲出事来。于是，买了一群鸭子。他们把鸭子赶到陆长庚面前，对陆长庚说，长庚，你大了，不能吃人闲饭，你去放鸭子吧。那会儿，陆长庚十一二岁，严格来说，还是个孩子。陆长庚大概也没想到，他放鸭子，一放就是一辈子。

　　陆长庚不爱说话，见人低着头，像是怕人一样。在我的印象里，陆长庚长着一张干枯的脸，眼睛很大，嘴巴扁扁的。晴天的话，他戴个草帽。下雨戴的是斗笠，有时也穿个蓑衣。见到他，脚边上总有一群鸭子"嘎嘎"地叫着。小孩儿都怕他，一来他不爱说话，二来他手里有根竹篙。再说，见到陆长庚的机会也少，放鸭子早出晚归，有时候还不回来。见得少，了解得自然少。他的故事，我是听我父亲说的。陆长庚爱他那群鸭子。

　　这个陆长庚，怕是给鸭子精迷住了。说到陆长庚，父亲总是这样开头。放了几年鸭子，陆长庚大了，叔叔伯伯想着给陆长庚找个老婆。问陆长庚意见，陆长庚点头。见陆长庚同意了，叔叔伯伯凑了点钱，加上陆长庚那几年放鸭子卖的钱，把陆长庚的老房子修了一下，添了几样家具。过日子，总得有个过日子的样子。陆长庚条件不好，还是个孤儿，要找个老婆不容易。兜了一大圈，有人同意了。女的长得不难看，家里条件差，生了七个女儿，女儿一多，家里养不起，嫁一个算一个。再且，女方没儿子，陆长庚没爹妈，女方想着，这一来，陆长庚算是半个儿子，以后有个指望。叔叔伯伯问陆长庚的意见，长庚，你肯不肯？陆长庚点头。叔叔伯伯又说，长庚，你是娶老婆，不是做上门女婿，你晓得不？陆长庚又点了点头。

　　婚事就这么定了。找个媒人，选了吉日，人就接过来了。等人过来，陆长庚发现，女人眼里有个萝卜花儿，别的不碍事。陆长庚满足了。等人都走了。陆长庚对女人说，我穷。女人说，我屋里也穷，要不穷，也不得嫁你。陆长庚又说，要好好过日子。女人叹了口气说，人都过来了，不好好过日子，还能怎的？这次，陆长庚没说话。过了一会儿，陆长庚又说话了，鸭棚有声音。女人一愣说，什么声音？我没听到，早点睡吧。陆长庚睡不安稳，说，鸭棚有声音，我去看看。说完，披上衣服起身。女人也没强拉着。陆长庚去了鸭棚，鸭棚里乱成一团，等陆长庚过去了，鸭子安静了。陆长庚转身想走，鸭子又叫了起来。陆长庚在鸭棚里转了几圈，没发现异常，刚回到屋里，又听到鸭子叫，来来回回折腾了一晚上。

　　第二天，陆长庚出门放鸭，人见到陆长庚问，长庚，晚上睡得好吧？陆长庚摇头。人说，吃不住了？陆长庚说，没吃。人笑着说，长庚，女人好吧？陆长庚看着人，像是没明白意思，模糊说了句，好。人又问，搞了几回？这次，陆长庚明白了，摇了摇头说，鸭子叫了一夜，来回跑，没来得及。陆长庚说完，人"哈哈"笑起来，长庚，你这群鸭子舍不得你，和你女人抢男人呢。陆长庚的脸一下子红了。

　　到了晚上，回到家，吃完饭睡了。和女人躺在床上，陆长庚想做点什么，又听到鸭子叫了。陆长庚的手停了下来，女人说，长庚，你是不是嫌弃我？陆长庚说，我能讨到老婆千恩万谢，你不嫌弃我我就满足了，哪能嫌弃。女人说，那你为啥不碰我？陆长庚说，我听到鸭子叫。女人侧着耳朵听了听说，哪里听得到鸭子叫，我没听到。陆长庚说，你听不到，我听得到。女人生气了，转过身子说，那你跟鸭子睡去，莫到我床上来。女人这么一说，陆长庚不晓得怎么办了，去也不是，不去也不是。他还是放不下那群鸭子。匆匆和女人办完事，陆长庚躺在床上翻来覆去。女人问，长庚，你想什么呢？陆长庚说，鸭子在叫呢。女人生气了，掀开被子说，陆长庚，你滚，你去跟鸭子睡，莫睡到我边上。

故事传出来，有人问起，长庚，你真听到鸭子叫了？陆长庚点头。人不信，说，你屋里隔鸭棚那么远，你能听得到鸭子叫？陆长庚屋里离鸭棚有几十米，还隔着一片竹林，按说是听不到的，除非炸棚了。陆长庚说，真听到了，要不是听到有声音，我半夜爬起来打鬼？人说，陆长庚，我怕你是放不下吧？你讨老婆了，和以前不同了，老婆和鸭子，哪头轻，哪头重？以前你睡鸭棚，没得人管你。讨老婆了，要睡到屋里。陆长庚听完，赶着鸭子走了。

等陆长庚儿子出生，陆长庚的鸭子变成了集体的。人来跟陆长庚说，长庚，要搞农业合作社，你这鸭子要归集体。陆长庚不肯，他说，鸭子是我养大的，凭什么要归集体？人说，长庚，你这么想就不对了，一切生产资料归集体，以后，大家同吃同住同劳动共同建设共产主义。陆长庚说，我不管，我的鸭子是我的，哪个都不能动。人见说不动陆长庚，丢下一句话说，陆长庚，你莫不懂事，到时候吃亏的是你自己。走了一个，又来了一个。陆长庚发了狠话，哪个想赶走我的鸭子，先把我杀了。狠话是发了，陆长庚到底还是斗不过集体。他那群鸭子还是被集体赶走了。鸭子赶走的那天晚上，陆长庚把自己挂在了树上，幸好发现得及时，给人救下来时，还有一口气。人把陆长庚抬回他屋里，老婆一见就哭了，一边哭一边骂，长庚，你怎么这么狠心呢？鸭子比命还贵么？你不把你的命当命，我们娘儿两个你也不想想么？陆长庚的眼泪一颗一颗地滴下来，又大又圆。

过了几天，陆长庚找到村里，对人说，鸭子可以归集体，我有个条件，还是我放鸭子。见陆长庚松了口，人连忙说，长庚，这个你放心，鸭子还是你放，整个镇上有哪个比你懂鸭子？还是陆长庚放鸭，鸭子虽说归了集体，陆长庚觉得那还是他的鸭子。每天晚上，他还要到鸭棚看看，不看看他睡不着。老婆对陆长庚说，长庚，你莫傻了，鸭子不是你的，你费那个心干吗。陆长庚说，它们离不开我，我也离不开它们。

那些年，陆长庚把鸭子养得膘肥体壮。村里要卖就卖，陆长庚不反对，也反对不了，他只管放他的鸭子。陆长庚更不爱说话了。父亲说，陆长庚是一根筋到底。不过，看他放鸭子，真是享受。他走到哪儿，鸭子跟到哪儿，一副欢腾的样子。陆长庚还和鸭子说话，说的什么，听不明白。只知道陆长庚看着鸭子的神情，比看到儿子还亲切。路过的人看了，问陆长庚，长庚，你跟鸭子说话，鸭子听得懂么？陆长庚扬一下竹篙，鸭子呼啦啦地扑到水里。等鸭子走远了，陆长庚说，听得懂，哪个说听不懂，鸭子通人性。人笑着说，只听说猫狗通人性的，没听说鸭子也通人性。那你说，鸭子跟你说什么了？陆长庚说，鸭子跟我说啊，这人啦，连鸭子都不如，鸭子还晓得哪个对它好，人不晓得。人笑起来说，长庚，你莫鬼扯！

陆长庚给集体放了好些年的鸭子。有一天，忽然又说，要分田到户了，各家过各家的日子。听到这消息，陆长庚对老婆说，我要养一群鸭子，一大群鸭子。老婆没好气地说，你爱养你养，哪个不晓得，你就是个放鸭子的命。陆长庚真的养了一大群鸭子。日子慢慢好起来了，陆长庚的鸭子长得好，拿到市场上，抢手，他还卖鸭蛋。

好日子过了些年，陆长庚发现不对了。鸭子不好养了，容易死。水里的螺蛳，小鱼小虾少了，水变黑了，倒是水葫芦一片一片地疯长起来。老婆对陆长庚说，长庚，你年纪大了，屋里也不是过不得，辛苦了一辈子，别放鸭了，风里来雨里去的，我不放心。陆长庚不听，他说，我不放鸭我干吗？老婆说，你和别个一样，打打麻将，又不是打不起。陆长庚屋里盖起了楼房，儿子争气，在市里做工程，他富起来了。陆长庚还是不肯，他说，我放了一辈子鸭子，不和鸭子待在一块儿，我心慌。老婆听他这么一说，也不勉强，说，你爱放就放吧，莫辛苦自己。陆长庚的鸭群越来越小了。不是他不想多养点儿，养不大，买一群小鸭子回来，长大的没几个。把鸭子围起来养，陆长庚不乐意，他说，那还叫养鸭子么？鸭子天生就是湖里的、滩里的，哪有天天围家里喂饲料的？

有一天，陆长庚从湖里回来，手里拿着一根竹篙。老婆见陆长庚回来，问，鸭子呢？陆长庚说，死了。他最后一群鸭子，其实算不上一群，五六只。都死了？老婆问。陆长庚把竹篙往地上一扔说，都死了，也好，落个清净。回到家，陆长庚几天没出门。等他出门，他换了身衣服，第一件事是把鸭棚拆了。从此，陆长庚再不提鸭子的事。

父亲说起陆长庚总是很感慨，他说，陆长庚是个放鸭子的，他放了一辈子鸭子，最终拿回来一根空竹篙。父亲那一辈的人，陆陆续续都死了。父亲说，有一天，他也会死，他不怕。他对我说，他死了，哪怕是烧成了骨灰，也要把他的骨灰埋到走马镇。他说，他是喝那里的水长大的，我们的祖人都埋在那儿，只有把他埋在那里，他才不会觉得孤单。这些话，听起来有些伤感。我知道那是他真实的想法。

在外这么多年，故乡的人和事离我越来越远，这些平凡人的故事必然慢慢被人遗忘，我并不觉得悲伤。我知道有一天，我会忘记余老五或者陆长庚，就像把日历轻轻撕下一页，意味着这一天已经离去，并且永不再来。人世间的事情，多是如此。我的父亲，还活在我身边，他偶尔喝点酒，我能做的是尽量多陪陪他。他所经历的事情，不是我能懂得的，而我的生活，对他来说也是另外一个世界。即使是我的父亲，我也从未真正理解过他，一个人的世界到底有多么巨大，以致彼此如此陌生。

十月：阳台上的男孩

　　刚搬进小区时，周良显得有些孤独突兀。这是自然的。小区很大，算是高档，有游泳池和高大的树木，四季都是绿的。小区会所里有健身房，跑步机、震荡仪、拉力器等等，都有，很齐全，但周良用不上了，他老了，没有力气，适合他的运动是散步。健身房隔壁有间房子，上面写着"阅览室"三个字，周良问过会所里的服务员，阅览室什么时候会开。服务员笑笑着说，大概快了，我们现在也不知道。周良问过几次之后，就不再问了，他知道阅览室也许永远不会开的。

　　住在这里的，不能说全是有钱人，但至少经济都还是可以的。业主多半是中年的男女，带着上小学的孩子，看起来有知识、有文化，一副得志的样子。和所有的地方一样，小区也是有阶级性的，你不能想象一个下岗工人生活在这个小区里，周围的人觉得不合适，他自己也会觉得不合适。周良算是有钱人，他住在这里是合适的。实际上，简直太合适了。他头发花白，戴着眼镜，走路缓慢、平实，像一个退休的老干部。周良的生活简单，有规则。早上起床，他会打开电视，听新闻，只是听，趁着那当儿，热一杯牛奶，把面包丢进微波炉。做完这一套动作后，他开始刷牙洗脸，一切显得有条不紊。洗完脸出来，慢慢地把面包从微波炉里拿出来，牛奶的温度凉到刚刚好。一切就绪，周良一个人坐在餐桌前，表情平静地进餐。电视里说了些什么，他听得不太清楚，也并不关心，作为一个老人，他已经丧失了对世界的好奇心，再说，这个世界也没有什么值得一个老人关心的。他关心的只是他的身体、天气，这些才是最重要的。他一个人生活，身体至关重要，而天气和身体密切相连。如果要下雨，他的骨头会提醒他，酸疼，无力，他不喜欢。他当然知道，不可能每天都是晴天。如果每天是晴天，他也无法接受，凝固的空气会让他的肺难以呼吸。对一个老人来说，生活变得简单，身体却变得挑剔，这是矛盾的，却无法缓解，谁都不可能缓解，包括上帝。生活变得缓慢，他有大把的时间，中年的匆忙和劳碌已经远去，时间不仅够用，简直就是多余。其实他可以花一个小时，甚至两个小时给自己做早餐，用不着综合利用时间，但他习惯了。人要改变习惯是难的，他不会强迫自己，他得想办法打发多余的时间。

小区的阅览室没开，他也不可能天天去图书馆，像个学者那样。吃完早餐，他下楼拿报纸，厚厚的两沓，广告多得让人难以置信。和别人不一样，周良先看广告，迅速地计算两份报纸各自的广告收入。这两家报纸在当地卖得相当好，员工收入也不错，发行量虽然是个秘密，但周良是知道的。一份报纸，在任何一个地方，发行量都不可能无限上涨，即使有空间，它也不会无限上涨，原因很简单。当一份报纸的发行量达到一定数目时，它的广告费就没有上升空间了，这时，再多印报纸，完全是浪费，发行基本是赔本的买卖。周良会根据两份报纸的广告额和经营状态来预测两份报纸的效益，具体结果如何，他不知道，但应该八九不离十。更有趣的是，他能从广告中，看出两份报纸潜在的竞争。至于新闻的竞争，那是很表面化，傻瓜都能看出来的了。周良在计算中享受到很多乐趣。一个上午的时光，往往就这么打发了。下午，吃午饭，午睡。睡觉起来，他会看看书，或者看看电视，到了五点左右，去楼下散步。然后，做晚餐。看电视，睡觉。

你也许看出来了，周良没有家人，不但没有家人，他连保姆都没有请，他的突兀就在这里。一个人过日子，日子愈发冷清。他当然是有朋友的，朋友都有家人，再说，年纪大了，出门也不方便。他一个月有两个或三个周末，和不同的老朋友一起去喝早茶。多半是他买单，他有钱，而且没儿女，需要操心的少。回到家，周良很快回到原来的状态当中，他甚至很快就忘记了一个小时之前，他还和朋友们在一起。

隔壁的房子开始一直空着，像是没人买。大约半年前，开始装修，吵得周良无法安静下来，他本来想找隔壁的谈谈。想了想，算了，没理由的。你总不能让人家不装修吧？装修怎么可能一点声音都没有呢？他是个老人家，要讲道理。再说了，人家装修很遵守规矩，早上八点半进场，十二点停工，下午两点半开工，五点半离场。碰到周末，上午推迟到九点开工。完全考虑了周围生活的需要，不能怪人家，要怪只能怪自己整天闷在家里。然后，陆续看到往里面搬家具。周良在电梯口碰到过他的邻居，两个很漂亮的青年，他们看上去大概不到三十岁。男的高大，留着精神的短发，女的瘦瘦的，脸很白，扎着辫子，有些文弱的样子。周良一眼就喜欢上了这对青年，他想，他们应该是好邻居。第二次碰到他们时，周良主动给他们问好，你们住在803？我是你隔壁的，805。男的笑了笑，露出洁白的牙齿说，是的，以后就是邻居了。前段时间装修，怕是吵到你了吧？周良摆了摆手说，没关系，装修嘛！

又过了三个月，周良发现邻居已经搬进来了。他们很安静，连周良这种天天在家的人，也是在发现他们门口的地毯后，才知道他们已经搬进来了的。周良没有刻意地去敲门，这不合适。周良记得在小区里碰到保安时，保安认真地告诉他，不要让邻居看清你的样子，也不要让他们知道你的活动规律。人心隔肚皮，谁知道隔壁住的什么人呢？

不可否认，他说得有道理。何况像他这样的老人，更是强盗喜欢下手的目标。他在报纸上多次看到强盗入室抢劫老人，老人自卫能力差，大概是一个原因。他想，隔壁那对夫妻应该是好人的，他相信他的直觉，他们看上去就像好人。

让周良意外的是，他们还有一个四岁或者五岁的孩子，肯定不够六岁，他还没有上小学。周良第一次看到孩子是在阳台上，那是下午，他搬了张凳子在阳台上看风景。远方山脉黯淡，青灰色的山脊像一条游动的蛇，太阳渐渐落了下去。然后，他感觉到有一双眼睛在好奇地望着他。他扭过头，邻居家的阳台上，趴着一个小男孩，胖胖的，手抓着栏杆，他还很矮，个头没栏杆那么高。他两只黑黑的眼睛，在两根栏杆中间好奇地望着他。周良朝他笑了笑。男孩跑进屋里，接着，周良听见隔壁小板凳划过地面的声音。然后，小男孩重新出现在阳台上，他紧紧地握着女人的手，两只好奇的眼睛从栏杆中间盯着周良。女人不好意思地朝周良笑了笑，摸了摸小男孩的脑袋说，叫爷爷！小男孩抿着嘴，不吭声。周良站起来，面对着女人说，他挺害羞的，叫什么名字？灵灵。哪个 líng？灵活的灵。周良说，这名字挺好听的。说完，弯下腰，叫了声"灵灵"。灵灵没答应他，女人说，这孩子，老不爱叫人。周良站起来说，我小时候也这样，天王老子都不肯叫。女人笑了笑，脸上略微带着些血色，愉快的。

晚上睡觉，周良老想起灵灵那张圆圆的脸，还有抿着的嘴唇。他想，如果他也生孩子的话，就算生得晚，孙子也应该有这么大了吧。同时让他想起的，还有女人那张苍白的脸，他想这种白，是不健康的。健康的颜色，应该像隔壁的男人那样，略微带着点小麦色，透着红润的那种。

天亮后，周良像往常一样做早餐。吃完早餐，他没急着下楼拿报纸，反而拿了张摇椅，坐在阳台上。还很早，太阳出来了一点点，像一个被咬了一口的蛋黄。空气清新，小区的不远处有连绵的山脉，树木密布。周良当初决定买下这套房子，和这个有关系。邻居家还没有动静，大概还没有起床。周良坐在阳台上，眯着眼睛，看隔壁的阳台。阳台后面是玻璃推拉门，擦得很干净，跟没有一样。玻璃门后面是淡紫色的窗帘，温暖的、安静的那种。窗帘低垂着，打着波浪般的卷儿。周良能够想象到里面的样子，家具会是白橡木的。邻居的男人和女人看起来都很文静，有修养，应该和家具协调。他们大概还在睡觉，或者赖着不肯起床。周良年轻的时候也是这样，不到最后一刻是舍不得起床的。大概过了半个小时，阳台上的门拉开了，女人从里面走了出来，穿着缀满碎花的睡衣，穿着拖鞋，头发有点乱，没有梳洗的那种乱。女人见到周良，礼貌地说了声，早！周良愉快地说，早，该上班了吧。女人不好意思地笑了笑说，都有点晚了。说完，摇下晾衣架，取了一条蕾丝花边的底裤。周良的眼睛烧了一下，迅速地转过去。

从楼上下来，周良有些不知所措，似乎有什么东西把他的心撞了一下，老是稳不下来。拿了报纸，周良没上楼，他找了一个椅子坐了下来，翻了翻报纸，计算了一下两报今天大概的广告额，形势似乎不太好，楼盘和汽车的广告这一个多月来都有些缩水。接着看新闻，没什么好看的，除开杀人、放火，就是一些鸡零狗碎的奇闻逸事，或者家长里短的消息。他看不下去。放下报纸，他想，还是出去转转吧。

回到家里，周良手里多了两台玩具汽车，还有一只蓝色的小皮球。上楼的时候，周良的动作显得有些鬼鬼祟祟，坐电梯时，他生怕电梯突然停下来，有人进来，特别是邻居的男人和女人。还好，电梯一直都是空的。走到门口，他迅速地打开门，影子一样闪进屋里。把车放在桌子上，皮球扔在地上，把自己扔到沙发里，等心情稍稍平静下来，才想起来有些口渴了，喝了口水。吃过午饭，他玩了一会小汽车，这些玩具对他来说，实在太简单了。皮球在地上滚来滚去，跟在周良的脚后面，像一只小猫。这个屋子，除开周良，没有活物，如果不算周良偶尔从菜市场买回来的鱼虾蟹。就是吃鸡，周良也是在菜市场杀好的，他讨厌杀鸡的血腥味。由于几乎天天做卫生，周良家里连蟑螂都没有。奇怪的是，晚上睡觉时，周良总可以听到隐约的虫子的叫声，找是找不到的。而且只有夏天如此，他想那一定是一种小小的昆虫，藏在人们不知道的地方。这些玩具，让周良家里多了一些活气。

周良现在很喜欢去阳台。邻居的男人和女人经常在阳台出现，特别是灵灵，他们的活动很有规律。晚饭后，第一个到阳台的，肯定是男人，他站在阳台上抽烟，一般抽一根。如果看到周良，他会礼貌地打个招呼，多的话就没有了，这符合现代人的原则。接着，女人会拎着洗过的衣服来晾。她慢慢地把衣架摇下来，仔细地把衣服挂好，把那些洗衣机揉出来的褶皱耐心地拉平，女人苍白的脸上带着一些血色。如果不出意料，就在女人晾衣服的时候，灵灵会跑出来，趴在栏杆上，好奇地望着周良。等女人晾完衣服，会拍拍灵灵的脑袋说，这孩子，一点礼貌都没有，傻愣愣的。然后，不好意思地看看周良，像是做了什么错事一样。灵灵这时候会跑开一会，过不了一会，他又趴到栏杆上，盯着周良，好像周良是动画片里的外星人。"那双眼睛真黑，像两颗熟透的葡萄。"周良心里想。偶尔，他会试图逗逗灵灵，灵灵却很少回应，像一只害羞的小狗。

邻居的阳台上养了一些植物，青青的，充满活力的样子。周良原本也是种过几种的，名字叫不上来，只记得叶片肥厚。买的时候，老板说，这个好养，你买回去，丢在那儿就行了。他就信了。结果，过了没两个月，死了。他把那肥厚的植物挖了出来，根都烂了。花盆后来一直空着。

几乎成了习惯，周良晚饭后会在阳台上坐一会，等着邻居一家出现。那样子，让他觉得舒服，容易回想起年轻时候的事情。像邻居那么大的时候，周良是下乡知青。生活艰苦，现在想起来，那艰苦已经非常遥远了。他当然也是有爱人的，那时候叫对象。对象是一个觉悟先进的女青年，说要扎根农村。周良信了，他总是轻信别人。轻信的结果是，他成了第一批工农兵大学生，通知发到他手上时，他都没弄明白是怎么回事。大约十年后，他听到消息，对象离婚了，带着一个女儿回了城，没工作。那会，他结婚了，没生孩子。他和对象不知道怎么又好上了，老婆当然不乐意，他就离婚了。离婚后，他也没和对象结婚。再过两年，他从工厂出来，做起了小生意。过往旧事，如同尘埃慢慢散了。到了这个年龄，回想起旧事，就像翻开一本陈年烂账，怎么算都算不清的了。他只记得对象也是瘦瘦的，和邻居女人一样，扎着辫子。人老了，有了大把的时间，可以用来回忆旧事，值得回忆的事情却难得找了。越来越老，周良脑子里的问号也越来越多，他很少去想如何解决，就把那些问号放在那里，发霉，生锈。然而有些东西，他是能感觉到的，比如灵灵那双黑色的大眼睛，像看透了他所有的虚弱一样。

家里的玩具越来越多，都是小男孩的玩具。每隔几天，周良就会出去一趟，看有什么最新的玩具可买。有一次，为了得到一只小小的SNOOPY，他甚至买了他最讨厌的外带全家桶。家里每个角落都堆着玩具，最多的是车子。救护车、卡车、公共汽车、铲土机、起重机、火车、各种类型的小汽车。还有各种玩具枪、皮球。他家里看起来像一个玩具店，而不是一个单身老人的住所。奇怪的是，有了这些玩具后，周良的孤独感大大减少，他经常对着这些玩具微笑。有两次在梦中，他梦到一只柔软的小手拉他的耳朵，叫他爷爷。那是一个胖胖的小男孩，和灵灵长得一点也不像。醒来后，他想，如果他有一个孙子，应该就是这个样子。他是被这一屋子的玩具召唤来的。

那天应该是周末，邻居整天都在家。周良去阳台的时间反而比平时少了，他不想让人觉得他在盯着他们。没有人会喜欢被人盯着的生活。一整天，周良在房子里转来转去，他无事可做。睡觉是睡不着的，到了他这个年纪，需要的睡眠已经很少。一直到傍晚，吃过晚饭，周良才泡了杯茶，搬了摇椅，坐在阳台上喝茶。邻居也在阳台上摆了一张小小的茶几，茶几上放着一碟水果。周良看不太清楚，也不好刻意去看。从他家的阳台到邻居家的阳台，大约六米，中间空着，保持着恰当的距离。他装作在看报纸，其实他整个的心思都在邻居的阳台上。终于，他放下报纸，理直气壮地朝邻居家的阳台看过去。灵灵手里拿的是一只小番茄，樱桃小番茄。周良也喜欢的。他笑了起来。邻居一家三口，看起来非常协调，和一幅画一样，有明亮而柔和的调子。隐约地，他听到灵灵问女人，妈妈，番茄是长在树上的吗？女人摇头说，不是，这种番茄是人工培养的，像藤蔓植物一样，会结很多的。女人的回答显然不能让灵灵满意，灵灵知道什么是藤蔓植物吗？可她能怎么描述呢？或许她自己也没有真正见过的。灵灵一边吃番茄，一边说，我真想看到它长在树上。

　　接下来几天，周良很忙，非常地忙，他到处找番茄种子，而且一定要小小的樱桃小番茄。他去了农科所，参观了农科所所有的景点。毫无意外地，他看到了樱桃小番茄。和女人描述的一样，它长在藤蔓上，那些藤蔓像人体的神经一样爬满了一个顶棚，覆盖面积不少于十个平方米，扭曲的枝条上挂满了樱桃小番茄。这番茄，让周良完全失去了感觉，他印象中的番茄不是这样的。他记得的番茄是低矮的，最高能长到大人大腿的位置，叶片是粗糙的，长着白乎乎的绒毛，青绿的茎上散发出浓郁的柚子般的味道。他要的不是这样的，不是高科技的。后来，他去了三家农场，农场的樱桃小番茄和他在农科所看到的差不多，或许是一个品种的。农场工人热情地向他介绍道，这是最先进的品种，产量特别高，一棵能结几十斤，而且绝对是绿色食品。周良摇了摇头说，我不要这样的，我要那种能种在花盆里的。工人说，观赏型的？周良说，算是吧，能吃最好了。工人有些失望地说，那恐怕有些难找了。周良说，可能吧，但我一定要找到它。

周良最终还是找到了，在花草市场，有已经结满了果的，周良没要，他说想要自己慢慢种出来，他只需要一点种子。周良花了两块钱。为了这两块钱，他已经花了几百块钱了。回到家，周良有些兴奋，像藏着一个巨大的秘密。他买了三个大花盆，特地去郊外拖回来两袋肥腻的黑土。播种的时候，周良捧着番茄种子，像是捧着一粒粒的金子。播种、浇水。周良充满愉悦地坐在阳台上，笑眯眯的，好像他的幸福即将破土而出。邻居的女人有些好奇地朝这边看了看，问道，您种花呀？周良说，是啊，过些日子就能看到芽了。女人说，那可真好，我也喜欢种花，可总种不好。周良挠了挠痒说，也不图种好，好玩。周良看到灵灵趴在栏杆上，两只眼睛透过栏杆望着他。周良心里得意地对自己说，过些日子，就有你好看的了。

先是一根，然后是两根，三根，嫩绿色的芽从土里冒了出来，瘦瘦的。周良现在多了一项娱乐，每天早晨，他会来数数是不是又多发了一颗芽。他拿着喷壶，仔细地浇水，轻手轻脚，他这一辈子都没这么细心过。阳台上连续摆着的五个花盆里面都长出芽来了，周良简直心花怒放。在阳台上浇水时，他能感觉到灵灵趴在栏杆上，看着他，那眼神是好奇的，但他什么都没有说，甚至问都没有问邻居的女人。周良回到屋里，觉得灵灵的心智远远超过他看起来小小的外表。他似乎缺少好奇心，而一个缺少好奇心的人，是很难勾引的。灵灵在阳台上走动，玩水枪，女人笑眯眯地望着他，像看着一块稀世珍宝。男人大概在屋里看新闻，或者警匪片，隐隐传来枪声。这是个安静的家庭，安静得有点不像一对年轻的夫妇。自从邻居住进来，他从来没有听到邻居吵架，一次都没有。邻居的女人说话总是轻轻的，不好意思的样子。男人则显得稳重、成熟，不多言语。一般来说，年轻的夫妻是喜欢吵架的，他们总是为了一些鸡毛蒜皮的事情，吵得天翻地覆。吵完之后，又亲亲热热地搂着坐在沙发上看电视，嗑瓜子，仿佛什么事情也没有发生过。对邻居的安静，周良一开始感觉有些不习惯，慢慢地，也就习惯了。他想，安静的河流下，总是暗流汹涌，他们的幸福也许藏着点什么，谁知道呢。

　　西红柿长到大约一尺高的一天，周良听到门铃响了，早上九点的样子。他正在玩一辆玩具火车，跑道是环行的，火车永远也跑不到尽头。周良的门铃是很少响的，所以，听到第一声时，他根本就没有准备起身的意思，继续玩火车。大约过了十秒钟，门铃又响了。这次，周良确信不是按错了门铃。他想，大概是抄煤气或者抄水表的吧，这次他们来得太早了。走到门边，周良朝外望了望，让他意外的是门口站着的是邻居的夫妇，他们牵着灵灵。周良的心有些慌，他犹豫着是不是要开门，或者说要不要把家里收拾一下，那一地的玩具这一瞬间看起来特别滑稽。但他已经没有时间考虑那么多了，他必须马上做出决策，装作不在，或者把门打开。短暂的斗争之后，周良决定把门打开，他想，有什么大不了的呢？

　　是男人先说话的，他对周良说，对不起，我是隔壁的，有点事想麻烦你一下。周良笑起来，侧过身，把门打开说，别在门外站着，进来坐吧！男人说，不了，是这样，我们今天有点事要出去一下，幼儿园放假了，一时也找不到人带，把灵灵一个人丢在家里，我们又不放心，你看能不能帮忙带一天？周良看了灵灵一眼，他手里拿着一只雪糕，融化的牛奶从他的下巴上流下来。周良伸手摸了摸灵灵的脑袋说，我还以为有什么大事呢，这点小事没关系的，反正我一个人在家，也孤单得很。男人感激地说，那太麻烦你了。周良说，没关系，你们先忙吧，都是邻居，说这个就见外了。女人蹲下身，给灵灵擦了一下嘴说，灵灵，要听爷爷的话，知道吗？灵灵点了点头。女人捏了一下灵灵的脸说，叫爷爷！灵灵望了周良一眼，继续舔着快融化的雪糕。周良说，算了，小孩子嘛！女人站起来说，这个小家伙，老是这样。然后，感激地对周良说，实在太麻烦你了。周良说，没事的。

等周良确信邻居夫妇离开后，他吁了一口长气。灵灵显然很好奇，他大概没想到周良家里有这么多玩具。一开始，他还表现得很含蓄，安静地吃雪糕。吃完雪糕后，他坐在沙发上，盘着腿，望着周良，就像在阳台上一样。周良拿起一辆救护车问道，灵灵，你知道这是什么车吗？灵灵没吭声。周良又拿出一套变形金刚。这次，灵灵的眼神有些松动，望了一会，像是下了很大决心一样对周良说，你这些玩具，我都可以玩吗？周良愣了一下说，能，当然能，你喜欢玩什么就玩什么。灵灵从沙发上站起来，走向一堆车子，先是有些犹豫的，他拿起一辆卡车，望着周良，周良用鼓励的眼神看着他，接着他又抓起两辆小汽车，又扔下去，拿起电动车的遥控器，等他确信这些玩具他可以随意玩时，他终于笑了起来。

几乎是一整天，灵灵都在周良的家里，从一个房间蹿到另一个房间。周良发现，灵灵其实是一个很活泼的孩子。他想起灵灵在阳台上的眼神，他想，灵灵大概也是孤独的。除开孤独，他可能还有一些压抑，只是无法用语言表达出来罢了。中午，他们吃了一顿丰盛的午餐，由于没有出门买菜，周良仔细地清理了他的冰箱。桌子上摆了四个菜，煎带鱼、炒荷包蛋、西芹百合，还有一盅花旗参炖鹌鹑。菜不能算好，对两个人来说，却是足够丰盛的了。灵灵吃了四块带鱼，大约两只炒荷包蛋，还喝了一小碗汤。周良自己吃得不多，他看着灵灵吃东西，充满慈爱的，温暖的。他是多么喜欢这个孩子啊，这个和他一样倔强，不肯叫人的孩子。那一刻，周良突然明白，他买这么多的玩具，种樱桃小番茄，其实都是为了这一天，为了把灵灵吸引到家里来。现在，他来了。吃完饭，周良让灵灵睡一会，他不肯，说要看电视。周良说，那好吧，你看电视，我睡一会。躺在床上，周良根本无法入睡，他的耳朵像豹子一样灵敏，关注着灵灵的一举一动。他感觉到灵灵先是看了一会电视，然后踢了几脚皮球。接下来，他似乎还喝了点水。然后，大概是坐在沙发上，有些无聊的样子。周良本没打算起床，但客厅没有动静，他想灵灵大概是无聊的。一这么想，他就起来了。

灵灵不在客厅，周良一眼看到他蹲在阳台上。周良走过去，摸了摸灵灵的脑袋问，灵灵看什么呢？灵灵说，这里有些奇怪的草。周良笑了起来说，它们不是草，是樱桃小番茄。灵灵有些惊讶地望着周良。周良说，等它们再长高一点，就会开花，然后结出很多的樱桃小番茄来。灵灵有些茫然地看着周良。周良想了想说，你还记得你以前吃过的，那种小小的番茄吧？为了让灵灵想起来，周良还比了一下樱桃小番茄的大小。灵灵还是没有反应。周良补充道，你以前说过，你想看到它们长在树上的。说完，周良指了指邻居的阳台说，那次，你和爸爸妈妈一起在阳台吃樱桃小番茄，你自己说的。灵灵有些失望地望了望对面的阳台说，我不记得了。周良的心被灵灵砸了一个洞。灵灵摸了摸番茄叶子说，它们有毛。说完，咧嘴笑了起来说，我喜欢它们。要是我也有一棵就好了。周良说，爷爷可以送你一盆的。灵灵摇了摇头说，妈妈不让的。想了想，周良说，如果你给这些番茄取一个名字，它们就是你的了，爷爷在这里帮你种着。周良的提议显然让灵灵非常满意，他指着一棵番茄说，它叫"一一"，然后指着另一棵说，它叫"二二"，灵灵指着第九棵番茄说，它就叫"九九"吧。周良说，好。番茄还剩下三棵。灵灵又想了想说，这棵叫"一棵"，这棵叫"另一棵"。只剩下最后一棵，灵灵看了看周良说，最后一棵留给你。周良笑了起来说，好。灵灵说，你也要给它起一个名字。周良说，就叫"灵灵"吧！灵灵笑了起来说，好。他的样子看起来像一个天使，最干净的天使。

下午五点多，邻居的夫妇回来了。他们按门铃时，周良正在和灵灵玩纸牌。听到门铃声，周良走过去，通过猫眼朝外看了看，毫无意外的，是邻居的夫妇。周良打开门说，进来坐坐吧。周良注意到他们手里拎着两个袋子。在沙发上坐下，男人说，实在太谢谢你了，这么麻烦你。周良说，没关系的。男人把袋子拎到茶几上说，也不知道您老喜欢什么，就给你买了点水果。周良推辞说，你们这是干吗？我在家里反正没什么事，有灵灵陪着，我不知道多开心。他说的是心里话。女人踢了踢滚到她脚边的皮球说，你这里玩具可真多，灵灵肯定开心死了。这下轮到周良不好意思了。男人拿出包烟，递给周良一支，周良愣了愣，接了过来，他有两年没抽烟了，医生说他支气管有问题，再抽下去，不好。点上烟，男人朝房子四周看了看说，这里就你一个人住？周良说，是啊，人老了，没人要了。周良说这些话时有些心虚，他说得模棱两可，似乎在说他有孩子，只是孩子不愿意跟他在一起，所以就一个人过。当然也可以理解成，我一个孤老，现在没人要了。男人没再追问下去，只是说，你这里这么多玩具，一看就知道你是一个很有爱心的人。听了这话，周良笑了起来，他心里问了一下自己，你算一个有爱心的人吗？你是一个懂得爱的人吗？如果是的，你怎么会一个人呢？他的这些问号，没有人回答，也没人回答得了。

　　三人围着茶几聊了一会天，周良看着女人试探着说，你太白了，是不是气血不旺？像你这么瘦，要多吃点东西才行，女人胖一点好。女人笑了笑说，别人都这么说。说完，看着在阳台上玩耍的灵灵，满是爱惜的。男人看了女人一眼说，她有心脏病。又指了指灵灵说，本来，医生说她不能怀孕的，危险。可她坚决要生，要不然就没有灵灵了。这孩子被她宠坏了。男人说的时候，女人的脸微微红了一下。周良说，哦，这样的，那要多注意身体。聊了一会，男人和女人起身告辞，一再地向周良表示感谢。灵灵走后，周良觉得屋子一下空了。晚饭的心情也很不好，他把剩菜胡乱热了一下。吃过饭，搬了躺椅坐在阳台上吹风。他想，灵灵肯定会出来的。他一直等到九点，灵灵都没有出现在阳台上。

一连几天，周良都没有见到灵灵。晚饭后，连阳台上也见不到灵灵了。周良有些着急，他不知道这是怎么了，或者是哪里出了问题。本来，他想到邻居家看看。最终，他放弃了这个想法。他这是干什么呢？无缘无故的。他一个人在房子里转来转去，像一头焦躁的野兽。这种情绪，折磨着他。他一次次地给番茄浇水，番茄架子越长越大，却不见开花。"灵灵"是长得最好的，周良经常对着"灵灵"发呆。

再见到灵灵是在一个礼拜后。周良坐在阳台上发呆，他听到一声小小的"爷爷"。周良顺着声音望了过去，让他惊喜的，灵灵出现在了阳台上。周良的眼睛一下子热了，他叫了声"灵灵"，他的声音有些呜咽，像一个受了委屈的老孩子。他想灵灵，真的想，割肉似的。这想来得突然，不讲道理，洪水一般把他整个的淹没了。灵灵趴在栏杆上，小脑袋顶着栏杆，两只黑色的大眼睛忽闪忽闪的。周良本来想问，灵灵，你怎么不过来玩了？他还没来得及问，一个陌生的女人走到阳台上，把灵灵拉进了屋子。一看女人的打扮，周良马上知道，那是保姆，是邻居家请的保姆。他一下子失望了，灵灵可能再也不会过来了。失望，是啊，失望，但他能理解。他本来以为，那一整天，他把灵灵照顾得很好，所以，以后灵灵就经常可以过来玩了，然而事实并不像他想的那样。一直到灵灵进了屋子，周良还愣在阳台上，他想，这是怎么了？

想了很久，他决定还是过去看看，不然，他不甘心的。按了半天门铃，门终于开了一条小缝，一双警惕的眼睛望着他。周良连忙说，我是住在隔壁的，想过来看看灵灵。保姆的声音冰冷不带感情地说，主人不在家，不方便。说完，就把门关上了。周良只得回到家里，他望着邻居的阳台，大约只有六米，他突然觉得很远，心想，如果是那种连在一起的就好了。第二天中午午睡起来，周良又到了阳台，灵灵不在阳台上。番茄上落着一只纸飞机，周良弯腰顺手捡了起来，正准备把它飞出去，才发现机翼上有字。周良把飞机拆开，上面歪歪扭扭的写着"87390227/灵灵"。周良的心一下子暖了，他想，这一定是灵灵飞过来的。邻居家的阳台离他家的阳台有六米，要准确地把一只纸飞机飞过来，非常不容易。周良朝邻居家望了望，玻璃门紧紧地关着，像没有人一样。周良朝楼下看了看，二楼的空中花园里停着几只纸飞机。看到那些飞机，周良的鼻子有点酸，弱弱的，非常不舒服。回到房间，周良先洗了把脸，然后拿起电话开始拨"87390227"。电话通了，周良有些紧张。响了三次铃后，电话里传来一个嫩嫩的声音"谁呀"？周良说，是爷爷，隔壁的爷爷。电话安静下来，过了一会，灵灵说，是爷爷呀？周良说，是爷爷，你怎么不到爷爷这里来玩了？灵灵说"爸爸不让"。"为什么？"电话里又是一阵沉默，过了一会，灵灵说，爸爸怕爷爷不好。灵灵的措辞很讲究，也许邻居的男人就是这么对他说的。周良忍着眼泪说，那你想爷爷吗？灵灵说，想。挂掉电话，周良的眼泪缓缓地流了下来，悄无声息的，巨大的孤独像影子一样笼罩了他，让他觉得灰暗。晚饭，周良没有吃，他吃不下。

再后来，偶尔在电梯间碰到邻居夫妇，他们还是很有礼貌地和他打招呼，微笑的，带着客套。这个时候的灵灵不说话，什么都不说。如果邻居夫妇让灵灵喊"爷爷"，灵灵会像以前一样望着他。邻居夫妇则会很不好意思地说，你看，这孩子，老偏了，谁都不肯叫。周良则笑笑说，没关系的。然后，伸出手，压抑着心跳，摸摸灵灵的脑袋。回到家里，周良会问自己"我这是怎么了"？他讨厌这种莫明其妙的感觉。为一个非亲非故的孩子，把自己的生活弄得一团糟。他努力不去想灵灵，他越刻意这么做，越想得厉害。

一个月，整整一个月，周良每天给灵灵打一个电话，每次五到十分钟。这五到十分钟，是周良一天中最快乐的时刻。他的每一天，似乎都在等待这五到十分钟，其余的时间都可以忽略不计。他和灵灵的感情越来越深，每次灵灵叫"爷爷"，周良都会很激动，那也是他最幸福的时刻。在电话里，灵灵告诉周良，他每天都会背着保姆出来看看"一一"到"九九"，还有"一棵"和"另一棵"，当然也包括"灵灵"。灵灵说，他们真的能结出小番茄来吗？周良肯定地说，能，当然能，它们本来就是樱桃小番茄。然而，阳台上的这些番茄，却好像完全不懂得周良的意思一样，它们只顾着长叶子和枝条，连花都没有开。周良问过朋友，朋友说要想开花结果，就要施点磷肥。周良特地去花店买了花草专用的磷肥，小心翼翼地按说明施肥。后来，花是开了，却一直没有结果，连一个果都没有结。周良很着急，觉得灵灵会失望的，他告诉过灵灵，它们都会结出番茄来，挂得满满的。现在，它们除开叶子和枝条，一无所有。番茄还没有结，邻居的电话也没有人接了。周良看了看日历，灵灵大概又上幼儿园了。

　　大约一个礼拜后吧。灵灵吃过晚饭，偷偷溜到阳台上，他看着隔壁的阳台，那些原本精神抖擞的樱桃小番茄都枯萎了，他傻乎乎地看着隔壁的阳台，一言不发。是女人首先发现灵灵溜出去了，她走到阳台上，对灵灵说，灵灵怎么了？灵灵没吭声。女人拉了拉他的小手臂说，灵灵，跟妈妈回房间去。灵灵的小手紧紧拉着栏杆不肯放松，他的头贴着栏杆，像是想钻出去一样。女人有些纳闷地说，这孩子是怎么了？男人也从屋子里走出来，蹲下来温柔地说，灵灵，怎么了？灵灵松开一只手，指着隔壁阳台的番茄。男人看了看隔壁的阳台，没什么奇怪的。男人摸了摸灵灵的脸说，灵灵，你到底怎么了，别让爸爸妈妈着急！灵灵指着番茄说，番茄。男人有些摸不着头脑地问，番茄怎么了？灵灵说，它们快死了。

回到房间，女人心里很不安定。她对男人说，我觉得有些不对劲。男人说，怎么不对劲了？女人说，很久没看到我们邻居了。男人笑了起来说，那不是正好？女人把手按在胸口说，我怕出什么事。男人说，不会的，不会有什么事的。女人皱了皱眉头说，我还是不放心。过了一会，男人和女人站在隔壁门口按门铃，他们按了十多分钟，门都没有开，他们打了110。门很快打开了，男人和女人跟着两个警察走进邻居的屋里，他们小心翼翼地绕过满地的玩具汽车和变形金刚，一直走到卧室。他们看到一个老人躺在床上，呼吸微弱，床头还没洗的碗发出一阵阵的馊味。警察皱了一下眉头说，怎么搞的？说完，开始打电话，叫救护车。男人和女人站在边上有些不知所措，这时他们看见老人的眼光闪亮起来，一直穿过他们，绕到他们身后，老人用疲惫却喜悦的声音说：

　　灵灵，爷爷病了！

十一月：碉堡

一

　　罗汉长坐在车子上打瞌睡，眼睛微闭，上下眼皮像一只微张的河蚌，露出一点泛白的眼珠。其实他并没有睡着，心里还在想着事情，人却觉得困了，索性闭上了眼睛。再过一会，也就是下车之后，他要跟一个客户见面，谈谈户外广告的事情。这个项目并不大，就算拿下来，利润也不过万把块钱。钱虽不多，罗汉长还是准备得很精心，公司里几十号人都要吃饭，要吃饭就要发工资，要发工资就得有活干。罗汉长是老板，他得考虑这些事情。"生意是越来越不好做了。"罗汉长想，要是早上十年二十年的，就不是这个境况了。想归想，事情还得去做，一夜暴富的时代已经过去了。

　　正想着，罗汉长的手机响了，他不情愿地从腰上摘下手机。一看，是老婆打来的。接通电话，罗汉长的口气有些不好，他恼怒地说，干吗呢？老婆的电话打断了罗汉长的思路，也让他从半睡眠的状态中醒了过来。老婆没理会罗汉长，她的语速很快，声调也很高，气恼地说，你爸又不见了，不晓得他跑哪里去了。罗汉长紧张地问，你说什么？

老婆又重复了一遍，你爸不见了，我找了半天都没找到。你赶紧回来吧。罗汉长顿了顿，安慰老婆说，你再找找，我谈完生意就回来。他这么大个人了，应该没事的。就算拐卖人口，这么大年纪了也没人要。

关上手机，罗汉长气上来了。人家都说儿子折腾老子，让老子操碎了心，到他这事情全倒过来了，他爸让他操了不少心。罗汉长他爸今年六十出头，身体健康，说话利索，脑子也没问题。按道理说，老人家到了这个年纪最懂得疼爱儿子，何况，他爸就他这么一个儿子。罗汉长朝后视镜里看了看，摇了摇头，这老头真让人操心。他看到镜子中他的脸上已经有了皱纹了，头发也有白的了。

谈完生意，到了晚上，罗汉长连忙往家里赶。回到家，打开门，里面黑乎乎的，连空气都是冷冷清清的，一点人气都没有。儿子念高中，住宿，不回来。老婆和他白天都要上班，就他爸一人在家。往常，都是他爸做了晚饭，然后给他和老婆打电话，问他们回不回来吃饭。罗汉长公司虽不大，应酬却不少，他很少回来吃饭，一般都是他老婆和他爸一起吃饭。罗汉长开了灯，看见老婆坐在沙发上发呆。他放下包，走过去，抱了抱老婆。老婆拿手擦了擦眼泪，声音哽咽地说，我没做饭。罗汉长把老婆的手握住，用力握了握。这是他们的小动作，有点同舟共济的意思。罗汉长站起来说，我去看看冰箱里有没有鸡蛋，煮点面条算了。老婆点了点头。罗汉长打开冰箱，除开几棵菜叶，里面空荡荡的，什么都没有。他又回到老婆身边，老婆看了他一眼问，是不是什么都没了？罗汉长点了点头。老婆理了理头发说，我下去买点东西上来。罗汉长拉住老婆说，算了，这么晚了，菜市场也没什么东西卖了，煮点方便面吧。

吃完方便面，洗过澡。罗汉长和老婆并排躺在床上，罗汉长他爸不是第一次失踪了。这五六年来，几乎每隔半年左右，他爸就会失踪一次，鬼都不晓得他去哪里了。他爸第一次失踪，罗汉长吓坏了，还打了他老婆一个耳光。亲戚朋友，能想到的地方都找到了，却不见他爸的人。一家人急得要报警，他爸自己又回来了。问他去哪里了？他一声不吭。罗汉长见那样子，也不敢问了，人回来了就好。好好过了半年，又不见了，又找，过些日子他自己又回来了。他爸好像迷上了失踪这个游戏一样。罗汉长算算，这大概是第九次或者第十次了。他抱了抱老婆说，别想了，睡吧，说不好过几天他就像往常一样回来了。他老婆脸色发暗，她说，我担心他出事情，他都六十多了，比不得往年。罗汉长皱了皱眉头说，那怎么办？老婆摇了摇头说，我也不知道该怎么办。罗汉长想了想说，如果过一个礼拜还不回来，我们就报警吧。老婆说，也只能这样了。说完，关了灯。

二

人活到六十岁，该明白的事情都想明白了，不该明白的事情，再怎么想也是糊涂的。这就跟罗德仁一样，他今年六十出头了，有些事情他想得特别明白。比如说死，他一点也不怕死。以前，人家说，这人啦，一老了，就特别舍不得死，想着在这世上的日子不多了，就越发地怕死。为什么会这样？罗德仁想不明白。

罗德仁进城几乎是被儿子罗汉长给逼的。进城的事，罗汉长跟罗德仁说过好多回，罗德仁都不肯。他说，他不习惯待在城里，种了一辈子的地，他还是习惯在农村待着。再说了，农村空气好，待在农村说不好还能多活几年。罗汉长死劝活劝都没有用。罗汉长也没办法，只好说，爸，那你什么时候想去城里住，你说一声，我来接你。你要是想回来，我送你回来。

后来，罗汉长在城里买了房子，生了儿子，罗德仁就有点待不住了，他不稀罕城里，可他稀罕孙子。罗德仁老婆死得早，罗汉长才三岁，罗德仁老婆难产死了。罗德仁有事没事去儿子那里住住，看看孙子。一来二往，几年就过去了，孙子也大了。等孙子小学毕业，他的年纪也大了，很多事情力不从心。一个人生活，做饭，都不容易。罗德仁明显感觉到他越来越笨，手也越来越硬，干什么活都不灵便。

罗汉长见时机成熟了，就跟罗德仁说，爸，你以前坚持住在家里，我不反对，那时你还健壮，还能动，我还能放心。现在，你年纪也大了，一个人住着，我放心不下。

罗德仁皱了皱眉说，我年纪大了怎么了，我连做饭洗衣服都不行了？我就成了个废物点心了？

罗汉长说，爸，我不是那个意思，我是说你年纪大了，很多事不方便，需要人照顾。

罗德仁说，我去城里，你就能照顾我了，你就不上班了？

罗汉长愣了愣说，起码大家在一起可以有个照应，起码有个人和你说说话吧！你一个人在家里不冷清？

这句话戳到了罗德仁的痛处，别的他还真不在意，一个人确实太冷清了。

见罗德仁脸色松动了，罗汉长赶紧说，爸，不是我说，你一人在家，要是哪天你去了，搞得跟德林伯一样，你叫我如何心安呢？

罗德仁阴沉了一下脸说，你这是咒我？

罗汉长无奈地说，爸，我怎么会咒你呢，我这不是做个假设么？

罗德仁冷冰冰地说，那你还不是为自己考虑，怕我不得善终，伤了你这大学生的面子。

罗汉长也被逼急了，说，爸，不管怎么说，就算我是自私，为我的面子考虑，反正我是不会让你一个人继续住在家里了。

话说到这个分上，罗德仁没得选择了，他只得服从了儿子的意思。把家里的门一锁，收拾了衣服，跟儿子去了城里。

进了城，很多事情都由不得他。

刚进城那会，罗汉长怕他迷路，写了张纸条让罗德仁放在口袋里。罗德仁问，你这是干吗？罗汉长拿着纸条说，爸，这是我们家的地址，你出去逛要是忘记了怎么回来，你就找警察，把这地址给他看。罗德仁生气了，他气鼓鼓地把纸条扔在地上说，你这是把我当白痴呢，我一进城就傻了？罗汉长哭笑不得地说，爸，我这不是防止意外嘛。罗德仁坐在沙发上生气。罗汉长老婆见了，连忙过来打圆场说，汉长，你看你这是怎么对爸的，你不会告诉爸我们家地址门牌？罗汉长笑了笑，拍了拍脑袋说，你看，我这是怎么想事情的。说完，罗汉长把儿子叫过来说，儿子，你去告诉爷爷我们家的门牌号，一定要让爷爷记熟。罗德仁还在生气，他冲着罗汉长吼道，纸条，纸条，难道我哑巴了，我不会说话，我不会问人？城里，城里怎么了，就不让老百姓活了，就要带着纸条出门了？罗汉长没理会罗德仁，他对儿子说，你去跟爷爷说。儿子刚才在写作业，被罗汉长叫过来本来就有些不开心，一听罗汉长让他干这事，心里更是不情愿了，他气嘟嘟地对罗汉长说，爸，你也太小瞧爷爷了，我都不会迷路，爷爷那么大人怎么会迷路呢？罗汉长朝儿子瞪了一眼，你懂个屁。罗德仁一把把孙子拉过去，一字一顿地说，罗汉长，我跟你说，你儿都比你懂事。

头两个月，罗德仁很少出门，没事在家里看看电视，打扫一下卫生。然后下楼，到附近的菜场去买菜，准备做晚饭。儿子和儿媳妇都要上班，都忙。让儿媳妇下班再去买菜做饭，他心里不忍。儿媳妇在一家私营单位上班，每天回来就往沙发上一躺，半天缓不过劲来，那样子让罗德仁心疼。儿媳妇是城里人，却一点城里人的架子都没有。罗德仁决定进城时，村里的几个老头说，城里人架子大，看不起乡下人，更别说是乡下老头子。罗德仁也有些担心，后来发现不是这样，儿媳妇对他好得很，问寒问暖的，有什么好东西总记得他。罗德仁就罗汉长这么一个儿子，没闺女。平日里没什么人关心，儿子虽说孝敬，毕竟是个男人，心还是粗。儿媳妇对他好，让他想起死了多年的老伴，只有老伴才这么知冷知热的。儿媳妇好，他这个当公公的也要有点样子。再说了，自己一个闲人在家里，如果什么都不干，跟做客人一样，他也不愿意。都是一家子，既然来了，要有点样子。自己虽说是当爹的，当爹也不能当成天王老子。做做饭，做做卫生，一来可以打发时间，二来也能发挥点余热，就是当作锻炼身体也好。这么一想，罗德仁安心了一些。

什么东西都得慢慢习惯，罗德仁觉得，这就跟种地一样。刚开始，罗德仁不习惯用煤气，做菜也不利索，时间一长，像模像样了。连孙子都说爷爷做的菜比妈妈做的好吃，这让罗德仁心里安慰。

三

掰着手指头算算，从家里出来也有五天了。天越来越黑，罗德仁心里越来越冷，就跟这天气一样。罗德仁抬头看了看天，黑沉沉的，怕是要下雪了。寒气像一把刀子一样，直往罗德仁身上扎，他把身上的棉袄用力地裹了裹，还是冷。晚上去哪里呢？罗德仁自己也不知道。从儿子家出来，他不晓得自己想去哪里。回村里肯定是不行的，他要是这么回去，村里人还不知道发生了什么事情呢，十有八九会以为他是在罗汉长家里待不下去了，这个恶名他不能让儿子背，儿子没什么对不起他的。他身上的钱不多了，如果晚上还住招待所，那他明天一点钱也没有了，就只能回儿子家了。他还不想回去。

罗德仁蹲在马路边上，把剩下的钱从贴身的口袋里掏出来，细细数了一遍，只有一百多块了。他拿着钱，有些慌张，这是他所有的本钱了。跟以前一样，他身上没钱了，他只能回到儿子家里。儿子虽然什么都不说，但他晓得儿子是不高兴的。更重要的是，每次这么一走，他都觉得特别对不起儿媳妇，那么好的儿媳妇，他还有什么不满意的呢？每天做做饭，不愁吃穿。儿子有空，还带他到公园逛逛。按道理说，他不能有什么不满意的，可他觉得心里空空荡荡的，就跟气球一样，只要有一阵风，都能把他吹起来。

不管了，还是先找个地方吃点东西吧。罗德仁想。走了一会，他看见前面有亮光，走近一看，是个小餐馆，罗德仁满意地笑了笑，运气还不坏。餐馆很小，只有三张小桌子，灯估计只有三十瓦，昏黄昏黄的，吊在中间，像一个苦胆。罗德仁看了看四周，墙壁上糊的是报纸，被油烟熏烤成了酱黑色，餐馆外面放着两张板凳。旁边的桌子边坐着两个中年人，正在喝酒，牙齿被烟熏成了屎黄色。桌子上摆了一盘卤猪头肉，一碟花生米，还有一盘见不到几根肉丝的青椒炒肉丝。

罗德仁找了张空桌子坐下来，老板娘就过来了，热情地问，你老吃点啥？

罗德仁说，你把菜牌给我看一下。

老板娘拿条毛巾擦了擦手说，哟，你看，我们这个小店没菜牌，你要吃点啥，我这就给你做去。

罗德仁说，那你这菜怎么卖？

老板娘说，素菜两块，肉菜四块，你要吃卤菜就六块钱切一盘。

罗德仁又问，酒呢？

老板娘说，五块钱一斤，二两一杯。

罗德仁想了想说，那你给我一盘猪头肉，炒一个肉片，再给拿二两酒。

很快，菜上来了。几口酒喝下去，罗德仁身上热了起来，喉咙热辣辣的。罗德仁很少喝酒，这酒度数太高了，像是自家酿的。罗德仁一边喝酒一边想着晚上去哪里，是找个地方住下，还是干脆回去。出来也四五天了，如果他还不回去，儿子恐怕会报警。他以前出来，从来没有超过一个礼拜的。隔壁桌上很热闹，那两个中年人喝得有点多了。其中一个大着舌头冲老板娘喊道，老板娘，再给拿四两酒上来。老板娘一边拿酒一边说，你们两个也少喝点，舌头都大了。两人笑嘻嘻地说，你心疼了？你心疼啥呢，你有钱赚还说啥呢？老板娘端完酒，从里面端了一碗饭出来，搬了板凳说，我心疼个屁，我是替你们婆娘想，回去还不晓得是个么鬼样子呢，怕是死狗一条了。话刚说完，三人都笑了。

老板娘吃着碗里的饭，朝罗德仁看了一眼，罗德仁有些不自在。过了会，老板娘问道，老先生，你好像不常来？ 罗德仁喝了口酒说，以前我没来过。老板娘扒了口饭说，就是，我看你面生得很。 罗德仁笑了笑说，你这做生意的还看面生面熟？老板娘说，那可不是，我这店做的就是几十个人的生意，来来往往的都认得。一看你这身衣裳，就晓得你不是这里的人。 罗德仁夹了口菜说，厉害，厉害，还是你们做生意的厉害。老板娘又从上到下打量了罗德仁一遍，嘴里悄悄地说了声，奇怪得很。老板娘的声音很小，但还是让罗德仁给听到了，他问道，你说有哪些奇怪的？老板娘放下碗说，老先生，那我可就直说了。 罗德仁说，你说。老板娘说，你不是这里的人，这么晚一个人跑到这里来喝酒，再说你还这么大年纪了，也没个人跟着你。 老板娘的话让罗德仁好奇，问道，这里的人是个什么样子的？老板娘拿筷子指了指另外一张桌子上的两个中年人说，跟他们两个一样，捡垃圾的，身上又脏又臭。见罗德仁还不明白，老板娘抬手指了指门外，罗德仁朝外看了一眼，天有点黑了，模模糊糊的，看不清楚，老板娘说，那儿有个垃圾填埋场，他们白天到垃圾场捡垃圾，要是收成好，晚上就到这里喝点酒。 罗德仁点了点头，他算是明白了。

等罗德仁喝完酒，餐馆里已经没有人了，外面黑得什么都看不见了。老板娘坐在罗德仁对面，也不说什么话，好像在想心事一样。罗德仁这才有机会仔细看看老板娘，老板娘不年轻了，往少里说也四十多了，眼睛灰蒙蒙的。她坐在板凳上，盯着电灯发呆。罗德仁酒也喝完了，菜也吃光了，他该走了。他对老板娘招了招手说，结账，结账。老板娘朝空盘子看了一眼说，十一块。罗德仁从兜里掏出二十块钱，递给老板娘。

找完钱，罗德仁还坐在板凳上，他不晓得起来要往哪里走了。想了想，他对老板娘说，你再给我二两酒，再切点猪头肉。老板娘朝罗德仁瞪了一眼说，还喝？罗德仁说，喝，再喝一点。酒肉端了上来，罗德仁对老板娘说，你也坐下来一起喝点吧，天怪冷的，算我请你。老板娘笑了笑说，那敢情好。她给自己也倒了一杯酒说，这杯酒算我的，不要你请。罗德仁说，好。

又一杯酒下去，罗德仁知道老板娘也是一个人，店里还有一个小工，是她侄女。老板娘老公年轻时犯了事跑了，十几年了音讯全无。老板娘说，他只怕在外面找了人了。罗德仁说，都是苦命人，都是苦命人。老板娘一口酒差点喷出来了，她说，你苦个屁，有那么孝敬的儿子，你是自讨苦吃。老板娘的话刚说出口，马上又说，你看你看，我这话说的。罗德仁笑了笑说，你说得对，我是自讨苦吃。

二两酒喝完了，罗德仁再喝不下去了，他真的该走了。临出门，罗德仁又转过身来。老板娘吃惊地问，你还要喝？罗德仁摇了摇头。老板娘说，那你要干吗？罗德仁张了张嘴，话没说出来。老板娘倒是急了，问，你是不是不晓得回去了？罗德仁摇了摇头，老板娘说，那你想干吗？罗德仁脸上发涨，吞吞吐吐地说，你能不能让我在这里过夜？罗德仁的话吓了老板娘一跳，她说，你这是什么话，把我这儿当什么了？罗德仁连忙说，我给你二十块钱，你随便找个地方给我住一晚，我不想回去。听完罗德仁的话，老板娘想了想说，那也好吧，天也黑了。说完，老板娘把店门给关了。

等餐馆里收拾清楚，快十一点了，罗德仁坐在板凳上发呆。老板娘走过来说，你看，我这里地方小，里面就一个房，我和我侄女睡，只能委屈一下你了，给你打个地铺。罗德仁连忙说，蛮好，蛮好。

罗德仁睡在餐馆里，地上铺了两块门板，垫了一层棉被，上面又盖了一床棉被。老板娘还提了一个炉子出来，说是怕晚上冷。等老板娘睡了，罗德仁关了灯，把棉袄脱下来盖在被子上，床铺很暖和，他却睡不着。由于酒精的原因，罗德仁有点兴奋，仿佛又回到了年轻时候。他刚结婚那会，家里穷，他和他媳妇床上铺的是稻草，点的还是煤油灯。天一黑，关上门就开始折腾，好日子啊。可惜这好日子没过上几年，他媳妇就死了。一个晚上，罗德仁睡得都不踏实，不晓得想了些什么。他倒没什么担心的，他一个糟老头子，没人会起歹心。他相信老板娘是好人。

天刚亮，老板娘起来了。听到响声，罗德仁穿好了衣服。给了老板娘二十块钱，正准备走，老板娘说，老先生，你也别急着走，吃了早餐都不迟。等吃完早餐，天已经大亮，罗德仁走到餐馆外面，抬头一看，果然有个垃圾填埋场，好些人在捡垃圾。一个大胆的想法从罗德仁的脑子里冒了出来，他一下子想明白了他一个晚上在琢磨什么了。他扭过头对老板娘说，他们捡垃圾一天能捡多少钱？老板娘说，听他们说一天二三十块钱没问题，搞得好还不止。 罗德仁笑了笑说，好，好，好。他笑得诡异。笑完了，他对老板娘说，我不回去了，我要去捡垃圾，我自己养得活自己。老板娘放下手里的活计诡异地说，你这是要干吗呢？ 罗德仁说，我去捡垃圾，我挣到的钱都给你，只要你给我吃住就行了，我还能帮你买菜。老板娘说，你可别，你要是出点什么差错，我担待不起。罗德仁笑了笑说，我不要你担待。

站在垃圾场上，罗德仁觉得年轻了很多，平日里那么讨厌的垃圾也变得可爱起来。他不太灵便的身体里陡然冒出了奇异的活力。在儿子家里，他觉得自己是个多余的人，沉闷无趣，现在，他不这么觉得了。从垃圾场可以看到餐馆，远远地望过去，餐馆就像一个窟窿。餐馆门口有一个人在朝垃圾场上望，罗德仁晓得那个人是老板娘。

废品收购站也不远，似乎是为了这个垃圾场专门设立的一样。罗德仁运气还不错，第一天捡了四十多块钱，对这个收入，他很满意，晚上睡得也格外香甜。

四

冬天了，空气中过年的味道越来越重，街上也热闹起来，垃圾场里被抛弃的东西也越来越多，除开费纸、塑料袋，甚至还出现了破旧的沙发、电视机等等。罗德仁已经是个熟练的工人了，他戴着口罩，右手拿着一把装了手柄的钩子，左手提着一个硕大的蛇皮袋。钩子是老板娘帮罗德仁做的，拿一根粗壮的铁丝，弯成对称的两个弯钩，绑在木棍上。工具简单，却实用。罗德仁捡垃圾的第一天，回到老板娘的小店，老板娘看了看罗德仁，把他的手拉出来一看，说你这可不行，天天这样掏，会烂的。罗德仁傻笑了一下，说没关系。老板娘白了罗德仁一眼说，那是现在没关系，你看看人家是怎么做的。罗德仁这才想起来，他们手里好像拿着一个钩子。老板娘说，我给你做个钩子吧，你要真想干的话。罗德仁咧嘴说，那敢情好。

罗德仁手里的钩子像一个小型的推土机，敏捷而迅速地把盖在上面没用的废品掀开，钩子像一只手，紧张地在垃圾堆里翻动，罗德仁的眼睛就像一只准备捕食的鹰，钩子就是他的爪子，塑料、金属等等都是他的猎物。有了钩子，方便多了，不用拿双手到垃圾堆里翻，也不用老弯着腰了。到了这个年纪，骨头已经老了，弯得厉害了就折了。

垃圾场上人不少，都有自己的区域，这个是罗德仁没想到的。头几天，罗德仁一去，人家有意见了，指着罗德仁的鼻子问，你从哪里来的？这个区是我的。罗德仁一愣说，你的？这垃圾场还是你的？那人盯着罗德仁看了几眼说，那当然，哪里都有规矩，没规矩你抢我的，我抢你的，那不是乱套了？罗德仁想想，也是。他说，那怎么办？那人说，你先到那边去，等你有自己的位子了再说。实际上，区域并不是那么明显，垃圾车开过来，一群人像一群苍蝇一样冲了过去，在里面紧张而忙碌地掏，找自己要的东西。罗德仁年纪毕竟大了，抢他是抢不过的。他远远地站着，看一群苍蝇兴奋地围在垃圾堆上，暗暗地有些失落。捡垃圾的，除开老的，就是小的，多半五十上下，再有就是十岁左右的小孩子，一个个脸上沾满了黑色的脏东西，老的眼睛凹陷下去，干涩，一点神采也没有，小的，只有把眼白翻出来，你才可以看见一点干净的东西。

　　卖了废品，回到老板娘的店子，往往已经坐了一两围人了。罗德仁动作慢，跟那些五十多岁的人比，他还是老了。等罗德仁回来，老板娘赶紧迎上来，给他拿条毛巾，一杯水。坐在板凳上，罗德仁骨头有些酸，说不累，那是假的，都不是铁打的人，在垃圾场刨上一天，没不累的道理。其实，他知道，他不用这么卖命，有什么必要呢？他又不是缺钱，又不是没有退路。

　　跟罗德仁一起捡垃圾的有个老头，比罗德仁小差不多十岁，大家都叫他花子。花子喜欢跟罗德仁一起，花子话多，就算捡垃圾也停不下来。他对罗德仁说，他儿子和媳妇跑到海南去了，丢下孙子和孙女不管，没办法呀，他又没有手艺，种地又不赚钱，孙子和孙女都要念书，还有老伴要养。他不挣钱不行，到了城里来，才发现不是像人家说的那样，到处都能找到钱，找什么工作都不要老的。没办法，只好来捡垃圾。说起这些，花子有些愤愤不平，他说，操他娘的，老子种了一辈子地没人嫌我老，一进城里我就是个废物了，跟狗屎一样人人见着都要躲。说归说，花子干活卖力，老的小的都等着他呢，不卖力不行。花子很少到餐馆喝酒，一个礼拜最多来一次。跟罗德仁说话时，花子垂涎着脸对罗德仁说，老板娘好啊，也是个苦命人。罗德仁说，那是。花子笑了说，老罗，我都听说了，你夜里睡在老板娘那里。我一看你就不是个捡垃圾的人，你是不是看上老板娘了？老板娘好啊，都那个年纪了，还是农村出来的，肉还是肉，皮还是皮，胸前那两个宝贝比她那侄女还翘呢。花子说完，罗德仁说，你扯淡不是，我都这么大岁数了，还能有个想头？花子放下手里的活计说，那可不是这个说法，你说，我比你小不了多少吧，隔不上个把礼拜，我都想呢，都要回去看看我那老婆子。罗德仁被花子逗笑了，他拿钩子在花子裆上敲了一下说，就你，就你还有这个能力？花子也"嘿嘿"笑了，说，有，可有了，男人啊就是有劲。看了看罗德仁，花子说，你看上老板娘了也没关系，你看城里，老头老太太都在公园里跳舞，还牵手呢。再说了，老年人也有婚姻自由嘛。罗德仁低下头去，说，我可没那心思，我说你呀，可真是个花子，年轻时候肯定没少干坏事。

等罗德仁休息好了，老板娘就拿了菜上来，还有二两酒。老板娘说，这酒是自家酿的，不上头。再说了，累了，喝点酒，解乏，还活血，不过喝多了也不行。吃完饭，罗德仁会到四周走走，待了个把礼拜，罗德仁跟几个捡垃圾的也熟悉了，花子就住在附近。没事干的时候，罗德仁会到花子那里去坐坐，吹吹牛。花子很能吹牛，还能讲古，瓦岗军、水浒传都能讲。罗德仁喜欢听花子讲古，两人抽着烟，聊聊家常，听花子讲讲古，也是个乐事。到了晚上，洗过了脸，花子的表情就活络了，他说他年轻时候也是个风流人，没想到老来反而受苦了，这都是命，每个人都有个命，跑不开的。花子问过罗德仁的情况，罗德仁没老实说，他说老伴死得早，家里房子碰到暴雨又倒了，只好到城里来。花子不信，也没办法，他拿着罗德仁给他的烟，递到罗德仁面前说，老罗，你这是在骗我，要是真的像你说的那个情况，你还舍得抽这个烟？ 罗德仁不说话。花子说，你有事，你不想说，你有你的苦衷，没人逼你，你编谎子干吗呢？

待在餐馆的日子，罗德仁过得惬意，累是累点，心里不空了。有半个月了，老板娘对罗德仁体贴得很，好像罗德仁是她老伴一样。老板娘叫棉花，她说她出生时，正是大热天，棉花红的、白的、蓝的开得到处都是。见生了个女儿，她爹生气，就给她取了"棉花"这个名儿。罗德仁说，好，棉花好，棉花暖呢。老板娘说，好个屁。

这天夜里，罗德仁躺下了，正要入睡，他听见老板娘的房门响了一声，接着，他看见一个影子向他摸过来。到了他床铺边上，影子问，老罗，睡了没？ 是老板娘的声音，罗德仁支吾了一下，说，没呢？啥事？老板娘把罗德仁的被子掀了起来说，你先让我进来，我没穿袄子呢。老板娘贴着罗德仁躺下了，在罗德仁耳朵边上说，小声点，别让侄女听到。老板娘一进被子，一股暖和的气体扑了过来。他有多少年没和女人睡觉了？他都快想不起来了，老婆死后，他似乎就没闻过女人的味道了。罗德仁的心跳得厉害，手也开始发抖，他不知该怎么办才好。等缓过劲来，罗德仁声音颤颤地问，老板娘，啥事呢？老板娘说，你别叫我"老板娘"，你叫我"棉花"。 罗德仁挪了挪身子，说，好，棉花，棉花好。棉花，你这么晚了有啥事呢？老板娘说，有个事，我想跟你说一下。罗德仁的血几乎要冲上脑门了，他能感觉到老板娘身上散发出来的女人的味道，这味道让他有些控制不住。难道花子说的是真的？我真的是看上老板娘了？很多个念头在罗德仁的脑子里横冲直撞。他急促地说，你说，你说。说完，抓住了老板娘的手，老板娘的手有些粗糙，但是软，女人的那种软。老板娘没挣脱罗德仁的手，她说，老罗，有件事我一直想跟你说。你来没两天，我上街买菜就看到你的像了。罗德仁一惊说，你说什么？老板娘说，街上电线杆上到处贴的都是你的像，我问过人，别人说是你儿在找你。罗德仁握着老板娘的手一下子僵硬了。老板娘接着说，我说你还是应该回去，你跟他们不一样。他们是没人养，你有人养，何苦要受这个罪呢？罗德仁没吭声。老板娘说，我看你明天还是回去吧，你老待在我这里也不是个办法。见罗德仁没说话，老板娘说，话我也跟你说了，我要回房去了。罗德仁一把拽住老板娘的手说，棉花，你别走。老板娘在黑暗中望了罗德仁一眼，叹了一声说，老罗，我晓得你在想什么。说完，老板娘抓起罗德仁的手，放进她贴身的秋衣里，慢慢地往上滑。罗德仁的手摸到了两个熟悉而陌生的东西，硕大，有些下垂，接着他摸到了两颗挺立着的红豌豆。罗德仁的手哆嗦着，他紧紧地搂住老板娘，把头埋在老板娘的双乳间。老板娘的声音短促，压抑。罗德仁翻身压在老板娘的身上，用嘴去咬老板娘的乳房，一边急切地脱着衣服。老板娘拉住罗德仁的手说，别，别，你亲一亲，闻一下就可以了，不能搞，不能搞。

天亮了，罗德仁对老板娘说，棉花，我不回去，我不想回去。说完，拿起蛇皮袋和钩子出门了。老板娘看了罗德仁一眼说，我随你，我去买菜。罗德仁去了垃圾场。过了不到两个小时，他看见餐馆门口有两个警察，接着，他看见两个警察朝垃圾场方向走了过来。等警察近了，他看见还有老板娘在边上。他感觉有些不妙，丢下蛇皮袋就跑，警察喊，罗德仁，你别跑，你往哪里跑。说完追了上来。

不到一分钟，罗德仁就被警察抓住了，他用力地挣扎着说，干吗，干吗，你们这是干吗，我犯了哪条王法了？两个警察都很年轻，他们架着罗德仁说，你没犯王法，是你儿子报警说你失踪了，我们现在找到你了，有责任联系你的家人，把你送回去。罗德仁用干瘦的身子用力地撞着警察说，我不回去，我就不回去。警察说，你不回去没关系，你先跟我们走一趟，等你儿子来了，你爱去哪里去哪里。经过餐馆，老板娘对警察说，你们等一下，我进去拿点东西给他。说完，跑进餐馆里。过了一会，老板娘拿出一个用手帕包着的东西出来，对罗德仁说，老罗，这个给你。顺手塞进了罗德仁的口袋。罗德仁怒气冲冲地望着老板娘说，棉花，是你去找警察来的？老板娘没吭声。罗德仁带着哭腔说，棉花，你这是干吗呀？

五

把罗德仁领回家，罗汉长的脸色很难看。

派出所里，警察盯着罗汉长看了半天，有点不相信。罗汉长穿的是西装，干净挺刮，由于中年发福的原因，他的肚子微微凸出来，头发虽少，却打理得精细。站在角落的罗德仁，脸上、头上沾满了灰尘，弯着腰，神情沮丧。衣服也是脏兮兮的，看上去像个流浪汉。警察指了指罗德仁问，那是你爸？罗汉长尴尬地点了点头。你是罗汉长？罗汉长说，是的，是的，我就是罗汉长。把你的身份证拿出来看一下。接过身份证，看了一眼，警察语气严厉地对罗汉长说，你说你这儿子是怎么当的？我看你也不像个穷人，怎么舍得让老爷子去捡垃圾？罗汉长脸上一阵阵发烫，他说，不是我要他去的，他自己突然走了，我都处找他，还报警了。警察的脸色有些不悦，不耐烦地对罗汉长说，你赶紧把你老子领走，回去看好点，以后别再搞这种名堂。要是家家户户都跟你们一样，那我们还要不要干别的了？罗汉长如逢大赦领着罗德仁出来了。

一路上，罗汉长一句话也没有说。回到家里，罗汉长对罗德仁说，你先去洗澡，换身衣服。罗德仁像个犯了错误的孩子一样，低着头一声不吭。进了洗手间，开了热水，脱了衣服，罗德仁想起了棉花塞给他的东西。他翻开衣服，找到手帕。打开一看，是钱，一张一百的，一张五十的，还有几张十块的和一些零票。罗德仁一下子明白了，棉花把他给她的钱都还给他了。罗德仁的鼻子发酸，他拿毛巾捂住了脸，水流得哗啦啦的，什么都听不见。

吃过晚饭，儿媳妇也回来了。罗德仁正准备回房睡觉，罗汉长叫住了他。罗汉长说，爸，你先坐会，我有话跟你说。罗德仁在罗汉长对面坐下了，罗汉长抽出根烟，递给罗德仁。罗德仁伸手接过来，点上火，抽了一口，有些呛。罗汉长也给自己点上了一根。趁着点烟的空，罗德仁看了看儿媳妇，儿媳妇的眼睛红红的，罗德仁心里有些疼。父子俩对着抽了几分钟的闷烟，罗汉长开口了，他问罗德仁，爸，你是不是对我们有什么意见？罗德仁摇了摇头。罗汉长又问，那是不是我们对你有什么照顾不周的地方？罗德仁还是摇了摇头。罗汉长用力把烟头掐灭，那你干吗老不吭声就跑出去呢？罗德仁还是没说话。罗汉长又说，爸，你要是觉得这里不习惯，你想去哪儿，我们也不是不让你去，你何苦过半年就来这么一次呢？你让我们做儿女的很为难。想了想，罗汉长说，再说了，你出去也就罢了，你还去捡什么垃圾，你搞成这个样子，不清楚的人还以为是我虐待你，不给你吃，不给你喝。你说，我们有什么对不起你的，你要这么折腾？等罗汉长说完，罗德仁说，我晓得你们好，是我命贱。说完，站起身来，转身回房间。罗德仁能感觉到儿子射在他背上的恨铁不成钢的目光。

罗德仁的日子又回到了正常的轨道上。早上起床，吃过早餐，到公园里散散步。公园里有很多跟他一样大的老头在练太极拳、跳舞。这些，罗德仁都没有兴趣。他干了一辈子的农活，不需要这种锻炼。中午回家，做一个人的饭，儿子和儿媳妇都不回家。吃过饭，睡一会，就快三点了。然后起床，买点菜，问问儿子和儿媳妇回不回家吃饭。如果回家，他得多做一点；如果不回，他还是做一个人的。多半情况下，罗德仁一个人吃饭。儿子和儿媳妇经常答应回来吃饭，等他把饭做好了，又打电话说不回来了。吃完晚饭，收拾好，罗德仁坐着看看电视，等儿子、儿媳妇回来。一般情况下，儿媳妇先回来，然后是儿子。儿媳妇是在城里长大的，他和儿媳妇说不上什么话。他说的，儿媳妇不懂；儿媳妇说的，他也不感兴趣。儿子回来，不是喝了酒，就是往沙发上一躺。就算精神好，父子俩也说不上什么话。儿子偶尔和他下一下棋，手机也老是响，搞得棋局也是断断续续的。罗德仁觉得闷，又不知道该怎么说，对谁说。

吃过早饭，如果没别的事情，罗德仁会坐车到垃圾场转转。城市不大，从家里坐车到垃圾场也不过一个多小时。棉花的店子还在开着，生意还是跟以前一样，不咸不淡的。按照棉花的说法，除开成本，还能养活个把人。和罗德仁聊天时，棉花说她得攒点钱，等她老了，做不动了，有点钱在手里，心里踏实。手里没钱，死了都不晓得有没有人埋。以前发生的事情，两个人都跟不知道一样，提都不提。在棉花的店子里，罗德仁除开聊天，还会帮棉花干点活，洗洗菜什么的。要是棉花忙不过来，罗德仁还能帮棉花炒炒菜。花子经常取笑罗德仁，我说老罗，你干脆搬过来算了，省得三天两头地跑，你不累啊？罗德仁笑着说，我累我情愿，关你什么事？到了午饭时间，罗德仁会弄两个菜，喝点酒，给棉花十块钱。下午三四点，罗德仁就得回去了。每次回去，罗德仁都有些舍不得，究竟为了什么，他不明白。

半年就这么过去了，罗德仁跟棉花越来越熟，他们两个谈得来。垃圾场的人来自五湖四海，谁都懒得管别人的事情，不像在村里，村头吹一阵风，过不了一会，村尾就觉着凉了，棉花也不用担心别人说闲话。要是罗德仁十天半个月没来，来餐馆吃饭的人还会问棉花，老板娘，你老伴到哪里去了？怎么这么久都不见人，是不是把你给甩啦。棉花也不生气，笑眯眯地回答，你说老罗啊？他忙，他哪能像你们一样，天天泡在这。坐车过来要一个多小时呢。对棉花的感情，罗德仁说不清楚，那种感情不像亲人，也不是爱人，怎么说呢，倒有些像两个相依为命的人。他觉得他和棉花就像两只过冬的刺猬，想靠近一点取暖，又怕靠得太近刺到了对方。罗德仁住在儿子家里不开心，棉花也清楚，也没什么办法，她对罗德仁说，你总不能又跑了吧？你年纪也大了，比不得年轻时，想干什么就干什么。人老了，就得看人家眼色，收着性子讨口饭吃。棉花的话让罗德仁觉得他很可怜。

想了好久，罗德仁终于想到了一个办法，这办法还是花子给的提示。

该做晚饭了，罗德仁给儿子和儿媳妇打电话，罗汉长说忙，不回来吃了。罗德仁说，今天你一定得给我回来。罗汉长有些意外，罗德仁平时不会这么说话。罗汉长说，爸，有什么事？罗德仁说，你回来吃饭，回来就知道了。说完，挂了电话。

过了没一会，儿子和儿媳妇都回来了。罗汉长朝桌子上看了一眼，感觉有问题。平时罗德仁做得简单，标准的四菜一汤。今天却满满地摆了六个。在桌子边坐下，罗汉长对还在厨房忙碌的罗德仁说，爸，你别忙了，这么多菜，吃不完。罗德仁在厨房里说，你们先吃，我马上就好。罗汉长和媳妇对了一下眼，他看得出来，媳妇也觉得这事情有蹊跷。等罗德仁忙完了，满意地朝桌子上看了看，八个菜，还有一个汤。罗德仁对罗汉长和儿媳妇说，吃菜，吃菜，你们都愣着干吗？说完，拿起碗，帮罗汉长和儿媳妇装汤。喝了口汤，罗汉长忍不住说，爸，你到底有什么事？罗德仁笑了笑说，先吃饭，吃饭，吃完再说。

罗汉长这顿饭吃得心惊肉跳，他爸肯定是有什么想法了，不然不会这么大张旗鼓的。好不容易吃完了饭，收拾好碗筷。三人在沙发上坐下。罗汉长说，爸，现在你可以说了吧？罗德仁脸上泛红。罗汉长跟媳妇交换了一个眼神，用鼓励的语气说，爸，有什么事情你就直说，没关系的。罗德仁搓了搓手说，这样，是这样，你能不能一个月给我五百块钱？罗汉长笑了笑，问道，就这事？他看了媳妇一眼，媳妇明显也松了一口气。他悬了几个小时的心终于放下了，五百块钱是个小事情，虽然罗汉长的公司做得不大，也不缺那五百钱，少在外面吃顿饭就行了。罗德仁点了点头说，就这事情。罗汉长没问罗德仁要钱干吗，他说，爸，你看，就五百块钱的事情，你还搞得这么隆重，吓我一跳。罗德仁说，我还没说完呢。罗汉长笑了笑说，那你接着说。罗德仁犹豫了下说，我想搬出去一个人住。罗汉长愣了愣，他怀疑自己听错了，赶紧追问，你说什么？罗德仁说，我想搬出去一个人住。罗汉长看了看罗德仁，又想起一桌子的菜，他知道罗德仁不是在开玩笑。他有些恼怒，爸，家里好好的，干吗要搬出去？你一个人在外面谁照顾你，要是有什么意外，你让我怎么交代？罗德仁说，我在家里还不是一个人？再说了，我也没老到动不了的地步。罗汉长搓了搓手说，爸，你要是对我们有什么意见，你说，何苦这样搞呢？罗德仁说，我没意见，我真没意见，我只是想一个人住。罗汉长看了媳妇一眼，媳妇问罗德仁，爸，你想到哪里住？这个问题出乎罗德仁的意料。他犹豫了一下，还是老实地说，到垃圾场附近。罗汉长"唰"的一声从沙发上站起来，大声说，荒唐。他媳妇在他身后喊，汉长。那声音被"啪"的一声关在了门外。

　接下来两天，罗德仁不吃饭，也不说话。他的眼睛迅速地陷了下去，布满了红色的血丝。罗汉长也红着眼，连头发都有些蓬乱了。两个人陷入了僵局，谁都不肯让步。罗德仁坚决要搬出去，住在垃圾场边上，罗汉长则坚决不肯。他说，我丢不起这个人。僵持了几天，两个人都有些吃不消，着急的是儿媳妇。晚上睡觉，罗德仁听见儿媳妇对罗汉长说，汉长，我看你就让爸搬出去算了，这样下去你们两个都会出问题。罗汉长恼怒地说，你什么事情都由着他，搞得他越来越离谱。以前是离家出走，现在要搬出去捡垃圾，你说，我好歹也是个总经理，你让我爸去捡垃圾，别人要是说起来，我这脸往哪里搁，我还要不要做生意？

解决的办法还是儿媳妇想出来的，她对罗德仁说，爸，你要搬出去我们也同意，可你不能去捡垃圾。你要是去捡垃圾，你说哪个还敢和汉长做生意？人家会说"你看，他连老爸都养不起了，还做什么生意？"就算是为汉长想，你也退一步，找个好点的地方，我们没意见，他怎么说也是你儿子，你总得为他想想吧？罗德仁想了想，儿媳妇的话也有道理。

房子是儿媳妇去找的，一个不错的小区，进门还有门卫，一房一厅。离家也近，走路半个小时就到了。儿媳妇说，住近点好照应点，有什么事情也好联系。儿媳妇还说，房租她会每个月替他交，他就不用管了，另外一个月再给他五百块钱的生活费。把钥匙拿到手，罗德仁突然觉得对不起儿子，他没赚到钱，还要加重儿子的负担。罗德仁搬东西的时候，罗汉长也在家，他脸色铁青，一句话都没有跟罗德仁说。

六

搬进新房子，罗德仁松了一口气。等把房子收拾清楚了，他才发现房子很空，他一个人住在里面空荡荡的。在儿子家里，他还可以看看电视，现在，房子里连电视都没有，除开他在房子里走来走去的脚步声，连老鼠的声音也没有，安静得可怕。草草吃过了饭，罗德仁躺在床上半天睡不着，甚至他怀疑他搬出来的意义。

找到棉花是在傍晚，罗德仁现在一个人住，不着急回去，他有的是时间。棉花炒了两个菜，在罗德仁对面坐下了。罗德仁脸上喜滋滋的，看得棉花有些莫明其妙。棉花对罗德仁说，老罗，你是不是有什么高兴的事了？看你这样子，跟捡了个大便宜似的。罗德仁抿了一口酒，笑眯眯地说，是有好事，便宜倒是没捡到。棉花问，你说嘛。罗德仁望了望棉花说，我从儿子家里搬出来了，从今以后我一个人过日子。罗德仁说完，棉花神色马上变了，她伸手在罗德仁额头上摸了一下说，老罗，你没犯病吧？好生生的搬出来干吗？罗德仁说，我没事，我好得很，就是想一个人住。棉花说，老罗，不是我说你，你这太儿戏了。你搬出来容易，搬回去就难了。就算你儿子不说什么，你也拉不下这个面子，到时候怎么收场？罗德仁说，以后的事情我管不了。棉花说，都活了大半辈子了，搞这种名堂。棉花的反应有点出乎罗德仁的意料，他原以为棉花应该高兴。以前住在儿子家里，他每次来看棉花，棉花都神采飞扬的。现在，他搬出来了，更自在了，棉花却不高兴了。

　　喝完酒，天快黑了，餐馆里没什么人了。罗德仁看了看棉花说，棉花，你到我那看看？棉花扭过头说，等下说不好还有人过来吃饭。罗德仁望了望垃圾场，又朝四周看了看说，今天好像没什么人，早点收摊吧。棉花想了想说，那好吧，你那里远不远？见棉花答应了，罗德仁连忙说不远不远，要不了一个小时。等收拾好摊子，跟侄女交代了一声，棉花跟罗德仁出了门。临出门，棉花侄女突然喊了一声，婶，你今晚还回来不？她喊这一声不要紧，棉花的脸一下子红了，她朝里面应了一声，回，怎么不回？你别睡死了，记得给我开门。

　　两个人上了车，并排坐着，罗德仁离棉花很近，肩膀靠着肩膀。刚开始，两个人都想着什么心事，没说话。罗德仁看着车窗外面，路灯有些昏，街上人很多，小摊小贩活跃了起来。他正想着和棉花回去之后怎么办，棉花拿胳膊肘撞了撞罗德仁问，你晓不晓得最晚的车几点的？罗德仁含糊地说，十点左右吧。棉花说，到底几点？　罗德仁挠了挠脑袋，这个我也不清楚，我问一下司机。正准备问，棉花拉了拉罗德仁的胳膊说，算了，别问了，回去再说，我打个转就走。

房间收拾得整齐，从早上开始罗德仁一直在收拾房子，他早想好了叫棉花过来看看。棉花在罗德仁屋里转了几圈，笑着说，老罗，看不出来你还挺讲究的，收拾蛮干净。说完，指着卫生间里的两条毛巾说，连毛巾都分开用。罗德仁向四周看了看说，还不够，还不够，一个人住也懒得收拾。棉花说，这就不错了。罗德仁拿了个杯子，给棉花倒了杯水。房间里还没有椅子，罗德仁说，你坐床上吧，改天我去买两把椅子，省得来个人连坐的地方都没有。

两个人东拉西扯地聊了会天，棉花取笑罗德仁说，他这是给自己找罪受。说完，又夸罗德仁的儿子，说这么好的儿子天下怕是绝了。罗德仁"嘿嘿"地笑。罗德仁坐在棉花边上，床很软，刚买的席梦思，两人越贴越近。棉花虽然四十多了，还是很有女人味。什么叫女人味？罗德仁好几十年没尝过了。老婆难产死后，罗德仁没再娶，一个人拉扯着罗汉长长大，供他读书。儿子也还争气，总算是出来了。罗德仁也不是没想过再讨一个媳妇。老婆刚死那会，觉得不合适，儿子也小。等儿子大了些，找个人又难了。拖着拖着，一辈子就这么拖过去了。仗着喝了点酒，罗德仁大着胆子叫了声"棉花"。罗德仁的声音柔和，轻轻的，连罗德仁自己都没想到自己能发出这么柔和的声音。罗德仁看见棉花的身子颤了一下，她拉了拉衣角说，你叫我干吗？罗德仁的脸凑了过去说，棉花，你真好看。棉花抬起手，理了理耷拉在颧骨上的头发说，还好看，都成老太婆了。棉花的声音有些不自然。罗德仁的手顺势搭在了棉花手上。棉花的手滚烫滚烫的，罗德仁的手心里也渗出汗来。罗德仁的手就那么盖在棉花的手上，就像一张纸压着另一张纸。过了一会，罗德仁用中指轻轻地挠着棉花的手背，大拇指探着棉花的手心。棉花的手心汗津津的，潮湿而温暖。罗德仁看到棉花的脸红了，头也低了下来。罗德仁换了一只手握住棉花的手，腾出一只手爬到了棉花的肩膀上。棉花靠到罗德仁怀里的动作软绵绵的，像是没有一点力气。罗德仁整个压在了棉花身上。

解棉花裤带时，罗德仁遭到了棉花剧烈的反抗，两个人在床上扭来扭去，像是在开展一场搏击战。几十年的干涸让罗德仁充满了力气，他的身体已经烧了起来，就像一个汽油桶，棉花则是一根火柴，他急切地想要燃烧起来。棉花一边用力扯开罗德仁的手，一边压着嗓子喊，老罗，老罗，你这是干吗？你起来，起来，我们坐着说话。棉花的话，罗德仁一点也没有听进去，他现在只想干一件事情，脱下棉花的裤子。棉花一只手扯罗德仁的手，另一只手拼命地抓住裤带。她气喘吁吁地说，老罗，你再这样我要叫了，我要叫了。罗德仁的头蹭着棉花的胸，双腿紧紧地压在棉花的身上。挣扎了一会，棉花突然松开了手，罗德仁趁机一用力，扯下了棉花的裤子，他正准备分开棉花的双腿，脸上突然一阵麻疼。棉花扇了罗德仁一个耳光。罗德仁的动作僵住了，他抬起身来，看着棉花。棉花从罗德仁身下抽出身来，提上裤子，迅速地站了起来，理了理衣服和头发，望了望还在床上发愣的罗德仁说，老罗，晚了，我该回去了，你送我下去吧。

到了汽车站，晚班车已经走了。外面不冷，有些风。路边的梧桐树高大，叶子在路灯的照射下，像是涂了一层桐油。罗德仁和棉花走了一会，还是没看见车。罗德仁侧了一下身，对棉花说，棉花，没车了。棉花没吭声，罗德仁又说，棉花，我打个车送你回去吧？棉花还是没吭声。罗德仁拦了几辆的士，都不肯去垃圾场，说太晚了，那边不安全。好不容易拦了一辆愿意去的，一问价，要五十块。一来一回，一百。罗德仁站在车门边上对棉花说，棉花，没车了，只能打的士了。棉花摇了摇头。等的士走了，棉花说，一百块钱，她要干上好几天，这的士也太黑了。两人又走了一会，罗德仁问棉花，棉花，那怎么办？

总不能走一个晚上。过了一会，罗德仁对棉花说，棉花，你还是去我那里睡吧，我保证不动你，你要是不相信，你找根绳子把我捆起来。又走了一会，棉花站住了，她望着罗德仁说，去你那里吧。

　　又回到罗德仁屋里，草草洗了个澡，两人躺下了。床并不宽，他们一人睡一头，碰是碰不到了，却也近，能感觉到对方散发出来的热气。折腾了一天，也累了。关了灯，两个人都没说话。罗德仁没睡着，他不知道棉花睡着没有。过了一会，黑暗中传来棉花的声音，老罗，你睡着没？罗德仁说，没呢。棉花说，我也睡不着，心里老不踏实。罗德仁没吭声，他伸手把棉花的两条腿抱在怀里。棉花还穿着裤子，罗德仁感觉到棉花腿上的肌肉紧了一下。棉花没说话，罗德仁抱着棉花的腿，像是抱着两个从来没见过的宝贝，他伸出舌头舔了舔棉花的脚指头，好像棉花是一大块糖。棉花的腿扭了扭，还是没说话。过了一会，棉花颤着声音说，老罗，来吧，这都是命，该来的它怎么也跑不掉。 罗德仁听到了棉花脱衣服的声音，接着，棉花的两条腿蜷了起来，再伸过来时，罗德仁摸到了两条丰满而光滑的大腿。罗德仁转过身，顺着棉花的大腿向上爬，他的手有些发抖。很快，他整个人燃烧了起来。

七

　　从第一次进罗德仁的房间，到第二次进罗德仁的房间，这个过程棉花用了整整两个月。两个月，看起来似乎很长，对罗德仁来说更是如此。积攒了几十年，有了那么一次后，罗德仁的身体陡然恢复了活力，虽然不像小伙子一样天天惦记着，晚上睡觉，还是隐隐有些冲动。这两个月，罗德仁没少去看棉花。到了棉花的店里，罗德仁多半是要上二两酒，坐着慢慢喝，棉花忙来忙去，时不时地过来跟罗德仁说句

话。跟往常不一样，罗德仁坐在棉花的店子里一点客人的感觉也没有了，好像他才是这里的主人。棉花侄女看罗德仁的眼色也不对了，有事无事跟罗德仁说几句话，无端地冲罗德仁笑，笑得罗德仁心里不踏实，像做了丑事被人当场给抓住了一样。第二次去罗德仁那里，过程简单多了，两人洗过澡，就上床睡了，棉花抱着罗德仁，好像罗德仁一直是躺在她身边的那个男人一样。

　　跟棉花睡了几次，罗德仁有了新的想法。他想棉花搬到他这里住，他觉得棉花已经是他的女人了，应该住在他这里。罗德仁跟棉花说起他的想法，棉花笑了。当时，棉花正躺在罗德仁床上，两个人刚折腾完，身上还带着汗水。罗德仁抱着棉花，棉花身上也是湿淋淋的，罗德仁抱着她，像是抱着一条光滑的泥鳅。罗德仁爬在棉花身上，握着棉花的乳房说，棉花，你过来吧，过来跟我一起住。棉花摸了摸罗德仁的头，以为罗德仁在开玩笑，随口说，好啊。罗德仁说，那你明天把东西收拾一下，搬过来算了，省得跑来跑去的麻烦。罗德仁说得认真，棉花这才知道罗德仁不是开玩笑。棉花把罗德仁从她身上推下来说，你说真的？罗德仁说，说真的。棉花说，老罗，你要是说真的，那我不能答应。罗德仁问，为什么？棉花说，老罗，你也不年轻了，我男人也不晓得是死是活，我要是跟你一起住，哪天他回来了，你让我怎么办？罗德仁说，你男人十几年连个影子都没有，他不会回来了。棉花说，那也不行，名不正言不顺的。棉花这话一说，罗德仁的眼睛亮了一下，他说，那我跟你结婚。棉花说，我和我男人还没离婚呢，结个屁婚。棉花说完，罗德仁的心有点凉，他是真的想和棉花一起过。自从和棉花一起后，他觉得日子过得有劲了，不像以前一点盼头都没有。躺了一会，棉花说，老罗，你也别想那么多了，我们就这样不是蛮好？罗德仁说，我不甘心，你男人连个鬼影子都见不到，还占着茅坑不拉屎。我对你这么好，你都不肯跟我。棉花脸色变了，我还就是个被占了的茅坑，有本事你去找个新的。见棉花生气了，罗德仁抱了抱棉花说，算了，当我这话没说。

话虽然这么说，罗德仁的心还没死，他不相信他就不能跟棉花在一起。棉花那男人算什么？狗屎一团，出了点事，跑了，丢下老婆不管，这算个什么男人？仔细盘算了一下，罗德仁觉得他有跟棉花结婚的资本。棉花开着那个小店，一天赚不了几十块钱，要是棉花跟他结婚了，两个人一起去做点小生意，总不至于比开个小餐馆差。他还有个最大的资本，他有儿子，棉花无儿无女。要是棉花跟他结了婚，就不用担心身后事了。这么一算，他觉得他配得上棉花，现在唯一要解决的问题是要棉花把婚给离了。棉花跟她男人十几年没见面，只要棉花说离，这婚肯定能离得了。

罗德仁回了趟儿子家。打开门一看，屋里空荡荡的。他去厨房看了看，冷冷清清。再一摸餐桌，都积了灰尘。儿子和儿媳妇大概很长时间没在家里开伙了。罗德仁烧了点水，泡了杯茶，坐着等儿子和儿媳妇回来，他不着急。也不晓得等了几个小时，罗德仁在沙发上快睡着了，有人摇了他一下，睁开眼一看，是儿子和儿媳妇。见罗德仁醒了，罗汉长笑了笑说，我说呢，刚在楼下看到屋里的灯，我还以为进了贼呢。罗德仁尴尬地笑了笑。给罗德仁换了杯热水，罗汉长说，爸，你怎么舍得回来？我晓得你是无事不登三宝殿，又有什么事？儿媳妇拉了一下罗汉长的衣角说，你怎么跟爸说话的。罗德仁感激地看了儿媳妇一眼。罗汉长也知道自己话说重了，拿手拍了一下自己的嘴巴说，该抽，该抽，怎么说话的。罗汉长的脸松弛了些说，爸，你在外面要是有什么不方便的，你就说。要是不习惯，你就回来，别拉不下面子，父子俩有什么不好意思的。罗德仁喝了口水，把想说的话压了下去，也没什么事，就是想回来看看你们。罗汉长朝媳妇看了一眼说，爸，要是真没什么事，那早点睡吧，也不早了。说完，让媳妇给罗德仁收拾房间。

罗德仁醒来时，太阳已经老高了。他睡得很好，他自己都不知道怎么搞的，一躺下，就跟死了一样。罗德仁走到窗子边上，朝外看了看，楼下是一个人工水池，边上有一个亭子。以前，罗德仁经常到亭子里去喝茶，风一吹过来，花和草的味道都过来了。小区的环境罗德仁喜欢，有很多树，还有草坪，那些花罗德仁叫不出名字来。罗德仁舒展了一下肩膀，准备去刷牙洗脸。

走到客厅，罗德仁一眼看见了儿媳妇。儿媳妇上班早，这个点儿按道理早走了。见罗德仁起来了，儿媳妇麻利地说，爸，你牙刷和毛巾换了新的。我给你放好了，洗完脸过来吃早餐，我给你热热去。等洗完脸出来，儿媳妇把早餐端上来了，一碗白粥，还有两个肉包子。儿子和儿媳妇早上一般喝牛奶吃面包，罗德仁吃不惯。白粥和包子都是儿媳妇下去买来的。

吃过早餐，罗德仁对儿媳妇说，我走了，你也去上班吧。没想到儿媳妇说，爸，你先坐一会，我请假了。汉长说你回来肯定有事，让我问问你。罗德仁说，我没事，真没事。两人聊了一会，罗德仁坚持说没事，儿媳妇也拿他没办法。临出门，儿媳妇说，爸，你要是有什么事记得说，你就汉长这么一个儿子，你不跟他说，跟谁说啊？罗德仁"嗯"了一声，走出门口，罗德仁的眼睛酸酸的。

去到棉花那里，棉花也看出来了，问他有什么事，他也不说。等晚上关了门，棉花说，我去你那里吧。回到屋里，罗德仁抱着棉花，眼泪"哗啦啦"流下来了，棉花帮罗德仁擦着眼泪。等哭完了，罗德仁问棉花，棉花，你说我是不是个坏人？棉花摇了摇头说，当然不是，你怎么会是个坏人呢？你怎么了？罗德仁把回儿子家的事情说了一遍。听完了，棉花说，你也别想那么多，儿子和儿媳妇孝顺那是天理，怪就怪现在的人不讲天理。两人说了会话，罗德仁心里好受了些。

正准备关灯睡觉，外面有人敲门。棉花忙乱地穿上衣服，神色紧张地看着罗德仁问，不会有人查吧？ 罗德仁说，别瞎想，这里哪里会有人查。再说了，就算有人查又怎么样，我们又没有做什么坏事。棉花的神色还是慌张。罗德仁起身，准备开门。他走到门边，朝猫眼里一看，是儿子。这下，他紧张了。回到房间，棉花问，谁呢？罗德仁声音哆嗦着说，我儿子。听罗德仁这么一说，棉花也吓到了，那怎么办，那怎么办？你这里有没有地方躲？罗德仁朝房间里看了一遍，一房一厅，东西又少，哪里能藏下个人。罗汉长还在敲门，边敲边喊，爸，是我，开门。罗汉长一叫，棉花更慌了。罗德仁把心一横说，不怕，让他进来好了。棉花说，你傻了，你怎么跟你儿子说啊？罗德仁心里一片茫然。棉花躲进了卫生间。

打开门，儿子和儿媳妇进来了。屋里只有两张椅子，还是罗德仁刚买回来的。罗汉长坐下了，漫不经心地说，爸，你怎么这么长时间才开门？ 罗德仁说，年纪大了，耳朵背，没听见。罗汉长皱了皱眉头说，这么大声音你没听见？朝屋里里看了看，罗汉长说，爸，我刚才好像听见你和人说话。罗德仁脸上开始发烧，他说，瞎扯，就我一个人在家，哪还有什么人。罗汉长笑了笑说，有也无所谓的。坐了一会，罗汉长站起身说，我去上个厕所。说完，就往厕所走。罗德仁赶紧跨上一步，拉住罗汉长说，厕所坏了，你们要上出去上吧。罗汉长摆了摆手说，我就解个小手，出去麻烦。说话间，罗汉长已经走到了厕所边上，他拉了拉，厕所门是关的。又用力地扭了扭，很紧。费了好大的力气，他扭开了锁，推门又推不开。罗德仁站在旁边看着罗汉长，直搓手。罗汉长突然停下了动作，笑了笑说，我知道里面有人，出来吧。里面没有反应。罗汉长又叫了一声，还是没有反应。罗汉长说，你要是再不出来，我就踹门了！厕所的门缓缓地开了，棉花捂着脸站在里面。

罗德仁的脸滚烫，恨不得找个地洞钻进去。罗汉长脸上表情平静，他一连抽了几根烟。屋里空气沉闷。过了一会儿，儿子才说，爸，我就说你有事，你还瞒着不肯告诉我。棉花想走，罗德仁拉住了她。见了罗汉长，棉花也说，我和你爸没什么事，他经常去我那里坐坐，我有空就过来陪他聊聊天。罗汉长冷冷地问，你就是在垃圾场边开餐馆的那个？棉花点了点头。罗汉长笑了笑说，你还真能缠，我爸这么大年纪了你还缠着他。棉花说，我没缠着你爸，我是看你爸一个人孤单，过来陪陪他。罗汉长说，你陪得还真具体。听了罗汉长的话，罗德仁生气了，他见不得罗汉长夹枪带棒地讽刺棉花。罗德仁一把抓住棉花的手，棉花挣扎了一下，没挣脱，罗德仁抓得更紧了，像一把钳子。罗德仁指着罗汉长的鼻子说，罗汉长，你给我听清楚了，我要跟棉花结婚，我的事你跟我少管。罗汉长"霍"的一声站起来说，你要是想给我找个妈，门都没有，我妈早死了。说完，好像还不解气，接着说，你早干吗去了，这么大年纪又想找女人了。罗德仁抬腿一脚踹了过去，大怒道，你给老子滚出去。

八

一连几个月，罗德仁去找棉花，棉花的脸色都不好，阴沉沉的，像是涂了一层乌云。罗德仁自己找了个地方坐下，他满肚子的话想跟棉花说，不知道该怎么说出口。等餐馆里的人都散了，棉花搬个小板凳，在桌子边上坐下。炒了两个小菜，干喝酒。喝完了，时间也晚了，棉花说，晚了，你也该回去了。说罢，收拾桌子，不给罗德仁缓和的机会。从棉花的餐馆出来，要步行十多分钟，才能到车站。罗德仁一出门，就听见餐馆的门"吱呀"一声关上了。路上很黑，连路灯都没有。罗德仁喝了点酒，摇摇晃晃，风一吹过来，脑子清醒了些，身子却软绵绵的。等上了汽车，由于是晚班，车上很少人，偌大的汽车，此时空荡荡的。

又是冬天了，空气弥漫着懒散的气息，快过年了。

在儿子家里，罗德仁三天没吃饭，除开喝点水。儿媳妇急坏了，却一点办法也没有。罗德仁和儿子彻底闹翻了。两个人就像两面墙，儿媳妇夹在中间，不知道该向着谁好。一开始，儿子以为罗德仁会让步，怎么说也是自己老子。可他没想到，罗德仁坚硬得像一块石头。罗德仁想好了，要是儿子不同意，他也不准备吃饭了，饿死算了，反正活着也没多大意思。僵持到第四天，儿子妥协了。儿子红着眼睛，瞪着罗德仁说，你要结婚，你结，我不管。我也跟你说清楚，你是我爹，我养你。那个女人我不管，我给你租的房子，你爱跟谁住跟谁住，我给你的钱是养你的，你爱跟谁用跟谁用，反正我是不会再给钱养个妈。还有，你不准带那个女人到我家来。罗德仁躺在床上笑了笑，勉强僵硬的那种。罗德仁点了点头，算是接受了儿子的条件。

在儿子家休养了几天，罗德仁身体好了很多。吃过早餐，罗德仁对儿媳妇说，我走了。儿媳妇看了看罗德仁，叫了声"爸"。罗德仁转过身问，什么事？儿媳妇眼睛红红的，没说话。见儿媳妇这副神情，罗德仁赶紧说，我走了。他怕多待一会儿会忍不住流下眼泪来。跟儿子，他硬碰硬的，一点也不怵，一看到儿媳妇这个样子，他有些受不了。走出儿子家门，他想他可能再也不会回来了。

找到棉花，罗德仁第一句话就是"棉花，我儿子同意我们结婚了"。他本以为棉花会惊喜，至少有些出乎意料的表情。可没想到，棉花连眼都没抬一下。棉花的态度让罗德仁的热情冷了些。他本想接着说，你赶紧回去和你男人离婚。这话，他硬生生咽回了肚子里。等餐馆里的人少了，棉花坐了下来说，老罗，你这是干吗呢？罗德仁说，我想和你结婚，我们结婚了，就能名正言顺地一起过了。棉花说，老罗，我是真佩服你儿子，我也是真的佩服你。你一个当爸的人，怎么这么胡闹？你儿子也由着你。罗德仁张了张嘴，他在儿子家绝食的事他还没说出来，看来不能说了。棉花说，老罗，你也是过六十的人了，做事要考虑周全点。是，我承认我错了，我不该跟你睡，不该让你动了心。罗德仁说，你没错。我是真想跟你一起过。棉花笑了笑，揶揄地说，那我问你，你有没有想过我们怎么过？罗德仁一惊，他没想过这个问题，甚至没意识到这是个问题。他脑子迅速地转了转说，我过来捡垃圾，一天好歹也能挣几十块钱，也够我们两个人生活了。棉花说，你能捡一辈子，你老了还能捡？老罗，你不能跟人家城里的老头比，人家不怕，有退休金，死了还有国家管。你呢，等你真不能动了，要是儿子不孝顺，你连饭都没得吃。你现在一个人，你儿子肯定要管你，真把我加上，你儿子还能管？就算管，他还能管我？你儿子给你的那点钱，够两个老头老太生活？还不说三病两痛的。见罗德仁没吭声，棉花脸色温和了些，老罗，你别折腾了。你不折腾，我们还能回到原来的日子上去。你一折腾，就什么都没了。等把罗德仁说通了，棉花收拾了一下说，老罗，我跟你一起回去。

临近年关了，越来越冷。罗德仁想着，要给棉花买点东西，买点什么好呢？想了半天，给棉花买了件羽绒服，冬天冷，羽绒服暖和。罗德仁买的是一件大红的羽绒服，他想棉花穿上一定很好看。下了汽车，罗德仁的心情很好，天气晴朗，有太阳，路边的树都脱掉了树叶，只剩下一些干瘦的枝条。天空是明亮的，显得干净而且辽远。阳光均匀地铺在地上，平时肮脏的地面也显得清洁了很多。远远的，罗德仁看到棉花的小餐馆了。

等走到餐馆边上，罗德仁看到，餐馆门关了。他用力敲门，一点反应也没有，只有一些空响。围着餐馆走了一圈，罗德仁想，去问问花子吧。罗德仁先去了垃圾场，要过年了，垃圾场上一个人也没有。去了花子的住处，正碰到花子在收拾行李。见到罗德仁，花子高兴地拍了拍罗德仁的肩膀说，好你个老罗，你有好几天没到这边来了吧？罗德仁点了点头，算是回答了。见到罗德仁手里拎着的东西，花子停下了手头的活说，送给棉花的吧？罗德仁说，是啊，她餐馆关门了，是不是买菜去了？花子看了看罗德仁，眼神怪怪的。罗德仁拍了拍棉袄说，花子，你怎么了，我有什么好看的。花子叹了口气说，老罗，晚了，棉花走了。罗德仁一愣，走了？花子重复了一遍，走了。罗德仁一阵慌乱，那怎么办？我还给她买了羽绒服。花子说，还能怎么办？拿回家去呗。罗德仁拉住花子说，花子，我们算老朋友了，帮个忙，你晓不晓得棉花去哪里了？花子说，不知道。罗德仁又问，那你知道她老家在哪里吗？花子摇了摇头说，不知道，这里的人来自五湖四海，谁晓得她从哪里来的。罗德仁说，那她还回来么？花子叹了口气说，我想是不回来了，她房子都退了。

　　说完，花子拉傻愣愣的罗德仁坐下，指着罗德仁的鼻子说，不是我说你，老罗，这事你办得真不对。罗德仁看着花子。花子说，棉花走之前，请我们喝了酒，棉花喝醉了。罗德仁问，棉花有没有说什么？花子说，说了，说得哭了。棉花说，她晓得你对她好，可她没办法，她男人当年是为了她杀了人才跑了的。她这辈子算是欠定了她男人的。花子还在絮絮叨叨，罗德仁的两行浑浊的泪水流了下来。

九

　　两年后，这个城市发生了一起离奇事件，报纸上是这样报道的：

66岁老人把自家变"碉堡"

　　本报讯　近日，我市某街一栋居民楼里，一名66岁老者欲引爆家中的29个液化气罐，居民发现后立刻报警。市公安、消防等多个部门相继赶到现场进行紧急救援，将附近居民全部疏散到安全地带。随后救援人员发现，该老者将屋里的门窗、阳台全部用砖块砌死，并在门上上了多把锁头。救援人员经过 6 个小时的紧张行动，将邻居家的墙壁凿开，进入该居民家中，制止了这一恐怖事件。老者已经死亡，初步怀疑是被液化气熏死。

据该楼居民介绍，制造这一事端的老人名叫罗德仁（音），今年约有 66 岁，租住在该楼一单元 5 楼三门已经有三年了。近两年老人经常有一些怪异的表现，让居民感到十分害怕。平时，老人经常向楼道里倾倒垃圾和粪便，邻居们出门都小心翼翼的。

救援人员进入现场后发现，屋内 29 个液化气罐已经全部打开，还有 6 桶汽油，37 袋大米，罗德仁已经死亡，初步怀疑是被液化气熏死。救援人员还发现，屋内被建造得像碉堡一样，窗户全部被砌死，墙壁比普通的墙壁厚很多，并凿开了多个用于观望和通风的小孔，门上装了多把锁头，并用特殊装置固定住了。

记者就此采访了有关专家。专家认为死者可能是由于极度孤僻从而产生了严重的心理问题。专家建议家有老人的市民平时多注意和老人沟通，避免老人产生被抛弃感，尽量让他们老有所为，老有所乐。

看到报纸时，罗汉长鼻子有些酸，他看着窗外，天空高远。他连秘书走进来都没有发觉。他对着镜子看了看，他的鬓角已经有了白发，再看看脸上，皱纹更深了。他想到他有一天也会老，陡然觉得身心疲惫。

十二月：夏商函先生

夏商函死的那天，天空干净，一朵云都没有。那是雨后的晴天，被清洗过的天空蓝得空洞无比，鸟仿佛可以飞到天国。死的前一天，夏商函看着雨说，天要晴了，要出虹了，我也要死了。夏商函的话，让吴铁匠、张三子吃了一惊，他们说，老夏，你死不了，就算我们都死绝了，你也死不了，你身体好得很。夏商函摇了摇头说，有些事情你们是不晓得的。

当天晚上，夏商函要死了的消息传遍了走马镇。走马镇的大雨已经下了一个半月了，漫长的雨季让人骨头里都是潮湿的，河水眼看就要漫过河堤。没有尽头的雨，让走马镇沉寂下来，街道上几乎看不到人。吴铁匠、张三子从夏商函屋里出来时，对看了一眼说，走吧。吴铁匠、张三子和夏商函是朋友，都是七十多的人了。镇上的年轻人不多了，剩下的都是老弱病残。过了石板街，吴铁匠忍不住问了一句，三子，老夏真要死了么？张三子说，谁晓得，天晓得。吴铁匠点了点头，朝张三子摆了摆手说，走了。回到家，吴铁匠对老婆说，夏商函说天要晴了，他要死了。老婆愣了一下，老夏自己说的？吴铁匠"嗯"了一声。到了半夜，沉寂了大半个月的走马镇热闹了起来。

天刚亮，夏商函家门口挤满了人，一把伞挨着一把伞。夏商函家

220

的门一直关着，没有人去敲门。似乎整个走马镇的人都来了，队伍一直排到了石板街。走马镇的街道本就是窄的，夏商函家在一条更小的巷子里。吴铁匠排在队伍的最前面，伸手就可以敲到夏商函家的门。要是在平时，吴铁匠扣一下门环就进去了。但这天，他不敢，他怕。他怕他一进去，夏商函就真死了。雨还在下，天还没有晴，这说明夏商函可能还没有死。他只是睡着了。队伍越来越长。十一二点，天一下子就晴了，亮了。直到现在，走马镇的人回想起那天的情形都会说，那么蓝的天，几十年都没见过了。一道巨大的彩虹架在河的两岸。伞收了起来，队伍也乱了。有人喊了起来，吴铁匠，你进去看看，万一老夏真有什么事呢。吴铁匠也收了伞，站了三四个小时，他的腰像断了一样。犹豫了一下，吴铁匠喊了声，老夏，老夏！门还是没有开。吴铁匠推开门，走了进去。队伍一下子断开了。过了一会，吴铁匠出来了，他拉过张三子说，你去找几个人。张三子身上哆嗦了一下。人群躁动起来，吴铁匠站在门口，压低声音说，死了。

关于夏商函，走马镇上流传的传说太多了。有人说夏商函得了鬼谷子的真传，神机妙算，深不可测。其实，夏商函长得略略有点胖，胡子也是稀疏的，和画上道骨仙风的高人明显不一样。在走马镇，夏商函是一个异类，他应该是有钱的，却没娶老婆，更不要谈孩子了。他养猫，都是那种毛色全黑的猫，一根杂毛都见不着。每天大清早，夏商函去市场，走到卖鱼的摊子前，不用他开口，摊主已经把三斤杂鱼递给了夏商函。夏商函也不说话，给钱，转身，走人。他吃得清淡，多半是青菜、豆腐，肉偶尔吃一下。鱼都是猫吃的，他不沾。夏商函家的猫吃得好，却不怎么长肉，一个个身材清瘦，灵活得很。这些年，夏商函已经很少说话了。多半时候，他在家里陪着一大群猫。只有吴铁匠、张三子几个老头隔三岔五去夏商函家里坐坐。即使他们去了，夏商函话也不多，三人对着抽烟，偶尔说几句话。要是坐得晚了，夏商函就随手炒两个菜，老哥儿三个喝点酒，各自就回家睡了。年轻人是难得一见的，用他们的话说，夏爷家里阴森森的，怪吓人。即便如此，整个走马镇，却没有一个人不晓得夏商函。

三十多年前，或者更多一点，具体时间没人记得了。那会，夏商函是个铁匠，清瘦，他打铁，主要是打船钉。走马镇是个小镇，靠着水，船多。过渡的，打鱼的，都得有船，有船就得用船钉，打船钉的生意因此一直不错。打铁是个力气活，夏商函吃得多，一顿能吃三大碗米饭，胳膊上都是一团团的肉疙瘩。夏商函带了一个徒弟，镇上的人都叫他"铁头"，铁头那会只有十七八岁，也正是能吃的年龄。夏商函人善，徒弟不光吃饭管够，还有工钱。人都劝他说，徒弟管饭就够慈善的了，哪里还有给工钱的道理。夏商函听了也不反驳，笑眯眯的，那人也干活了嘛。人就说，你把风气搞坏了，以后各行各业的师傅都不好当了，像你这样当师傅都是赔本的买卖，人家学你手艺，吃你饭，你还给工钱，以后没人收徒弟了。夏商函望着天说，人家当人家的师傅，我当我的师傅，再说了，我就一个徒弟，我要改行了，铁头也是我最后一个徒弟。人就问，你不打铁了？夏商函说，我很快就不打船钉了，把手上的这些打完，我就不打了。人就问，那你以后干吗？夏商函说，我也不晓得。人就摇头，夏商函也跟着摇头。

某日，吃过晚饭，夏商函对铁头说，铁头，我们以后不打船钉了。铁头望着夏商函说，不打船钉我们打锄头、铁锹也一样。夏商函说，也不打锄头、铁锹。铁头眼里有了一层雾，他说，师傅，那我们打什么？夏商函吐了口气说，我们打剪刀。铁头摇了摇头说，师傅，打剪刀不赚钱，没几个人家买剪刀。我们还是打船钉吧，船钉人家要得多。夏商函说，铁头，我们不打船钉，打剪刀。他们就打剪刀，一把接一把。很快，铺子里就堆满了剪刀。

有打鱼的过来，夏商函，给打五百个船钉，过些日子我来取，给现钱。夏商函就笑，铁头对打鱼的说，师傅，我们不打船钉了。打鱼的说，不打船钉你打什么？铁头显得有些不好意思。夏商函走出来说，打剪刀。打鱼的一愣，打剪刀？哪个要剪刀嘛，你还是打船钉好了。夏商函递根烟过去说，你跟他们都说一声，夏商函不打船钉了，打剪刀。要买剪刀到我铺子来，打船钉就算了。打鱼的接过烟，笑嘻嘻地说，夏商函，你是个傻瓜，有钱你都不晓得赚，你晓得一条船要几多船钉不？就算一家一户一把剪刀，那又有好多把剪刀？一把剪刀用好多年你晓得吧？我屋里的还是我老娘的嫁妆呢。再说了，好多家都没剪刀嘛，要用就跟隔壁借一把。夏商函也不争论，抽口烟说，我晓得，我不想打船钉了嘛。

剪刀打出来了，没人来买，夏商函也不着急。到了傍晚，打鱼的回来了，过渡的也回来了。夏商函铺子前坐满了人，看夏商函和铁头打剪刀。等夏商函停下来，人都看着铺子堆得满满的剪刀问夏商函，夏商函，是不是你陪铺要你打剪刀做聘礼？夏商函"嘿嘿"一笑，哈，是撒，是哈，就你晓得。人都笑，铁头也笑。夏商函三十多了，不缺胳膊不缺腿儿，更不缺心眼，却还没讨个老婆，人都拿这当笑话，说夏商函有好几个陪铺，都是标致丫头。见夏商函笑，人又问，夏商函，剪刀是能吃还是能当女人睡，你打那么多干吗，打船钉嘛。走马镇就你船钉打得好，你不打，我都不晓得找哪个打。夏商函说，天下铁匠铺子多了去了，你爱找哪个找哪个。你买剪刀不？我便宜卖你一把，五块钱。夏商函的话一落，人笑得肚子都疼了。夏商函，没看出来嘛，你还蛮会讲笑话，五块钱一把剪刀，你晓得肉几多钱一斤吧？你晓得油几多钱一斤吧？就你那破剪刀能顶十斤猪肉？你想发财想疯了吧？夏商函也笑，你不晓得，我这剪刀要卖十块钱一把的，五块钱给你你还不要，你吃亏了晓得吧？人都笑得捧着肚子。铁头忍住想不笑，没忍住，也跟着笑了。

过了段时间，夏商函对铁头说，铁头，你看铺子，我去卖剪刀。铁头说，师傅，我去吧，你歇着，你说多少钱一把，我去。夏商函一边往袋子里装剪刀一边说，你不行，你卖不出去，我这剪刀要卖十块钱一把的。铁头也愣住了。他说，师傅，剪刀卖不了十块钱。

到了半下午，夏商函回来了，袋子里的剪刀没了。放下袋子，夏商函说，铁头，你把袋子装满，我明天还要去卖剪刀。铁头拍了拍空袋子，里面一把剪刀也没有了。他问，师傅，剪刀都卖了？夏商函喝了口水说，都卖了。铁头眼前晃了一下，又晃了一下。他问，几多钱卖的？十块。一把？一把。铁头看了看夏商函，夏商函脸上平静，喝水的动作很稳，不像在开玩笑。夏商函看了铁头一眼，掏出一个本子说，你看看。铁头接过本子翻开，上面写满了字。

　　张国民买夏商函剪刀一把，价格十元，没给钱。米价一斤一块钱时再给钱。

　　刘招娣买夏商函剪刀一把，价格十元，没给钱。米价一斤一块钱时再给钱。

　　……

铁头把本子递给夏商函说，师傅，你被骗了，你的钱要不回来了。

一连好些天，夏商函都出去卖剪刀，还是一把十元。铁头看着心疼，他不想让师傅卖剪刀了。这剪刀一把一把都是他和师傅一锤一锤打出来的，都是血汗，就这样扔了，他舍不得。夏商函再出门时，他拉住夏商函说，师傅，咱先不卖了。夏商函看了看铁头，把袋子放下来说，你心疼？铁头点了点头。夏商函拍了拍铁头的肩膀说，那我们先不卖了。铁头一边收拾剪刀，一边说，师傅，你晓得不，他们都笑话我们。笑话啥？他们说你傻，说你想发财想疯了。

夏商函铺子前又热闹起来。人问，夏商函，你卖剪刀了？夏商函笑眯眯地说，可不，卖了。人问，卖了好多钱？夏商函说，还没算，不晓得。人又问，有人买不？夏商函说，那买的人多了去了。人就"嘿嘿"地笑，那你现在是万元户了嘛！夏商函点了点头，万元户也就一千把剪刀嘛。人就说，那我也买一把，还是按你的规矩。夏商函说"好"。人就在夏商函的本子上写"某某买夏商函剪刀一把，价格十元，没给钱。米价一斤一块钱时再给钱"。写完，拿上一把剪刀说，那我可真拿了。夏商函说，不是拿，是买，你买的嘛！人拿着剪刀说，夏商函，你晓得米多少钱一斤吧？要是米能卖到一块钱一斤，农民不是都飞到天上去了？那城里人还吃得起饭不？你晓得工人一个月几多钱吧？六十块钱一个月算是高工资的了。六十斤米，一家人吃球去！我怕你到死都收不回这钱了。夏商函说，那你不管嘛，你买，我卖，我们都情愿的嘛。

消息很快传播开去，到夏商函铺子买剪刀的人越来越多，多得铺子门口都坐不下了。夏商函不再出去卖剪刀了，他和铁头一天到晚在铺子里打剪刀。那两年，每天晚上都能听到夏商函和铁头打剪刀的声音。本子记满了一本又一本。到后来，夏商函不得不告诉前来买剪刀的，一家只能买一把，先照顾远的，近的以后再来。夏商函的剪刀很快覆盖了走马镇和周边的乡镇。那会儿，你去任何一个人家，保管人家拿出来的都是夏商函打的剪刀。直到今天，有人拿出剪刀时，都不忘说一句，这剪刀还是夏商函打的呢，花了十块钱呢。

卖了两年剪刀后，夏商函果然不打铁了，他把铁匠铺子关了。他对铁头说，铁头，你也不要打铁了，干点别的吧，铁匠这个行当完了。不光铁匠，补鞋、补锅、阉鸡、阉猪这些都干不得了，你趁年轻，去学泥瓦匠盖房子吧。铁头一声不吭，夏商函晓得铁头的意思，那年月，饭都没吃饱，哪里有人还有闲钱盖房子。夏商函说，铁头，你觉得师傅对你如何？铁头瓮声瓮气地说，好。夏商函说，铁头，你要真觉得师傅对你好，就听师傅的。师傅的手艺你晓得，师傅都不打铁了，你还打什么？铁头还是没吭声。夏商函又说，铁头，道理师傅不跟你讲，你听师傅的就行。铁头点了点头。

关了铁匠铺子，夏商函就成了个闲人。他住在走马镇，却不是城镇居民，又没有田，也算不得农民，不打铁，夏商函就成了无业游民。可夏商函忙，比打铁的、过渡的、打鱼的都忙。走马镇水多，一眼望去，白茫茫的一大片。要是到了夏天，湖里长满了菱角，荷叶，红红绿绿的非常漂亮。鱼都是野生的，没人放养。以前，一到过年，附近村里就在河坝子里抽水打鱼，有鱼没鱼就那么多了。打完鱼，把河坝子开一个三四米长的口子，河坝子外面通着湖，湖是从来不干的。口子开了，每天往河坝子扔几副猪下水，撒两担谷壳。过上两天，把口子封上。来年，再接着抽水打鱼。

夏商函没事就在湖边转，一转就是一整天。天晴下雨，日日不落。人说，夏商函不是想不开吧？又有人说，他想不开？天下人都想不开，也轮不到他想不开，他想不开他能送两年的剪刀？人在湖边见到夏商函，夏商函看着满湖的荷叶，人顺着夏商函的视线望过去，除开荷叶，还是荷叶，要不就是水面的菱角和更远的水。人问，夏商函，你看什么呢？夏商函转过头，伸手一指说，你看到了没？人顺着夏商函的手指看过去，除开荷叶、荷花、菱角和水还是什么都没有。人说，我啥都没看见。夏商函笑了起来说，我看到了，我看到荷花、菱角都没了，水是黑色的。人往远处看，水是蓝的，荷花是红的，荷叶是绿绿的。人说，你眼花了吧？夏商函说，我哪里会眼花，你看不清楚而已。人摇摇头就走了。人都说，夏商函怕是走火入魔了。

围着湖转了小半年，夏商函不转了。人见夏商函不转了，又不习惯了，多事地问，夏商函，你不去看荷叶了？夏商函说，不看了。说完，又补充道，我不是看荷叶，我是看天，天生人，天也收人，我想看看天什么时候把我给收了。

在家里待了半个月，夏商函找到了铁头，问，铁头，你看得懂图纸不？铁头说，简单的行，巧的还是看不明白。夏商函说，我这个简单，你看得明白。说完，把一张图纸递给铁头。铁头看了一会说，师傅，你要修水池？夏商函笑了起来说，也不完全是水池。你看，我这边上还有沙地，我要把它围起来。夏商函指着图纸说，我这个池要用水泥打底子。

夏商函家的水池就在他屋后头，面积不大，看起来却怪得很。水池修好了，水放上了。夏商函往池子里放了一对乌龟。夏商函又忙了，天天到处抓乌龟、甲鱼。那年月，走马镇什么都缺，就乌龟、甲鱼不缺。镇上要是有人抓到乌龟，就跟捡到块石头一样，摸两把，"啪"的一声又给扔湖里了。偶尔也有带回来的，给孩子玩几天，孩子玩腻了，乌龟也不晓得跑到哪里去了。要是甲鱼，摸都懒得摸了，那畜生咬人，没乌龟好对付，直接扔掉了事。也有信佛的老头老太太在乌龟壳上打一个孔，上一个铜环，郑重其事地拿到湖里放生，放生前还不忘记在龟壳上刻几个字，不外乎"多福多寿"或者"万寿延年"之类的。人要是抓到刻了字的、上了环的乌龟，无一例外是要放生的，前人积的功德，后人损不得。于是，又上一个环，继续放生。

见夏商函养乌龟，再有人抓到乌龟，就不扔湖里了。拿回来，扔到夏商函的池子里。没多久，夏商函的池子里就爬满了乌龟，要是天晴，乌龟就爬到沙子上晒太阳。因为养乌龟，夏商函家里成了走马镇的一个去处，人有事没事就跑到夏商函家里看乌龟。夏商函养乌龟，却不吃。走马镇也没人吃，在走马镇的人看来，乌龟是有灵性的，就是四年三灾时，走马镇也没人吃过乌龟。在他们看来，夏商函养乌龟是积德的事，积德的事做的人就多，做的人一多，一个池子就不够了，夏商函又挖了一个池子，然后，又挖了一个池子。

夏商函养乌龟养到第三年，米价涨到了六毛钱一斤。这时，走马镇也不太平了，外面的消息纷纷传到了走马镇。说是城里要取消粮票了，以后米就不是国家供应了。人纷纷找到夏商函问，夏商函，你说，米啥时候涨到一块钱一斤？夏商函看着满池子的乌龟说，快了！人就问，你不要说快了，你说，到底要好久嘛？夏商函扳着指头算了算说，要不了两年。人就欢喜起来，米贵了，日子就好过了。说到米，人就想起了夏商函的剪刀，一想到十块钱，又一阵阵的肉疼。人就纷纷指责夏商函说，夏商函，你心太黑了，你一把剪刀怎么能卖十块钱呢？夏商函扭过头说，我逼你买了？人就不说话。

翻了一个年，城里米价翻了一番。夏商函拿出本子，走村串户地收钱。白纸黑字的，人都不赖账，只怪自己眼光短。人一边数钱，一边说，夏商函啊夏商函，你这是抢嘛，你这比抢还厉害嘛！夏商函就笑说，我么晓得米真要一块钱一斤？人就说，你不晓得？我怕你是早就想好了，要在过去，你这就是投机倒把，投机倒把你晓得吧，要坐牢枪毙的。夏商函不争，收过钱说，我谢过你老啦！

收钱收了几个月，收得差不多了，夏商函找到铁头说，铁头，你看，剪刀钱我收回来了。说完，拿出一沓票子说，这是你的工钱。铁头连忙推回去说，师傅，你拿回去，我哪里能要你的钱。我是徒弟，哪有徒弟拿师傅钱的道理。夏商函说，那就当我借你的。铁头说，那我也不能借你的，再说了，我现在有活干，城里到处都在盖房子。夏商函说，我晓得城里盖房子，要是不盖房子我也不把钱给你。这钱你拿着，自己拉个队伍，比帮别个盖房子强。铁头说，师傅……夏商函放下钱说，反正我花不着钱，你拿着起大用处，我就你一个徒弟，你得争气。

没人再往夏商函池子里放乌龟了。人已经晓得，城里有人开始吃乌龟了，价格还不便宜，五六块钱一斤呢。有人抓到乌龟，刚开始，还有点不好意思，偷偷摸摸地拿到城里卖。再后来，就没什么不好意思了。到处去抓乌龟，那都是钱呢。只要是乌龟，也不管刻没刻字，带没带环。碰到这样的，夏商函就说，乌龟带了环呢，咋能卖呢？人就说，就你夏商函好人，你养那么多乌龟好玩啦？你还不是想着赚黑心钱，一把剪刀你卖十块，一只乌龟鬼才晓得你要卖多少钱呢。夏商函说，我卖也不会卖你这样的。人就说，我怎样了，我碍你什么了？夏商函就摇头说，要不你卖给我吧？人就说，我不卖给你，卖给你鬼晓得你又要做什么文章。夏商函说，我能做什么文章，我放了。人不信，说，你放？夏商函说，我放！人说，那十块钱一斤。夏商函说，那就十块。

买了第一只，后面的跟着就来了。人抓到刻字带环的乌龟就拎到夏商函面前说，夏商函，你买不买？你不买我拿城里去了。夏商函瞟一眼说，买。于是，就买。买回来的乌龟夏商函都单独养着，养半个月，夏商函自己动手打个铜环，在龟壳上钻个洞。等攒了八九只，夏商函就到湖边放生。每次放生，夏商函屁股后面都跟着一大群人。到了湖边，夏商函也不说话，先洗手，然后蹲下，把乌龟一只一只的往湖里放。打了环的乌龟多数都是老龟，大的四五斤一只，人在旁边看着都心疼，像是看着一张张的票子打了水漂。看的次数多了，人就晓得夏商函不是开玩笑。人就说，夏商函，你这是何必呢？你自己养乌龟，你又放乌龟。夏商函看着乌龟游远了说，那不一样。人就说，有什么不一样，都是乌龟。夏商函说，此龟非彼龟。

抓乌龟的人多了，乌龟就少了。湖里就算乌龟再多，也经不起这么多人抓。人卖乌龟时，夏商函不卖，他还是养。他已经学会繁殖小龟了。转了一年，乌龟价格已经抬到了三十块钱一斤，这让走马镇的人有些疯狂。整个走马镇的人似乎都在抓乌龟，人在一起时，互相交流抓乌龟的心得。很少有人到夏商函家里去了，说起夏商函，都是恨恨的表情。他养了那么多乌龟，鬼晓得值多少钱。也有人说，夏商函不简单，他好像么事都晓得，看得也远。人想一想说，也是，个狗日的怕是有点灵性。人提着乌龟从夏商函门前走过时，也有停下来的，冲夏商函说，个狗日的，乌龟卖到三十了，这还是乌龟么？夏商函不答话。人就有些无趣，又不甘心，厚着脸皮问，你的乌龟咋不卖呢？夏商函说，我不卖。人说，你要好多钱才肯卖？夏商函冲外面一笑，没得一百，我一只都不卖。人愣了一下，就走了。

转过头，人就说，夏商函说他的乌龟要一百才卖。人就说，那他怕是疯了，一百块，还真把乌龟当金砖了。手里提着乌龟的，就有些为难，卖也不是，不卖也不是。卖吧，怕乌龟真能卖到一百，那就亏了；不卖吧，放在家里又不晓得该怎么办。想来想去，还是卖了，反正是抓的，又没花什么本钱，能赚一个是一个。

等入了秋，乌龟几乎找不着了。城里传来了新的消息，说是秋冬进补，乌龟是上好的东西，市面上的乌龟卖到了一百块一斤。人都开始后悔，又看着夏商函，想看他到底怎么办。卖还是不卖？夏商函还是没有动静。直到有一天，铁头开着一辆拖拉机进了走马镇，铁头说，他来帮师傅卖乌龟。人就问铁头，多少钱一斤？铁头说，我把师傅的乌龟拖到省城，没得一百二，乌龟毛都不给他。铁头带了两个人，帮夏商函抓乌龟，抓完了一看，拖拉机都快装满了。人的眼睛里开始冒火。夏商函却招了招手说，你们进来吧。人纷纷涌了进去。夏商函看着人说，明年我就不养乌龟了，我这里还有不少小乌龟，你们谁要是想学这门手艺，开了春到我这里来。

夏商函卖乌龟赚了钱，却不肯再养乌龟了。有人愿意养，夏商函就教。跟乌龟打了几年交道，夏商函把乌龟的秉性都摸透了。夏商函门口的人又多了，都是来学养乌龟的。个狗日的乌龟，一百块一斤，想着都让人心痒。就算卖不得一百，三五十总是可以的，那也了不得，比种田、打鱼强多了。人都想着养乌龟，要讲养乌龟，没得人比得过夏商函，人见到夏商函都是恭恭敬敬的，有人还叫上了"夏先生"。想得多的就说，养乌龟赚钱，夏商函咋不养了呢？莫不是有什么名堂？听人这么一说，人的心又提到了嗓子眼，莫不是乌龟又要从金砖变土砖了？好在过了年，入了秋，乌龟价跌是跌了，却不见得厉害，还能卖到七八十。人就放心了，提着肉、鱼去看夏商函，夏商函也不客气，来者不拒，一一收下。

很快，有眼尖的发现了问题，夏商函有事没事往镇政府里跑。跑得多了，人又好奇了，说，你看到没？夏商函天天往政府里跑？人就说，看到了，也不晓得他要搞么事。人就说，他能搞么事，他想搞钱。人就说，搞政府的钱，你搞得到？政府哪里有钱嘛。走马镇水多，水里长不出钱来，乡镇企业更是一个都没有。镇里的干部整天走村串户地收公粮税费，搞计划生育。人都穷，能拖就拖，干部也没得办法，软磨硬泡劝，好话说尽，到头来年年还是亏空。计划生育更是难搞，家家户户都想有个男丁，没得男丁，到处躲着生，干部一听到计划生育，头都是大的，牵牛拆房都不管用。人就好奇，那夏商函到底想干吗呢？想当官？人都笑，当官？给我一个镇长我都不当，你说夏商函肯么？人都想不出来。

过了段日子，夏商函自己把谜底揭开了。他说，他想把湖给承包了。镇长怕，说这么大个湖，承包给夏商函他不敢，出了问题他担不起责任。人就说，湖荒着也是荒着，镇长为啥不肯？夏商函说，我要包二十年。人就愣住了，二十年？那要好多钱。夏商函说，钱我不怕，我怕他不肯给我承包。人养乌龟都得过夏商函的好处，纷纷就说，我们去给你说。夏商函说，那谢你老了。人就纷纷去镇政府，要求把湖承包给夏商函。今天这个，明天那个，日子一长，镇长也抗不住了。镇长问，你们这是干吗嘛？干吗非得把湖承包给夏商函？人就说，夏商函有本事，看得远，我们都得了他的好处。再说了，夏商函包这个

231

湖，自有他的道理，他不得害咱们。镇长被逼得没办法了，就放出话来说，要不这样吧，要是走马镇有超过一半的同意把湖承包给夏商函，那我就包给他。人就说，镇长，你是个干部，你说话要算数。镇长说，我是镇长，也是个男人，我说的话能不算数？人就回去了。

夏商函到底还是把湖给包下来了。包了湖，夏商函在走马镇上放出消息说，湖他是包了，但湖是走马镇的，除开包的钱，他一年给走马镇五千斤鱼过年。人听了就很兴奋，你看，把湖包给夏商函还是好嘛。走马镇总共不过三千人，五千斤鱼，每个人过年都能分一斤多。包了湖，夏商函又买了一条船，有湖没船肯定不行。夏商函还出去买了鱼苗往湖里放。人见夏商函放鱼就问，夏商函，你改养鱼了？夏商函站在船上就笑，我不养鱼，我养荷花，养天。人听不明白，养天？天谁能养嘛！

每天从湖里回来，夏商函就在门口摆了桌子，喝点酒。有人来，就坐下，想喝的就喝一口，不想喝的就在一边听夏商函讲。人问，夏商函，你真养荷花？夏商函咂了口酒，可不是，养荷花，荷花美。人就说，你养荷花还放鱼干吗？夏商函说，不放鱼，过年你们吃屁呀？人就"嘿嘿"地笑，也不恼。夏商函说，你们看那湖，美不美？人都说，美。要是荷花都开了，那更是美，没得说。夏商函说，都晓得美，不晓得荷花开不长了。人就纳闷，咋开不长呢？湖里祖祖辈辈都开花，打小就看惯了。夏商函说，天要变了，以后这湖里怕是鱼也没了，荷花也没了，菱角都找不到了。人就安慰夏商函说，你这是操不着边的心。夏商函说，我也不强求了，我包了二十年，能开二十年，我就心满意足了。人说，你养荷花就养荷花嘛，说这些丧气的不吉利。你不是说你还要养天么？夏商函说，我是替天养这个湖。

夏商函认认真真养了几年荷花。他喜欢荷花，粉嫩粉嫩的，惹人喜爱。等荷花出来了，夏商函时常划着船到荷花丛里，坐在船上抽根烟，或者眯一会。风吹得荷叶一摆一摆，好看得很，气味也清新。这真是好日子。夏商函坐在船上，还能看得到荷叶上蹲着的青蛙，水里游动的水蛇。他伸手摸一下湖水，清凌凌的，能看到水下的荷叶杆子。

湖里的鱼，夏商函看得不紧，有人钓就钓。有人拿网打，夏商函看见了也不说什么，见人一笑，人就有些不好意思，拖着网就回去了。进了腊月，夏商函就请人打鱼，湖上就漂满了船。夏商函不贪心，打满一万斤就不打了。五千斤给镇上分，五千斤卖钱，把包湖的钱赚回来，剩下的买鱼苗。人都说，夏商函真变性了，有钱也不赚了。

按说，夏商函赚了钱该娶个媳妇了。做媒的人不是没有，夏商函不肯，他说，他就养荷花，养这个湖了，这个湖就是他的儿女。媒人碰多了几次钉子，就不坚持了，开玩笑说，夏商函是被湖里的女鬼迷住了。人笑，夏商函不笑。他开始养猫，都是纯黑毛的，一根杂毛都不带。有时候，夏商函会带着猫去湖里。他抱着猫说，猫啊，你看着荷花美不？猫就"喵呜"地叫一声，好像说"美"。

好日子过了几年，事情来了。这次是铁头，铁头找到夏商函说，师傅，我想开一个造纸厂。夏商函说，你不盖房子了？铁头说，房子还盖，我还想开个造纸厂。夏商函说，你想开造纸厂你开，我管不到。铁头有点为难地说，师傅，造纸厂要排水。夏商函说，那你就排水。铁头说，师傅，你没听明白。夏商函就看着铁头，等他说话。铁头说，师傅，那水得排进湖里。夏商函说，那不行。铁头说，要是没地方排水，造纸厂就没办法开了。夏商函扭过头说，你开不开造纸厂我不管，反正水不能往我的湖里排。铁头说，师傅，湖不是你的，是走马镇的。夏商函说，是我承包的。铁头说，师傅，你包了二十年，你看还剩下几年？你现在不让我开，以后，别人还不是要开？夏商函说，那我管不到。铁头说，师傅，你为难我搞么事呢？你包这个湖也不赚钱，你要是让我往湖里排水，我一年给你五万块钱，我还给你养老送终。五千斤鱼我也照给。夏商函站起来说，铁头，我不跟你说，你走！铁头说，师傅，你这是何必呢？夏商函一边往外推铁头，一边说，你走，我没你这个徒弟，也不要你养老送终。

铁头走了，隔了几天，镇长来了。镇长说，老夏，我晓得你是个讲道理的人。你看，你当年要包湖，我顶着那么大的压力把湖包给你了。现在，我也不是不让你包湖，只要你同意造纸厂能往湖里排水，包湖的钱镇上就不要了，鱼也不要了，湖还是你的。夏商函说，我不要你的好处，我要养这个湖，我说了我要养这个湖。镇长脸色就沉了下来，夏商函，你也是走马镇的，你怎么能这么自私呢？走马镇就没一个企业，现在铁头愿意来开造纸厂，你晓得一个造纸厂能给走马镇带来几多效益吧？夏商函说，我不要效益。镇长说，你可以不要，走马镇不能不要，你要替子孙后代想一下吧？要是别的镇都富了，就走马镇穷，你脸上也无光嘛！再说了，铁头也是你徒弟，你就当帮你徒弟一把。夏商函说，湖我包了二十年，过了这二十年我不管，没过这二十年，我就不肯。我也没铁头这个徒弟。镇长也生气了说，夏商函，我告诉你，湖不是你的，是走马镇的。我能包给你，也能不包给你。我现在是跟你打商量，你要是顽固不化，我们就打官司，我就不信我要不回来这个湖。

造纸厂到底还是开了，湖还是夏商函的。动工建厂那天，铁头买了一大包礼物来看夏商函，夏商函堵在门口，没让铁头进屋。铁头说，师傅，你让我进去一下，我就坐一下。夏商函不肯，铁头说，我把东西放下就走。夏商函还是不肯。铁头把礼物强行塞进夏商函院子里，转身就走。夏商函把门关上了。铁头没走几步，听到后面有东西砸到地上，回头一看，夏商函隔着院墙把铁头买的东西扔出来了。铁头转回身，扑通一下跪到地上，冲里面磕了三个响头说，师傅，没得你，就没得我的今天，你认不认我这个徒弟是你的事，我一辈子认你这个师傅，我说了，我给你养老送终。

造纸厂开了，黑色的、黄色的水排进了湖里。夏商函还划着船去湖里，鱼还是鱼，菱角还是菱角，荷花还是荷花。没过多久，夏商函从湖里回来，船上总有几条死鱼。再后来，夏商函整天划着船在湖面上捞死鱼，刚开始是几条，然后是几十条。死鱼越来越多，船装得满满的，走马镇上的人看着都害怕了。湖里有那么多的死鱼，人想都想不到。人问，夏商函，湖里怎么了？夏商函铁青着脸，不说话。再往后，人发现，湖里的鱼吃不得了，有味道。夏商函带回来的死鱼也越来越少了，湖里已经没多少鱼了。

鱼没了，湖里的荷花也蔫了，夏商函就不去湖里了。他专心致志地养猫，黑猫，养得越来越多。他很少出门，也不说话。湖他不包了。人到他家里，他神情黯淡地说，人是养不了天的，我本想替天养这个湖，我养不了。人说，湖里真没鱼了。夏商函摇头。人说，荷花也少了。夏商函还是摇头。人说，水也黑了。你说的都应验了。你是个神仙。夏商函抬头，人看到夏商函的眼睛湿了，眼泪珠子装在眼眶里，硬是没掉下来。人说，夏商函，你怎么了？夏商函还是摇头。

走马镇上的人越来越少见到夏商函了，他家的门总是关着。除开几个老伙伴，夏商函很少见人。镇上的年轻人越来越少了，田地都荒芜了。夏商函再次引人注意是在他死的那天，那天，天空很干净，一朵云都没有。那是雨后的晴天，被清洗过的天空蓝得空洞无比，鸟仿佛可以飞到天国。走马镇上的人说，那么蓝的天，几十年都没见过了。

跋：未完的旅行

郑润良

应中国文史出版社全秋生之邀，主编了这套"锐势力"中国当代作家小说集，其中收录了六位青年作家近期创作的中短篇小说。随着数字化图书时代的横空出世，纸质图书的市场挑战和萎缩与日俱增，小说集的出版发行更是门可罗雀，全秋生于小说集编辑出版的执着与坚持令我感动。

就文学而言，借用陈思和先生的说法，这是一个无名的时代。或者说，这是一个总体性图景破碎的时代。我们无法像八十年代那样以一个个文学命名归纳和推进文学潮流。有心的读者也会注意到这套丛书的地域特色。这套书的作者中除了个别是北方作家，大多都是南方作家。评论家曾镇南先生认为这种偏向在当下文坛有其特殊意义，出版这样一套丛书，说明中国文坛并不只是几位主流评论家眼中的有限几位，说明眼下有这样一批实力作家正在成长。地域和文化资源的影响客观存在，也因此，我们的确应该对文化中心以外区域的作家的创作予以更多的关注，才能对当代文学的总体图景有更明晰的判断。

这套丛书共六部：陈集益的《吴村野人》、樊健军的《穿白衬衫的抹香鲸》、陈再见的《保护色》、陈然的《犹在镜中》、鬼金的《长在天上的树》、马拉的《生与十二月》。作者都是近年来活跃在主流刊物上的优秀代表，丛书中的作品在各大文学刊物发表后，有不少被各种选刊转载，入选多种选本：其中陈集益的作品曾入选中国作协"21 世纪文学之星丛书"2010 年卷，获浙江省青年文学之星等奖项；樊健军曾获江西省优秀长篇小说奖、第二届《飞天》十年文学奖、第二届林语堂文学奖（小说）、首届《星火》优秀小说奖，其短篇小说《穿白衬衫的抹香鲸》同莫言一起获得 2017 汪曾祺华语小说奖，可以说是当下小说创作中的一个典型事件；鬼金先后获得第九届《上海文学》奖、辽宁省文学奖、辽宁青年作家奖；马拉曾获《人民文学》长篇小说新人奖、广东省鲁迅文学艺术奖、《上海文学》短篇小说新人奖、广东省青年文学奖、孙中山文化艺术奖等奖项；陈再见的小说入选 2015/2016 年度《小说选刊》年度排行榜、2016 年度《收获》年度排行榜，并斩获《小说选刊》年度新人奖、广东省短篇小说奖、深圳青年文学奖等；陈然的作品曾入选中国作协"21 世纪文学之星丛书"2004 年卷，获江西谷雨文学奖等奖项，被媒体称为"江西小说界的短篇王"。

六位作家的创作有一个共通点，就是能够将个体的深刻体验与作家对时代的深广观察有效融合，当然在个体风格上会有各种差异：比如陈集益、鬼金作品的现代主义色彩更显浓厚，他们的小说更像是作者的精神自传，故事里的每个人物都是作者的精神碎片；樊健军、陈然的作品，从现实主义出发，试图打通现实与隐喻的界限，勘探与透视时代精神状况，以复杂反抗简化，激活了丰富多义的阐释空间；陈再见与马拉的小说，则立足于南方改革开放最早的那片土地上，都市化的现代时髦与农村本土的落后愚昧在融合过程中的人性撕裂与伤痕，是他们致力思考与探索的汩汩源泉。他们对小说文本不断的思考与探索，对精神向度的孜孜以求，成就了一场文字的饕餮盛宴。这套丛书的出版发行能够表明，他们的写作正在迈向日益宽广而厚实的境地。

文学想象时代，与时代同行，这是永远无法终结的旅行。我们能够投身其中，一起见证、参与这个过程，幸莫大焉！

作者简介：郑润良，·厦门大学文学博士后，《中篇小说选刊》特约评论员，《神剑》《贵州民族报》、博客中国专栏评论家，鲁迅文学院第二十六届文学评论高研班学员，中国文艺评论家协会会员。《中篇小说选刊》2014－2015年度优秀作品奖评委、汪曾祺文学奖评委；《青年文学》90后专栏主持、《名作欣赏》90后作家专栏主持、《贵州民族报》中国文坛精英盘点专栏主持、原乡书院90后作家专栏主持。曾获钟惦棐电影评论奖、《安徽文学》年度评论奖、《橄榄绿》年度作品奖等奖项。

图书在版编目（ＣＩＰ）数据

生与十二月 / 马拉著. -- 北京 : 中国文史出版社，
2018.4

（"锐势力"中国当代作家小说集 / 郑润良主编）

ISBN 978-7-5205-0158-3

Ⅰ．①生… Ⅱ．①马… Ⅲ．①中篇小说－小说集－中国－当代②短篇小说－小说集－中国－当代 Ⅳ．
① I247.7

中国版本图书馆 CIP 数据核字(2018)第 050459 号

责任编辑：全秋生
封面设计：徐　晴

出版发行：中国文史出版社
地　　址：北京市西城区太平桥大街 23 号　　邮编：100811
电　　话：010－66173572　　66168258　　66192736 （发行部）
传　　真：010－66192703
印　　装：北京温林源印刷有限公司
经　　销：全国新华书店
开　　本：787×1092　　1/16
印　　张：15.25　字数：240 千字
版　　次：2018 年 5 月北京第 1 版
印　　次：2018 年 5 月第 1 次印刷
定　　价：49.80 元

文史版图书，版权所有，侵权必究。
文史版图书，印装有错误可与发行部联系退换。